P9-EDW-049

Fernando Arrabal
La torre herida por el rayo

Fernando Arrabal

La torre herida por el rayo

Premio Eugenio Nadal 1982

Ediciones Destino
Colección
Áncora y Delfín
Volumen 570

© Fernando Arrabal
    Ediciones Destino, S.A.
Consejo de Ciento, 425   Barcelona-9
Primera edición: febrero 1983
Segunda edición: abril 1983
ISBN: 84-233-1240-2
Depósito Legal: B. 11725-1983
Compuesto, impreso y encuadernado por
Printer, industria gráfica sa
Provenza, 388   Barcelona-25
Sant Vicenç dels Horts   1983
Impreso en España - Printed in Spain

«La torre herida por el rayo»:
La imagen presenta una torre semiderruida por un rayo que cae sobre ella en la parte superior (cabeza). Esta torre es la columna del poder. Los ladrillos son de color de carne para ratificar que se trata de una construcción viviente, imagen del ser humano. El naipe expresa el peligro al que conduce todo exceso de seguridad en sí mismo, y su consecuencia: el orgullo. Megalomanía, persecución de quimeras y estrecho dogmatismo son los contextos del símbolo.

(EL TAROT)

Elías Tarsis no levanta la mirada, gracias a ello sus ojos no chocan con los del «robot implacable» que tiene frente a él. Si lo hiciera no podría reprimir el impulso de arrojar a su cara empedrada el tablero y las piezas de ajedrez.

—Huele a asesino que apesta. Llevo ya dos meses soportando este tufo. Es un criminal... podría probarlo.

Claro que podría demostrarlo, pero ¿quién le escucharía? ¿A quién le interesaría verificar las pruebas indiscutibles —según él— que ha acumulado durante un año? En realidad, ambiciona, más que acusar y condenar a Marc Amary, vengarse de él. Por culpa de esta máquina inexorable, de este autómata de sangre y vileza ha sufrido la pena más negra. Cuando la recuerda siente como si una ampolla de mercurio incandescente se paseara de su corazón a su cerebro y de su cerebro a su corazón. Comprende que tiene que sosegarse si quiere ganar el desafío ajedrecístico comenzado hace ya dos meses: tiene que conducir su inteligencia a través de los meandros de la acción pero sin que la sed de venganza le desoriente.

Marc Amary, para todos, árbitros, espectadores y miembros de la federación, no es el «robot de sangre y huesos» que pinta Tarsis, sino la imagen misma de la serenidad. Y de la Ciencia con C mayúscula. Probablemente podría asegurar como Leonardo de Vinci que el pájaro es un instrumento funcionando según las leyes matemáticas.

Tras el extraño y sensacional secuestro del ministro soviético de Asuntos Exteriores, Igor Isvoschikov, a su paso por París, la curiosidad de la prensa por el campeonato del mundo de ajedrez ha disminuido; sin embargo, el interés de los ajedrecistas, ahora que se vislumbra el desenlace, alcanza su cenit. Para ellos, nada hay más hermoso que lo verdadero. El teatro del Centro Beaubourg, marco del duelo, continúa abarrotándose ante cada partida, pero los espectadores ahora sólo se reclutan entre los aficionados más ardientes, aquellos para quienes las cinco horas (¡tan breves!) que suelen durar cada una de las sesiones son instantes en los que adivinan el perfume del asombro y el destello de la insolación, insolación que reciben como el maná del desierto. Los mirones que invadieron la sala los primeros días seguramente ahora prefieren seguir las pasmosas aventuras que van concibiendo y destilando con tino y parsimonia los raptores del dignatario soviético. Terroristas, por cierto, que hacen gala de tanta pericia epistolar como talento dramático. Un «Comité Communiste International» secuestrando a un dirigente del Kremlin es un estreno que no puede dejar indiferente al gran teatro del mundo.

Durante las veintitrés partidas que Tarsis ha jugado ya en este campeonato contra Amary, ha contemplado irritado el ciclo machacón de las ceremonias maniáticas de su adversario, lo que llama «sus ritos de castrado». Ahora que tras dos meses de refriega, trece partidas declaradas nulas, y cinco victorias cada uno, el próximo triunfo (el sexto y definitivo) dará al ganador el título de campeón del mundo, Tarsis teme que su furor se le suba a la cabeza y le haga perder la razón o, lo que es peor, la concentración.

Marc Amary es posible que se acuerde de los minutos y de los segundos que pasan, y que por ello ni use ni necesite reloj. (Los espectadores más entusiastas aseguran que todo en el genio es enigma.) Los martes, jueves y sábados – días en que se inician las partidas – se presenta *sistemáticamente* (éste es el adjetivo que habría que utilizar continuamente al referirse a Amary) a las cuatro menos cincuenta y cinco segundos, ni uno más ni uno menos. Tictac, tictac, su computadora de sangre y subconsciencia funciona automáticamente. O casi. Y el inquebrantable proceso comienza: invierte diez segundos en trasladarse desde la puerta del escenario a su sillón y en sentarse; veinte segundos en escribir la fecha, el nombre de Tarsis y el suyo en la planilla; diez segundos en verificar que se ha dado cuerda a tope a los dos relojes de control de tiempo y los quince segundos restantes en acomodar las figuras y los peones (perfectamente dispuestos ya según las reglas del ajedrez sobre el tablero) a su norma mágica o, como diría Tarsis, a sus exigentes caprichos «de asesino»: cada uno de los dieciséis trebejos tiene que ocupar el centro riguroso, al milímetro, de su casilla; los caballos con sus cabezas alineadas hacia él (¿adorándole?); las ranuras de los alfiles exactamente frente a sus ojos y los brazos de la crucecita que corona a su Rey paralela a la línea invisible que trazan sus dos codos sobre la mesa. «Carguen, apunten, fuego.» A las cuatro en punto, momento en que el árbitro pone en marcha el reloj del jugador que lleva las blancas, dando con ello comienzo de forma oficial a la partida, Amary se inmoviliza considerando el tablero y las piezas con una atención tan intensa que se diría que los ve por vez primera. Tan sólo los descubre. Cuando juega con blancas inicia a las cuatro en punto dos minutos cabales de reflexión... inútiles para todos los aficionados, ya que concluyen invariablemente con un gesto meticuloso y comedido que el mundo ajedrecístico conoce de memoria: el avance de dos escaques del peón de Rey: *1.e2-e4*; toma el peón — como siempre cogerá las piezas a lo largo del encuentro — con la yema de sus dedos exangües, el índice y el pulgar. Efectuará todas y cada una de sus jugadas, cualquiera que sea la tensión del choque, con una lentitud y frialdad que pueden parecer indiferentes y que tienen la virtud de exasperar a Tarsis:

—Es un sádico redomado. Juega con tanta mesura aparente para sacarme de quicio. Intenta persuadirme de que no necesita perder su sangre fría para romperme la crisma. Así ha planeado todos sus desafueros. ¡Yo soy el único que sé de lo que es capaz!

Marc Amary es un investigador suizo del C.N.R.S. (El Centro Nacional de Investigaciones Científicas) afincado en París. A sus colegas no les sorprenderá el día en que los académicos de Estocolmo le otorguen el Premio Nobel de Física por sus descubrimientos sobre el *solitón* o la *gran unificación*, pero les desconcertó su súbita dedicación al ajedrez. Y no porque despreciaran este juego. A la mayoría les importaba dos higas. Ninguno de ellos, probablemente, sospecharía que a su deslumbrante y discreto compañero (que había militado sin embargo durante unas semanas en el estrafalario grupo Dimitrov) hoy en día el ajedrez, la Física, el Premio Nobel o el Campeonato del Mundo le importa infinitamente menos que lo que él mismo llama la creación del «hombre nuevo». Tan sólo en una ocasión, hace ya ocho años, en presencia de terceros, durante un simposium sobre «partículas elementales», hizo una declaración que hubiera podido traicionar su pasión. Y que no la traicionó porque los sabios suelen estar en la luna. Estaban, en realidad, en la Universidad de Heidelberg. Cuando un grupo de investigadores danés le pidió que firmara una petición en favor del profesor Yefim Faibisovich, recluso en un campo de trabajo, alegó:

– Si yo dirigiera un «centro» de esos, cambiaría los castigos. Daría a los prisioneros lápices y papel en cantidad suficiente como para que pudieran cumplir la condena que les infligiera: realizar el factorial de 9.999... sin calculadora.

¡Qué ocurrencia tan chistosa!: un faraónico castigo consistente en multiplicar 9.999 por 9.998, el producto por 9.997, el nuevo resultado por 9.996... y así hasta llegar a la unidad. Broma que sus colegas interpretaron como una crítica sutil del sistema de concentración... A nadie se le ocurrió imaginar que este interminable suplicio pudiera ser su remedio para eliminar a los enemigos de su causa. Que entonces, ya, se contaban por billones.

Elías Tarsis, hijo de padres españoles, nació en Andorra la Vella..., «por casualidad», precisaba siempre el ajedrecista, como si no se viniera al mundo irremediablemente «por casualidad», cualquiera que fuere la ciudad natal. En su caso, «la casualidad» se cebó a gusto y su madre se apagó en el momento de darle a luz. Su padre llameó nueve años más; a su muerte, Elías fue acogido por su tía Paloma en Madrid. En aquellos años de poder triunfante y sin complejos se convocaba una vez por año un concurso de superdotados; con el mismo candor con que, para fastidiar a los franceses, se cristianó el cognac con un nombre de pila nacional, «jeriñac». Los galos ni se enteraron. Por eso, cuando descubrían superdotados hispanos como Picasso, aseguraban que eran franceses. Tarsis consiguió una de las diez becas de superdotado, la cual le hubiera podido permitir efectuar sus estudios secundarios y universitarios en condiciones económicas inmejorables. Inmejorables quería decir: colegio de curas gratis, libros de bobilis bobilis y los gastos de pensión. La tía de Tarsis, para no abusar, se conformó con la mitad de la última ventaja. Y Elías fue mediopensionista. Pero pronto, y ante la consternación de Paloma, que entre tanto había sido nombrada su tutora, renunció a los estudios y se puso a leer historietas infantiles.

—A mí los tebeos me van.

Y en efecto le iban a las mil maravillas. Encerrado en su habitación, aguantó más de un año, bajo el único retrato que conservaba de su padre: la foto de refugiado político que le habían facilitado las autoridades francesas. Cuando abandonó su cuarto, el piso estaba cubierto por medio metro de ropa sucia, de basura, de latas de conserva vacías, de tebeos manoseados y hasta de restos pringosos a los que por cierto su tía nunca se refirió porque era una mujer moderna que sabía de moral y de buenas costumbres. Con el tiempo esta clase de respeto, por el contrario, ya sólo lo practican las más anticuadas. Con catorce años, Tarsis se fugó a Barcelona donde abordó su vida de proletario con el

13

rango de aprendiz en un taller de orfebrería, antes de recibir la alternativa como fresador.

Sin venir a cuento, la víspera del inicio del Campeonato del Mundo, Tarsis reunió a los tres árbitros y de un tirón les espetó:

— Marc Amary es un asesino. Ojo. No quiero que nadie entre en mi salón de descanso. Vale.

Y se quedó corto. Para los árbitros se pasó.

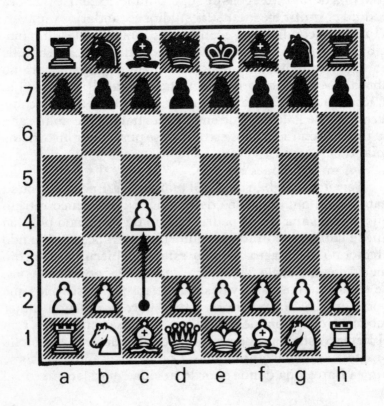

Cuando Amary realiza su primera jugada, un estrepitoso murmullo se alza de la sala. El árbitro islandés, R. H. Gugmundsson, levanta enérgicamente una pancarta en la que está escrita en grandes caracteres la palabra SILENCIO, y por gestos firmes pide al público que cese su alboroto. Es normal que los fanáticos de ajedrez se exciten; Amary no ha jugado, como siempre lo hizo, con blancas en su primer lance, *1. e2-e4*, sino *1. c2-c4*. Se presiente una partida insólita y probablemente decisiva. Amary no se conforma con las tablas, como en trece ocasiones ya durante el campeonato. Quiere vencer a Tarsis, rematar así el campeonato y para ello comienza intentando sorprenderle. Y le sorprende.

Elías Tarsis, enfurecido, cala su frente entre sus puños y se abisma en el análisis de la primera jugada.

– ¡Hubiera debido preverla! No podía continuar con la apertura española con la que no ha conseguido nada frente a mi defensa Berlín. ¡Es tan calzonazos! Sólo sabe matar por la espalda. ¡Qué porquería de jugada!: lenta y sin agresividad. Típica de él. Pero es capaz de haberme preparado una celada. Que se atreva.

La Federación Internacional no pudo reunir a los dos rivales antes del encuentro. Para representarle en el congreso preparatorio, Amary envió a Jacques Delpy, un colega suyo, investigador físico, mientras que Tarsis nombró como mandatario sencillamente al presidente de la Federación de Andorra. Era evidente que sólo saldrían a campaña el día de presentar batalla ante la trinchera del tablero, y que se negaban por completo a perder sus energías en guerrillas de comunicados, en escaramuzas burocráticas o en salvas de salón.

Aquel plantón puso al descubierto el odio de los dos contendientes entre sí, amén de la ignorancia que existía incluso en los medios ajedrecísticos en torno a las biografías de los dos jugadores. Un semanario sensacionalista inglés, no obstante, dos meses antes de la ceremonia, insinuó que Elías Tarsis fue proxeneta en Barcelona y que Amary había asesinado a su madre; se atrevieron a titular la doble página dedicada al torneo, «Un alcahuete y un parricida ¿pretenden ser campeones del mundo de ajedrez?». En realidad todo lo que sobre ellos se sabía a ciencia cierta se reducía a lo publicado en las revistas profesionales: coeficientes Elo de cada uno, fechas de los certámenes en que participaron y resultados. Los triunfos de ambos en los torneos nacionales, zonales, interzonales y en el de candidatos en que tomaron parte les permitieron, tras el accidente de aviación que costó la vida al campeón del mundo, transformar su duelo como finalistas del torneo de candidatos en certamen por el título absoluto. Hace dos años eran dos perfectos desconocidos y al iniciarse la final, salvo sus partidas publicadas y analizadas en la prensa especializada, aún nada se sabía sobre ellos.

Probablemente Amary no ha salido esta vez con *1. e2-e4* por los motivos que imagina Tarsis. El campeón suizo está convencido de que si superficialmente esta apertura no es virulenta, es muy agresiva en profundidad.

Amary, para el que no conozca su culto por la verdad, puede parecer arrogante. A las dos semanas de comenzar su licenciatura de Física en la Universidad de Ginebra llegó a la conclusión de que ninguno de sus profesores merecía el esfuerzo y la pérdida de tiempo que representaba asistir a sus cursos, en vista de ello los desertó definitivamente. Paralelamente se matriculó en Matemáticas y repitió la hazaña. Lo cual no le impidió concluir las dos licenciaturas con los resultados más sobresalientes. Una parte de aquellos años en que tan airosamente despachó sus estudios universitarios se la pasó leyendo a los Premios Nobel de Física y Matemáticas. El ajedrecista inglés D. P. Hawksworth publicó en la revista inglesa *Chess*, una entrevista que realizó con Raoul Santini, un compañero de Amary en Ginebra en la que figura este diálogo:

R. S. — Marc Amary dijo que, como lo sospechaba, pronto se había percatado de que la mayoría de los Premios Nobel de Física y Matemáticas eran unas perfectas acémilas.

D. P. Hawksworth. — ¿Utilizó la palabra «acémila»?

R.S. — ¡Hace tantos años! Seguramente se expresó con una de sus típicas frases como hachazos... sin prejuicios, sin odio, fríamente. Emitió una constatación, una evidencia... que yo resumo torpemente con la palabra «acémila». Si no recuerdo mal..., dijo que la mayoría de los Premios Nobel no aportan nada decisivo ni al desarrollo de la ciencia ni al de la humanidad.

D. P. H. – ¿Usted opinaba lo mismo?

R. S. – Ninguno de nosotros, estudiantes entonces, se hubiera atrevido a formular seriamente semejante crítica... a no ser por broma o fanfarronería.

D. P. H. – ¿A qué se dedicó entonces?

R.S. – Yo no era su amigo. Nadie lo era. Vivía en solitario y era rarísimo que hablara con uno de nosotros. Se rumoreaba sobre su madre que acababa de morir loca... Para decir la verdad, la mayoría pensaba que como ella, él también estaba chiflado.

D. P. H. – ¿Por qué fue a París?

R. S. – Es de suponer que con el propósito de conseguir el D.E.A. (el Diploma de Estudios Intensivos), salvoconducto necesario para entrar en el C.N.R.S., que era entonces la meta gloriosa de todo gran investigador europeo.

Amary, con ciento veinte físicos de Francia y del extranjero (probablemente los mejores europeos de su generación) se matriculó, pues, en la Facultad de Ciencias de París, para obtener la bula. Les acogió el primer día del curso académico el profesor Lajos Lukacs, un viejo investigador original que interrumpía sus lecciones para calentarse un café con un infiernillo y una cazuela que llevaba siempre en su voluminosa cartera. Les soltó la arenga que con pocas variantes administraba cada año a los novatos. (Era de la vieja escuela. Un chabacano según sus colegas):

«Ustedes son ciento veinte... la mayoría conseguirá el D.E.A... este diploma es un papelucho que estaría pintiparado en un retrete... público... de las afueras... cortado en cuatro pedazos. Pero ¿cuál es el sueño que persiguen? Ingresar en el «Paraíso de los Elegidos», quiero decir en un laboratorio del C.N.R.S. El enchufe ideal para todo estudiante listillo que con buen criterio prepara ya su jubilación. ¿Cuál es el destino que les espera durante este año de estudios? Mamar la leche de la ciencia en vez de la de sus novias y todo ¿para qué?, para alcanzar El Dorado, la panacea de todos los vagos y maleantes; el título de funcionario del Estado para toda la vida con seguro social, prima de transporte, retiro asegurado, promociones diversas, plus de pelo en pecho, condecoraciones académicas, campamentos para los niños, seguro de erección garantizada... y aburrimiento infinito hasta que se mueran más chochos aún que el pobre Oppenheimer en Princeton. ¡Pues vaya juventud chisgarabís y desmirriada! ¿Y éste es el ideal de la muchachada en la flor de la vida que cantaban nuestros poetas más cursis en aquellas épocas exaltantes en que se sabía escribir en verso y bailar el tango? Seré franco: en el mejor de los casos, cinco de ustedes serán nombrados investigadores del C.N.R.S. Pero ¿qué es ser investigador si no se publica? ¡Un cero a la izquierda! Y un ladrón que le roba al Estado las perras que tanto necesita para fabricar bombas de neutrones y fajas de diputados y un atracador que despoja al pobre contribuyente de sus ahorros que destinaba a comprar décimos de lotería y fotos pornos. ¿Quién de entre los cinco heroicos y gloriosos investigadores − que Homero cantará sus virtudes − llegará a publicar? Si nos referimos a las estadísticas establecidas con los currículum vitae de sus predecesores (secreto que les revelo confidencialmente y que está más protegido que los planes de la NASA)... dos de cada cinco, es decir ¡sobre los ciento veinte! Pero ¿dónde publicaron hasta hoy estos dos privilegiados del destino y del favoritismo?... En revistas francesas o italianas. ¡Pipi caca! Estas revistas son tan prestigiosas como las suecas sobre tauromaquia. Sólo se es un investigador serio, que puede cobrar su sueldo sin avergonzarse, si se publica en la *Physical Review* o en la *Physical Review Letters*... y como soy generoso, o en la revista inglesa para snobs *Nature,* siempre y cuando en este caso escriban un resumen de divulgación. ¡Y paren el carro! Pero ¿quiénes entre ustedes pondrá su pica de andar por casa en el Flandes de la Ciencia? Aparte de un servidor, uno de cada diez generaciones lo logra por estas regiones nuestras de salvajes y analfabetos. Les doy un consejo de amigo: no pierdan el tiempo, un año es muy largo, váyanse al laboratorio farmacéutico de Basilea a masturbar ratones o a Johannesbourg a fabricar misiles para la defensa de la raza blanca; así ganarán dinero y honores... o bien, deslumbren a una rica noruega gorda y romántica explicándole la teoría de la relatividad con lo del tren que sube... que sube...»

Amary escuchó la perorata sin pestañear. Al final sacó un cuadernillo y anotó *Physical Review*. Luego se recluyó en la Biblioteca de la Facultad de Ciencias y se puso a examinar por su cuenta el problema sobre amplitudes duales que estaba intentando resolver el Laboratorio de Física Teórica y Altas Energías del C.N.R.S. olvidándose por completo del D.E.A. Cinco meses después, y cuando profesores y compañeros suponían que había renunciado al codiciado diploma, una sorpresa conmovió al C.N.R.S. Un investigador desconocido, pero que había enviado su trabajo desde París, publicaba nada menos que en *Physical Review*. Y para más inri, el artículo era la respuesta al problema que examinaba uno de los laboratorios más reputados del centro. El título del trabajo era: «Amplitudes Duales con acoplamiento del Omega para seis piones y para bosones girantes» y el autor Marc Amary.

Al ejemplar de la revista que le llegó de los Estados Unidos Amary añadió una nota manuscrita así redactada:

«Demasiada importancia: trabajo de generalización. Problema banal. De cálculo. No muy difícil. Seduce: fórmula matemática sobre propiedades interacciones fuertes. Supertécnica: deslumbra. Problema tonto: lo pensé quince días. Dentro de un año, todos comprenderán. Física evolucionará: como récords atletismo.»

Firmó: «el maestro» [Ni «El niño», ni «Teresa», ni «Mickey», hubieran podido ayudarle a redactarlo, eran unos frívolos que sólo pensaban en hacer bromas y reírse de él durante toda la noche, impidiéndole dormir.]

Al cabo de tres minutos de la primera jugada de Amary, Tarsis continúa enfrascado en su análisis. Un espectador de la fila 17 ha sacado un ejemplar de *France-Soir* y contempla la foto, en la primera página, del miembro del Politburó soviético y ministro de Asuntos Exteriores de la U.R.S.S., Igor Isvoschikov, bajo una bandera presidida por una estrella de cinco puntas y un rótulo con esta inscripción: COMITÉ COMMUNISTE INTERNATIONAL. Según el periódico, la foto (como todas las que los secuestradores envían puntualmente cada miércoles) ha sido tomada con un aparato polaroid para autentificar la fecha de su exposición: en efecto, el líder soviético mantiene bajo la barbilla un ejemplar del periódico del día. El prisionero luce una equimosis en torno al ojo izquierdo; lo cual muestra, según los periodistas, que los «interrogatorios» no se desarrollan sin violencia. Como en el comunicado del Comité no se habla de «confesión», la policía deduce que el Ministro ruso no colabora con sus secuestradores. Con la foto los terroristas han entregado un larguísimo documento de la organización titulado «Soluciones teóricas, políticas y estratégicas», cuyo resumen publica el periódico.

A los tres minutos y veintiséis segundos Elías Tarsis bruscamente adelanta de un solo paso su peón de Rey (*1. e ...7-e6*). El contraste entre la vehemencia de su gesto y la calma constante de Amary es flagrante. Tras efectuar esta jugada, contempla uno de los tableros murales con una sonrisa sardónica. Si no temiera el incidente, se volvería hacia Amary y le diría con la mirada:

– ¿Querías sorprenderme? ¡Chúpate ésta! ¡No te la esperabas!

Se echa hacia atrás como para contemplar en perspectiva más lejana y triunfante el efecto de su andanada.

Amary abrió con una jugada elástica, Tarsis, contra todo pronóstico, le ha replicado en la misma línea. Con ambas jugadas de apariencia tan muelle, sin embargo la virulencia latente de la apertura ha alcanzado psicológicamente una fogosidad mucho mayor que si hubieran adopta-

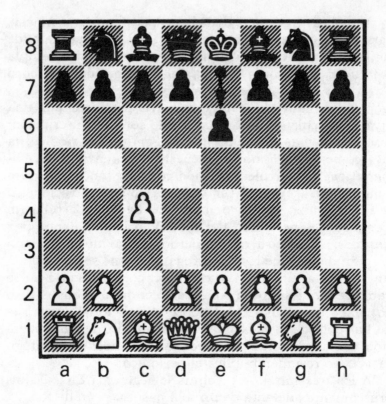

do las líneas establecidas por las partidas consideradas
como más impetuosas: la española o la siciliana.

Tarsis piensa:

—Amary es tan sólo un intelectual, sin chicha ni limoná,
y una máquina homicida. Como ajedrecista, es sólo un
jugador de café. No conoce la esencia del ajedrez. Sólo
aplica los esquemas que ha aprendido y que retiene gracias
a su fabulosa memoria. Eso funciona a la hora de preparar
un atentado pero no frente a un tablero de ajedrez. Me ha
ganado cinco partidas tan sólo por aburrimiento... El
«robot» no se cansa jamás y puede sorprender al que como
yo conoce el secreto del ajedrez.

El duelo entre Amary y Tarsis presenta una lección
filosófica. En el ajedrez existe una infraestructura invarian-

te (la ley, la trama, la norma) y una estructura variante que es el resultado de las combinaciones sobre el tablero. Tarsis (como Fischer, Steinitz o Morphy) comprende la ley y sabe que se llega a la perfección a través de la serenidad en el desorden. Amary (como Karpov, Euwe o Petrossian) es un maestro de las variantes, de las mutaciones, por ello huye del caos que le desorienta.

Mientras que Tarsis camina hacia su salón de descanso se dice:

— Amary tiene instintos de tiburón. Quiere matar a traición. Ya lo ha hecho y lo volverá a hacer.

Isvoschikov con sus setenta y dos años es el miembro más joven del Politburó, suprema institución soviética que cuenta con hombres como Peche que se dirigen con audacia, aunque no sin achaques, hacia su nonagésimo año de vida revolucionaria. Sus secuestradores no cabe duda de que, al raptarle, sabían que arrestaban al dirigente soviético con más probabilidades de suceder en su día al actual secretario general del Partido, cabeza de la Unión Soviética. En realidad el Politburó cuenta con dos miembros más jóvenes que él: Aliev, que tan sólo tiene sesenta y nueve años, y Solomentsev que acaba de abordar su septuagésimo año de existencia, pero sus orígenes respectivos — el primero es acerbaiyanés y el segundo kazajstanés — les cierran toda posibilidad de acceso a la jefatura suprema del Estado... ruso. La constitución soviética no ha legalizado ninguna pauta ni guía para designar al delfín. El sistema de cooptación que hasta hoy ha prevalecido entre los guayabos del Politburó pudiera crear los más variados conflictos personales e incluso degenerar en pelea a gorrazos por un «quítate-de-ahí-que-me-ponga-yo» del peor efecto para las masas laboriosas.

Con destreza un país comunista ha resuelto el problema de sucesión: Corea del Norte. El secretario general del Partido, el camarada Kim Il Sum (que disputa actualmente al de Albania el récord de permanencia en el mando supremo) ha sido nombrado por aclamación «presidente vitalicio» de su pueblo, gracias a un sensacional referéndum en el que consiguió la envidiable cifra de 100% de votantes a su favor. E insuperable. Siempre atento al bienestar de su pueblo, para evitarle conflictos el día de su muerte, ha nombrado a su propio hijo heredero. En su infalible sabiduría la dialéctica de la historia crea así la figura original y renovadora del monarca comunista, que alía el pasado al porvenir más radiante.

Ciertos kremlinólogos especulan con la posibilidad de que los raptores no pretendan descubrir secretos de Estado comprometedores durante los dos meses de «interrogatorios» a los que están sometiendo a Isvoschikov, sino simplemente convertir a su causa revolucionaria con técnicas de lavado de cerebro al más serio candidato a la toma del poder en la U.R.S.S. Y gracias a una carambola bien planeada, una vez liberado y adoctrinado, Isvoschikov, aureolado por el prestigio de haber resistido con entereza a sus carceleros, dispondría de un triunfo suplementario para alcanzar en su día las riendas del poder democrático, popular y proletario.

La noticia confidencial que el Servicio de Limpieza del Centro Beaubourg ha consignado a petición de la Federación Internacional de Ajedrez precisa que si bien Amary deja cada día su salón de descanso y su cuarto de baño particular anexo limpios y en perfecto orden, Tarsis transforma sus dos habitaciones en leoneras: los dos taburetes del cuarto de baño espatarrados en la bañera, el bidet con manchas descaradas y sospechosas, la cama del saloncito tan revuelta como si afrontara el asalto de una centuria de gatos, las butacas patas arriba, las servilletas húmedas y a menudo con manchas de sangre, desparramadas por el suelo, sobre el que suelen aparecer prendas interiores pisoteadas y en una ocasión un sostén despedazado. El informe señala asimismo que ha tapado la pantalla del televisor del circuito interior con un cristo metálico clavado sobre una aparatosa cruz de madera negra elevada sobre un pedestal también negro; seguramente para impedir con ello ver la imagen filmada de Amary mientras descansa. La Federación teme que reciba, contra lo pactado, visitas. Los salones de descanso tienen como única misión, la de permitir reposarse al jugador mientras su contrincante analiza frente al tablero. Se especula con la posibilidad de que Tarsis reciba, a pesar del lujo de precauciones que se han tomado para impedirlo, la visita de una mujer que pudiera aportarle una ayuda externa, rompiendo con ello el aislamiento del campeón y el equilibrio de recursos de ambos jugadores.

Elías Tarsis en realidad debería llamarse Komsomol Tarsis si se hubiera respetado el parecer de su padre, que soñaba con festines internacionalistas y campos elíseos del proletariado. La España-una-grande-y-libre donde se guareció a los nueve años no autorizaba semejante cartelón rojo y su tía Paloma le lastró sin remordimientos con un nombre de pila como Dios manda: Elías. Madrid, más que nunca, por aquellos tiempos, no era ni la Andorra donde había nacido ni el sur de Francia, donde posteriormente había vivido hasta la muerte de su padre. Y, a mucha honra, como diría Unamuno.

El concurso de superdotados reunió en Madrid a los muchachos de diez, once y doce años más destacados del país para postular por las diez plazas en juego. Durante las dos semanas de exámenes, el joven Tarsis, que tan difícilmente se adaptaba al pisito de su tía Paloma y a Madrid, tuvo la impresión de volver a la vida. Enclaustrado en las aulas donde tenían lugar los ejercicios escritos, ensimismado en la solución de los peliagudos laberintos como si volara entre el consuelo y la esperanza, alejaba durante unas horas el pajarraco tuerto de la congoja. Se sentía... como si estuviera aún en Ceret con su padre, escuchando su inolvidable acento, mientras que con tanto mimo le explicaba la regla de tres o la geometría, le enseñaba la lista de reyes godos de la Historia de España o le mostraba cómo del grano de trigo se llegaba al pan que comía.

La serie de tests eliminatorios Tarsis los fue desenredando paso a paso: supo encontrar las similitudes entre dos objetos heteróclitos, reprodujo una figura geométrica con ayuda de unos cubos, calculó la dirección del movimiento que provocaban varias palancas imbricadas, evaluó los sistemas que le propusieron, tradujo gracias a un código abstracto frases impenetrables, y resolvió otros jeroglíficos que sólo podían descifrar tarados de solemnidad o superdotados. Al término de este periplo, los veinte jóvenes supervivientes tenían aún que sufrir la última prueba, la única oral.

Cuando Tarsis entró en la sala de exámenes, se encontró con que estaba solo frente a cinco profesores; el que presidía en el centro del tribunal con una cierta solemnidad le anunció:

— Este último examen es una prueba de creatividad. Escúcheme bien: «Nombre todas las palabras que pueda imaginar». Repito: «Nombre todas las palabras que pueda imaginar».

Al tiempo que escrutaba los objetos que estaban frente a él, Tarsis velozmente los fue citando («mesa, silla, cuaderno, vaso, botella, agua, lápiz, corbata, camisa, chaqueta, botón...»); sin parar un instante su letanía temió azorarse, tartamudear y por fin detenerse paralizado por el canguelo... cuando de pronto le vino a las mientes la lista de reyes visigodos que su padre le había enseñado y la recitó de carrerilla, feliz, como si cantara, como si estuviera a su vera en Ceret entre caracoles y cigarras:

— Ataulfo, Sigerico, Walia, Teodoredo, Turismundo, Teodorico, Eurico, Alarico, Gesaleico, Amalarico, Teudis, Teudiselo, Agila, Atanagildo...

Cuando el jurado le interrumpió en plena nómina, Tarsis adivinó el desenlace. Al Tribunal por lo visto le gustaba el póker.

Gracias a la beca de superdotado, Elías Tarsis ingresó como mediopensionista en el Colegio de los Padres Escolapios de San Antón, probablemente porque a su tía Paloma le encandilaba el hecho de que entre los antiguos alumnos figurara un dramaturgo muy en boga en aquel momento y nada menos que Premio Nobel de Literatura y entre los artistas de la casa el pintor Francisco de Goya y Lucientes. Perdido entre el copioso número de los estudiantes de este establecimiento, en el centro de Madrid, vegetaba al margen, como una fiera extraviada en la jungla que hubiera perdido toda esperanza de encontrar su clan.

Dos semanas después de iniciar su segundo año en el Colegio de San Antón, Tarsis transformó a uno de sus compañeros en su «esclavo». Era un muchacho extraordinariamente obeso que pasaba con su familia extranjera — probablemente francesa — un año en la capital de España, y al que todos llamaban «el francés». Le castigaba a permanecer encerrado durante todos los tiempos de recreo en la última letrina de un oscuro y abandonado subsuelo contiguo al tercer patio: era un retrete a la turca, sucísimo y fétido. Nunca se supo cómo llegó a crear esta relación con su compañero. Durante las horas de penitencia de su «esclavo», Tarsis, como el resto de los alumnos de su clase, jugaba al frontón bajo las arcadas o al fútbol en el patio central, pero cada cuarto de hora corría hacia el antro para cerciorarse de que su prisionero no se había movido de su mazmorra. Precaución inútil ya que su «esclavo» hubiera podido escaparse si hubiera tenido la voluntad de hacerlo. En cada una de sus inspecciones, hallaba una razón de enfado que aumentaba su saña: en ocasiones porque «el francés» no se quedaba pegado exactamente contra el rincón del fondo como se lo tenía marcado, otras veces porque estaba persuadido de que le miraba con guasa o con altivez; cuando sospechaba que su detenido quería quejarse a los superiores y denunciarle, le abofeteaba en el colmo del furor o le zurraba con su correa.

Suponía confusamente — y absurdamente, claro está — que «el francés» era responsable de la muerte de su padre. Concibió hacia él una inquina bárbara que le consumía como un luto profundo: estaba persuadido de que tenía con él más paciencia que Job. Prefería darle las órdenes por gestos punzantes sin dirigirle nunca la palabra y le impedía que alzara la vista hacia él. Cuando el inmundo retrete no estaba a su gusto, es decir, suficientemente sucio y maloliente, se sentía frustrado, como si toda la injusticia del mundo se le cayera encima. Se pasaba las horas de clase embebido en sus maquinaciones para mortificarle como merecía, es decir, cada vez más: con ortigas, con clavos, con su navaja, o atándole para que no pudiera moverse, impidiéndole respirar con una bufanda. A menudo terminaba con infinitas ganas de llorar, sintiéndose solo y desamparado. Esta relación de sumisión entre ambos duró dos trimestres y se hubiera prolongado si Tarsis no hubiera concebido una escalada fatal. Al comenzar el tercer trimestre, apareció por el colegio el hermano menor del francés. Tarsis, como una evidencia indiscutible, decidió hacer de él su segundo cautivo. Pero el pequeño se negó en redondo. Tuvo que emplear toda su fuerza para conducirle a la letrina contigua a la de su hermano. Pero en cuanto se dio la vuelta, su rehén se escapó. Intentó razonarle sin éxito, y cuando de nuevo pretendió conducirle a las bravas a su retrete, el pequeño se rebeló defendiéndose con uñas y dientes. La pelea que siguió fue tan feroz y el encono por ambas partes tan decidido, que un Padre vigilante descubrió el incidente.

Por el hilo se saca el ovillo: la relación que Tarsis había establecido con «el francés» fue desflorada. Se habló de expulsión, lo cual a Tarsis le traía sin cuidado. Pero no a su tía. ¡Adiós Goya, Premio Nobel y Fiestas de San Antón! El Padre Superior, tras recibir a los dos protagonistas, sorprendió a todos con la decisión de expulsar del colegio a los dos hermanos y de castigar a Tarsis con una semana sin merienda. Este fallo fue considerado por éste como un dechado de justicia. Nunca se supo cuál fue el peregrino razonamiento que condujo al Padre Superior a esta disparidad en la pena, como tampoco se adivinaron las razones por las cuales el apellido y el nombre del «esclavo» (¿belga?, ¿suizo?, ¿francés?) fueron borrados de todos los documentos del colegio.

El Padre Gregorio fue el encargado de mostrar el buen camino a esta oveja descarriada. Cuando Tarsis entró en su despacho, se sintió como un gato encerrado y dispuesto a arañar. Pero aquel Padre que tanta fama de rigidez tenía (se sabía que había asistido sin blandenguería a varios fusilamientos en aquellos años que siguieron a la guerra civil, en los que precisamente el Colegio de San Antón había sido habilitado en presidio), sintió hacia el muchacho una complicidad insuperable.

— Has ganado el concurso de superdotados; seguro que podrías jugar muy bien al ajedrez. ¿Conoces las reglas?

— No.

— ¿Quieres que te las enseñe?

— No voy a decirle nada sobre lo del «francés».

En aquellos tiempos de fe-esperanza-y-caridad y de catolicismo apostólico y romano, una salida de esta soberbia le hubiera costado muy caro a cualquiera de los alumnos del colegio. Pero aquel levantisco mozalbete le había caído en gracia al Padre Gregorio; con una pasión paternal, no sólo soportó sus desplantes sino que le enseñó a jugar al ajedrez.

A dos pasos de la catacumba de la calle Noviciado, donde los protestantes esperaban sin agazapada la caza del hereje que con tanta devoción se practicaba en los medios de buen tono, Tarsis y el Padre Gregorio mantenían conversaciones perfectamente insólitas para la época en las que a menudo el joven imponía su violencia. Y hasta a veces sus razones.

— Sabes, Tarsis, eres mi abogado del diablo.

— Dígame, Padre, ¿cómo es que de los cuatro evangelistas, tan sólo uno se refiere al buen ladrón? Yo lo que creo es que nada de esto es verdadero.

— ¿Por qué me tientas?

— Otra cosa no comprendo: si el Hijo tiene una naturaleza humana, además de la divina, según dicen en clase de Apologética, ¿cómo es que el Espíritu Santo, que es el amor entre el Padre y el Hijo, sólo tiene una naturaleza divina?

— Tarsis, tú lo que tienes que hacer es rezar, ir a misa, comulgar...

— Y no pensar... como las beatas... usted lo que quiere es que tenga el mismo orgullo y la misma suficiencia que la mayoría de los católicos.

— Calla, no digas disparates. Eres casi un niño.

– No soy un bebé, ni un idiota: no me puede catequizar con la estampita y el papel de plata como en las misiones.

– ¿No crees en Dios?

Y aquel chaval, calculando todos los riesgos de su respuesta, como suicidándose feliz, y adoptando el acento con que hablaba su padre, le espetó lentamente:

– Todo lo que es nauseabundo, y fétido, y sórdido, y abyecto, se resume en una palabra... ¡Dios!

Y eructó sonoramente. El Padre Gregorio pareció más desamparado que aterrado. Hizo una larga pausa y sinceramente le confesó:

– Me sorprendes... Me choca que a tu edad sepas utilizar la palabra abyecto tan correctamente.

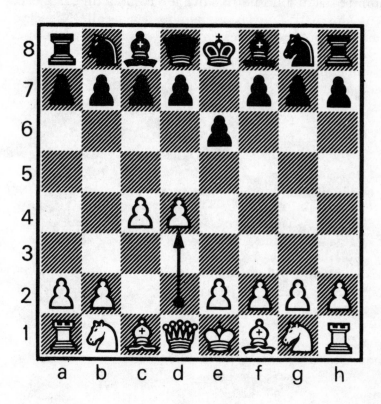

Tras dos minutos y cinco segundos de análisis, Amary acepta el desafío de Tarsis y juega *2. d2-d4* ocupando el centro, controlando *e5* y *c5* y demostrando que se atreve a adoptar el gambito de Dama, una apertura que no le conviene en principio.

Acto seguido, detiene su reloj y pone con ello automáticamente en marcha el de Tarsis, anota escrupulosamente su jugada en la planilla y clava su mirada, como es ritual en él, entre las dos cejas de su adversario.

Tarsis comienza a reflexionar sintiendo el insoportable peso de los ojos de su rival sobre su crisma. Pero si levanta la mirada y la cruza con la de Amary surgirá el incidente que busca su contrincante para desconcertarle. Sin embargo, es posible que éste le contemple con curiosidad y hasta le admire como a un potro salvaje o como a un carcelero.

Tarsis en su planilla anota de mala manera la jugada de Amary. En esta hoja, aparecen dos tipos de letra: la primera legible y hasta esmerada con la que apunta sus lances y la segunda, con la que registra los del «asesino», compuesta de garabatos o bien de rayas rabiosamente onduladas. Para Tarsis, designar a Amary por el apodo de «robot» o de «asesino», es apropiárselo, pero escribir su nombre con cuidado le provocaría tanta repugnancia como acariciarle.

En ajedrez, el tabú mejor establecido es el de no tocar; «pieza tocada, pieza jugada» decreta el reglamento del juego, mostrando así el carácter irreparable que adquiere el acto de tocar, si por accidente un jugador roza una pieza, está obligado a declarar «j'adoube», término francés de la Edad Media con el que se imponía solemnemente al caballero su armadura, y que hoy podría significar: «me disculpo», o más precisamente, «compongo», «arreglo» o «acomodo». Para algunos psicólogos, entre ellos el antiguo campeón norteamericano Fine, este tabú del «toque» descubre las dos amenazas que siente todo campeón: la de la masturbación (para estos doctores, la figura que se toca representa un pene: por ello, tras palparla, el jugador pide excusas) y la de la homosexualidad «latente en los ajedrecistas». Estas teorías, para Tarsis, son tan absurdas como escandalosas. La mayoría de los jugadores son del mismo parecer; cabe señalar que durante el torneo de Montreal una poetisa canadiense preguntó a Portisch lo que opinaba de las tesis de Fine, por toda respuesta el campeón húngaro se dio la vuelta y se marchó ofendido. Y no la abofeteó porque era una mujer.

En este orden de ideas, el primer «mano a mano» público entre ambos rivales no pudo ser más ejemplar. La ocasión la deparó el acto del sorteo del jugador que conduciría las piezas blancas en la primera partida. Tarsis, por motivos que se podrían muy bien conceptuar de míticos o mágicos, quería ganarlo para tener con ello la prueba de que la suerte (¿la Naturaleza? ¿la Fortuna? ¿Dios?) estaba de su parte. Amary, con el mismo vigor, anhelaba salir

33

victorioso de esta primera escaramuza por motivos razonables: disponer de la pequeña ventaja que supone jugar con blancas era conseguir una iniciativa desde el primer momento que sabría explotar dando, de entrada, un golpe significativo a su adversario. Cuando, tras los discursos oficiales y los himnos patrióticos, los dos jugadores se plantaron frente a frente, Amary apareció lívido, y Tarsis con la cara encendida. Éste, al fin y por primera vez, estaba frente a frente al hombre que había sacrificado a sus dos ídolos. Amary tomó el peón que le ofreció el presidente de la federación y lo escondió en su espalda, luego presentó a su rival sus dos puños cerrados, uno de los cuales aprisionaba el peón fatídico. Tarsis iba a darle una palmada sobre uno de los puños... cuando detuvo la mano, izó su dedo índice, y con él, suavemente, rozó el puño izquierdo de su rival, donde precisamente había escondido el peón blanco. Este gesto —que dio una victoria simbólica a Tarsis— hubiera colmado a los teóricos que ven en el ajedrez la representación de conflictos narcisistas, pero pasó inadvertido. Fine, quizás, hubiera afirmado que Tarsis, durante la ceremonia, había esgrimido su falo triunfador para sodomizar a su contrincante, pero que, en el último instante, ante el temor de dejarse masturbar por la mano de Amary, logró pasar su dedo a un milímetro de la mano de éste, dando la impresión a todos que le tocaba, cuando en realidad ni siquiera le había rozado.

Los antagonismos familiares y en especial la crisis hijos-padres hallan su proyección en el tablero y las figuras. En el caso de Amary, su infancia podría dar pie a toda clase de interpretaciones.

La madre de Amary ingresó en una clínica privada de las afueras de Nyon (a diecinueve kilómetros de Ginebra) cuando su hijo contaba doce años. Estas residencias, en otras épocas, se llamaban manicomios. Como el padre había «abandonado el hogar familiar» dos meses antes de la hospitalización de su esposa, Marc y su hermano Gabriel, de diez años, se encontraron solos y desamparados en un espacioso piso del centro de Ginebra. Desamparados, es mucho decir: Gabriel ocupó la planta baja y Marc se recluyó solo en el primer piso. [Solo... pero con «el niño», «Mickey», «el loco» y «los demás».] Las exigencias de la carrera diplomática del padre de Marc habían obligado a éste a cambiar de ciudad, de clima y de escuela casi cada año: al fin tenía la oportunidad tan anhelada de permanecer en Ginebra, tranquilo, con «los demás». Había nacido en esta ciudad, pero sólo había residido en ella durante las breves vacaciones paternas.

Marc se hizo cargo de todos los problemas económicos: su padre le enviaba por correo una mensualidad que permitía a los dos hermanos sobrevivir estrechamente: fragmentaba el peculio en seis porciones que distribuía en seis sobres, cada uno de los cuales apostillaba con un rótulo: «comida», «gas, electricidad y teléfono», «libros», «clínica de Cécile» (a su madre sólo la nombraba por su nombre de pila), «transporte» y «varios». Su padre seguía desembolsando, por su cuenta, las costas del alquiler del piso, pero era tan distraído que hubo meses en que Marc delegaba a su hermanito para que le telefoneara en su nombre a fin de recordarle el renglón olvidado. Fue su meticuloso presupuesto el que le permitió comprobar que el capítulo «transporte» estaría mejor administrado si, en vez de trasladarse a Nyon para visitar a su madre en tren, compraba a plazos dos bicicletas, para su hermano y para él. Aquel ahorro, dado lo ajustado de sus ingresos, supuso un alivio y 38 kilómetros por semana de excursión en bicicleta.

El que su padre, los vecinos y las autoridades no se hubieran percatado (o no hubieran querido enterarse) de la soledad y desatendimiento en que se encontraban los hermanos tras la reclusión de su madre, fue una bendición para Marc. Abandonado, vivía libre e independiente, lo que años más tarde llamaría «en autogestión».

Esta total autonomía no le impidió continuar sus estudios y aun pudiéndose autorizar todas las travesuras de su

35

edad, sólo cometía la falta de falsificar la firma de sus progenitores en los documentos oficiales que recibía o en su libreta de notas de clase. Sin embargo, sus resultados escolares fueron siempre excelentes, aunque nadie los encomiaba. A su hermano no le dictó ni exigió ni siquiera recomendó, una conducta particular, con la única restricción de no permitirle nunca entrar en su dormitorio [a causa de «Mickey», «Teresa» y «los demás»]. El benjamín campó por sus respetos en una dirección que nada tenía que ver con la de su hermano y que le conduciría años más tarde a abrazar la industria cinematográfica con el rango de ingeniero de sonido, tras dos tentativas desafortunadas como director de cortometrajes. Antes de adquirir las bicicletas, Gabriel le suplicó un día a su hermano:

— Todos mis amigos van a pescar al lago... Me he hecho yo solo una caña... pero no tengo anzuelos.

— No tenemos dinero para juguetes. Aquí tienes los sobres. Son tuyos también. Compruébalo.

— En el de «comida» hay muchos billetes.

— Pero tenemos que comer, y hasta el próximo envío de tu padre (nunca decía *nuestro* padre) quedan aún veintiún días.

— Pues no cenaré... si quieres.

Al día siguiente, los dos hermanos acudieron a un almacén del centro de Ginebra llamado «Le Grand Passage». Marc pidió a su hermano que se pusiera a llorar y a implorar «papá», «papá»... «he perdido a mi papá»... Se armó un revuelo imponente y los empleados rodearon a Gabriel. Marc aprovechó la confusión creada para robar doce anzuelos para su hermano. Éste no volvió a reclamar nada; además, gracias a los ahorros efectuados en el capítulo «transporte», pronto dispuso de un pequeño peculio con el que pudo hacer frente a su presupuesto de cromos, tebeos y chucherías.

En el instituto, y quizá para regodearse en su soledad, Marc Amary, en sus exámenes escritos, inventaba citas, textos, autores, ciudades, ríos o teorías inexistentes; aunque también pudiera suponerse que fraguaba estas inocentadas para demostrar a «Mickey» o a «el niño» que estaba por encima de los estudios que le proponían. Lo cual era cierto. Durante una prueba escrita en clase de Filosofía, que enseñaba un profesor marxista, citó pasajes de la correspondencia entre el yerno de Karl Marx, Pablo Lafargue, y un presidiario británico recluso en Australia, a quien bautizó con el nombre de Robert Ass. Esta mistificación fue la única que estuvo a punto de ser descubierta, cuando el profesor, que quería escribir un artículo sobre el tema para *Les Temps Modernes*, le pidió las referencias. Su maestro nunca cayó en la cuenta del culo que se escondía tras el presidiario. La imperturbable sangre fría de Amary le permitió administrar una serie de largas cambiadas que le condujeron al final del año donde fue salvado por el gong.

En esta misma óptica, en una ocasión, se presentó en un club de ajedrez hoy desaparecido, «El Caballo del Rey». El campeón de la peña jugaba con cierta fanfarronería ante su corte de admiradores, y Marc Amary, al cabo de una hora de respetuoso silencio, solicitó con infinita modestia al gallito:

—¿Puedo jugar con usted?

—¿Qué edad tienes?

—Doce años.

—Es la mejor edad para aprender a jugar. En el ajedrez, tienes que saber que los libros no sirven para nada, sólo con la práctica podrás perfeccionarte.

Marc abordó la partida con una celada psicológica, avanzó dos peones como sólo hacen los neófitos más inexpertos que todavía ignoran el reglamento del juego:

—Esta doble jugada está prohibida desde tiempos de Matusalén. ¿Tan mal te ha enseñado a jugar tu papá?

Hizo un esfuerzo para ruborizarse. Luego emprendió la partida como ya sabía hacerlo, sin tacha, y dio mate al campeón en veintisiete jugadas. Salió del café antes de que nadie pudiera felicitarle: estas satisfacciones no compartidas eran sus jardines secretos para los que guardaba todas sus complacencias. [Todo se lo contaba a «el loco», pero a escondidas, para que no le oyeran ni «el niño», ni «los tres cóndores»: eran unos impertinentes que se pasaban la noche jugando al póker en la ventana de su dormitorio.]

A su madre, Marc la trataba con una condescendencia sorprendente, dada su corta edad. La noche en que su padre se fugó, la vio de rodillas rezando «a Dios» para que volviera, pero no lloró; ni tampoco cuando les pidió a Gabriel y a él que se arrodillaran con ella. Mientras que su madre y su hermano sollozaban, él repetía celosamente las oraciones que balbuceaba su progenitora, meditando tan sólo en la razón que conducía a una persona que se había proclamado atea a recurrir a la oración. Esto no lo comprendería jamás.

Durante las semanas que siguieron en las que su madre se hundía en la locura sin remisión, Amary actuó con toda calma, como si las rarezas fueran los hechos más naturales, tanto cuando ella afirmaba que los vecinos le robaban las cucharitas de café como cuando pretendía que los comerciantes intentaban envenenarla con requesón. Tan sólo una tarde, al volver del instituto, Marc dijo a su hermano:

— Los mayores no tienen ni entereza, ni valor, ni honradez.

Ya entonces calaba hondo. Observó que su madre le besuqueaba como nunca lo había hecho antes de la desaparición de su padre. En cuanto tenía una oportunidad, iba a ver volar planeadores, era uno de los pocos espectáculos que podían distraerle de su atención por la ciencia. El día en que su madre fue asilada en la clínica, escribió estas líneas:

«Científicos, hasta hoy, sólo enumeran misterios y enigmas. Sin resolverlos. Mayoría de los hombres cree que anuncio de problemas es ya la respuesta. Era industrial termina; comienza era científica. Al fin se darán soluciones. Sin delirios de interpretación.»

Firmó «el maestro» [«Mickey» y «el niño» se rieron con sorna sobre su cama].

Los secuestradores de Isvoschikov mantienen el enredo e intensifican el «suspense»: han enviado a la Agencia Central de Prensa «un texto de 32 líneas con 90 signos cada una, es decir, el equivalente de dos páginas plenas de periódico». Afirman en él que el protagonista de la revolución es el proletariado de las metrópolis, «clase que nada tiene que ganar al interior de nuestro mundo de producción». Terminan refiriéndose a la «colusión de la Unión Soviética con grupos terroristas que sólo representan al neo-revisionismo armado». A pesar de ello, una vez más exigen, como precio para la liberación de Isvoschikov, el bombardeo por la Unión Soviética de los pozos de petróleo de Arabia Saudita.

Tarsis, a quien le toca jugar, ha permanecido en su sala de descanso durante todo su tiempo de reflexión, lo cual era

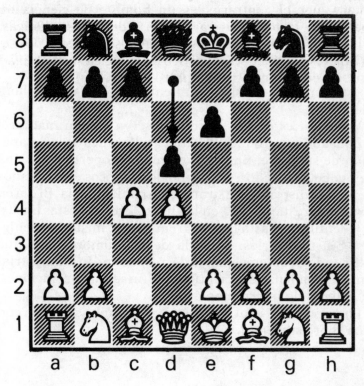

hasta este momento rigurosamente insólito. Cuando sale de ella, con la falda de la camisa asomando bajo su chaqueta, avanza decidido hacia el tablero; de pie juega *2. ...d7-d5* y da un manotazo sobre el reloj. Amary contempla con satisfacción la jugada: marca, según él, su primera victoria; no sólo Tarsis ha tardado ya más de seis minutos en realizar sus dos movimientos iniciales (sobre los 150 en que debe ejecutar los 40 primeros), sino que ha mostrado así que no está preparado a esta apertura.

La originalidad de este campeonato estriba en que coloca frente a frente dos conceptos del mundo antagónicos: Tarsis es un jugador con temperamento de artista que interioriza la estructura del ajedrez... como la del mundo, pero que, cuando se encuentra confrontado con problemas tácticos, como en este momento, actúa como un técnico. Amary, por el contrario, es un hombre de ciencia que analiza de forma objetiva, fiándose de las estadísticas... pero que frente a situaciones cruciales, sólo puede apoyarse en hipótesis; con ello, el fanático de la lógica se ve obligado a proceder de forma irracional.

Irracional... es lo que parecería a todos la opinión de Tarsis si la conocieran: está convencido de que Amary ha raptado a Isvoschikov. Es el último acto — se dice — de una larga lista de atropellos. Detrás de los textos de los secuestradores en defensa del proletariado que publican los periódicos, adivina el sistema de reflexión de su adversario.

Precisamente el mundo proletario, Tarsis iba a conocerlo por la base. A los catorce años, hizo el viaje Madrid-Barcelona, casi confortablemente, escondido en un vagón de mercancías. Al llegar a la capital catalana, pasó tres rudas noches dormisqueando en la estación de Francia, y tres días en los que se sustentó con los desperdicios que encontraba por los mercados. En su cuarto día de fuga, topó con un anuncio en la calle Baños Viejos del centro de la ciudad, que decía: «SE BUSCA APRENDIZ». Fue admitido — a cala y a prueba — en un taller de orfebrería de la calle, situado en una habitación alquilada de un tercer piso; el acuerdo verbal entre el patrón — uno de los tres obradores que en él trabajaban — y él, nada tuvo que ver con lo que hoy se conoce por «contrato laboral».

Su primer trabajo consistió en llenar de agua los botijos, barrer el taller y limpiar las máquinas. Se esmeró. Una semana después, se le encomendó ya una misión de confianza; hacer los recados con una bolsita de cuero en el pecho colgada de su cuello por una cuerda: llevaba y traía las joyas del taller (rubíes, brillantes, ágatas, zafiros, y otras piedras) a los artesanos que trabajaban con el taller: los *clavadores* que hincaban las piedras en la joya, los *cinceladores* que hacían los grabados artísticos, las *pulidoras* que daban brillo; los *cortadores de piedras* que serraban con precisión, los *grabadores* que realizaban el dibujo de las joyas o la *casa de baños* donde se daba el barniz de oro o de plata. También mostraba a los clientes los modelos que su jefe ideaba y dibujaba en láminas de cartón. Como los modestos compradores también tenían sus gustos y pareceres, para determinar la forma de una joya, cada modificación le obligaba a una nueva caminata.

Todo el gremio de la joyería vivía por aquellos tiempos en el centro de Barcelona, en cuchitriles, la mayoría de las veces cochambrosos, o habitaciones alquiladas en las calles Petritxol, Baños Viejos o Boquería. No era raro que el artesano independiente dispusiera tan sólo de un cuartucho en el que la cama turca ceñía el tallercito: un pupitre con unos cajones en los que guardaba las herramientas y alguna foto «francesa». Los diversos oficios los practicaban hombres, salvo el pulido que siempre fue reservado a las mujeres; estas «pulidoras» hacían soñar a todo el gremio que las imaginaba, solteras, jóvenes, hermosas, viciosas y con manos de hadas, con las que frotaban y frotaban como odaliscas hasta la eternidad o el delirio.

Paso a paso, sin precipitación pero con derechura, el patrón le fue permitiendo pequeñas labores fáciles para que se fuera haciendo la mano durante lo que se podía llamar su pupilaje: así comenzó primero a soldar cadenas rotas, después a hacer sencillas reparaciones, y por fin, a serrar broches o anillos. Esta última operación se ejecutaba con una pequeña sierra que se rompía con suma facilidad. A Tarsis, un mal día, se le partió la serrezuela; dos cabos de la hoja se le hincaron en los dedos pulgar y mayor. Como era un accidente frecuente, el taller disponía para curar a la víctima de un baño de ácido, que no sólo servía para limpiar el polvillo negro de las soldaduras, sino que se utilizaba como mano de santo para cortar la efusión de sangre y cicatrizar las heridas que provocaban los serruchos. Tarsis llamó la atención por el alarido extraordinario que lanzó, tan fuerte y doloroso que el patrón y los dos obradores temieron que le diera un ataque. A Elías Tarsis, se le apareció la figura del «francés» y temblando balbuceó:

— ¡No soporto el dolor!

Vivía en régimen de pensión completa, en el piso de una viuda que trabajaba como sirvienta, y que tenía un hijo sordomudo algo mayor que él. Su trabajo no le disgustaba y apreció el crédito que le había brindado el patrón a la semana de su entrada en el taller, al confiarle las piedras preciosas. Patrones y obradores, por entonces, no enseñaban al aprendiz el oficio. Esta ausencia de instrucción le complacía a Tarsis, que parecía ahondar la diferencia entre enseñar y aprender. Se iba formando gracias a sus dotes de observación. Cuando por su cuenta comenzó a realizar sencillos trabajos, ya de obrador, con plata (el oro era demasiado costoso para confiarlo a un principiante), mostró rápidamente su pericia. Cada paso era una conquista, y cuando tuvo acceso al oro, no pudo reprimir un aire triunfante: imaginó que su padre le observaba feliz.

Pronto adquirió los gestos del trabajador del gremio: se cepillaba con pinceles tras el trabajo para recuperar todo el polvo de oro que hubiera podido quedar adherido a su bata de trabajo y se lavaba con cuidado las manos para que el filtro recogiera las últimas partículas que quedaban incrustadas entre sus uñas. (Los *recuperadores* compraban estos filtros y lograban separar la roña del oro.) Aunque el taller nada tenía de majestuoso, Tarsis sintió un júbilo irracional al tocar el oro... como quizás sólo experimentaban aquellos hombres que varios siglos antes habían tratado de descubrir la piedra filosofal.

Todo en su trabajo le parecía sugestivo, y hubiera dicho mágico, si la palabra le hubiera sido más familiar. Siempre con arrobo veía fundir el oro en los pequeños cubitos de arcilla gracias a una llamita de gas. El soplete del gas ocasionó algunos accidentes entre los aprendices de otros talleres, algunos de los cuales fueron conducidos medio asfixiados a las casas de socorro. Tarsis, sin embargo, desde el primer momento, mantenía en la boca el tubo de goma del gas sin aspirar nunca los venenosos efluvios, y soplaba con mimo, a fin de regular con exactitud la altura de la llama. Al terminar su primer año en el taller, se hizo imprimir unas tarjetas que decían:

Moltes felicitats
moltes prosperitats
vos desitja
l'aprenent
que treballa
molt diligent.

Las repartió entre los clientes y artesanos, y como el texto cayó en gracia – sobre todo porque estaba escrito en catalán por un muchacho que pasaba por madrileño – recibió aguinaldos generosos. Gracias a ellos, pudo comprarse las herramientas que le faltaban. Aprendices y obradores debían adquirir por su cuenta sus propios trebejos (sierras, tenazas, aparatos de medida); no podían utilizar las del compañero, que no estaban adaptadas a sus propias maneras de tomarlas, de inclinarlas, de apoyarlas. Pronto consiguió la autorización de estirar las hebras de oro para hacer anillos; con infinitas precauciones, tomaba la medida, cortaba la hebra, y le daba la forma, redondeándola con un mazo de madera antes de que fuera enviada a la pulidora para que la rematara. Prefería esta labor en la que sólo trabajaba con oro a la de realizar broches a partir de un dibujo. Su patrón, un hombre avaro de palabras y parco en efusiones, un día le dijo una frase que le proporcionó una satisfacción mucho más intensa que la que tuvo al conseguir el título de superdotado (y con razón).

– ¡Vas a ser un obrero de categoría!

Un año después era el encargado de apreciar el oro determinando el número de quilates de cada pieza. Aunque la técnica era sencilla, la evaluación de los resultados sólo se podía realizar gracias al instinto: tras haber frotado el oro contra la piedra negra, se le echaba unas gotas de ácido. Se calculaban los quilates por la relación que existía entre el color que aparecía con el amarillo. Esta habilidad de graduar, a la que Tarsis no dio importancia, pasmó a sus compañeros. No le parecía más sorprendente que el que él y los dos obradores no utilizaran para trabajar la lupa que usaba su patrón.

No escribió nunca a su tía Paloma ni volvió a leer tebeos. Con el hijo de su patrona jugaba los domingos por las mañanas en el equipo de sordomudos de Barcelona que figuraba en División de Honor del Campeonato de Cataluña de Aficionados. Actuaba como interior derecha y era el único oyente del equipo. El árbitro, en aquellos encuentros, no utilizaba un silbato, sino un gran pañuelo blanco. Cuando un club profesional —el Español— quiso ficharle para su equipo juvenil, abandonó el fútbol por completo. No era para menos.

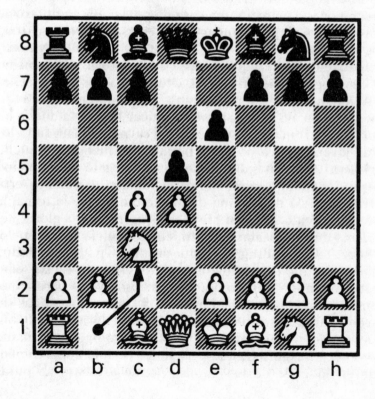

Amary en su tercera jugada avanza el caballo de Dama (*3. Cb1-c3*) manteniendo la presión sobre el centro. Coloca este caballo, como es su costumbre, hacia él: para que le mire... o le adore... o para que dé a su rival coces en la cara. Pero Tarsis está ausente en su salón de descanso observando quizás entre los brazos de su enorme Cristo, gracias al televisor del circuito cerrado, la maniobra de Amary.

En los talleres de orfebrería y en todos los obradores del gremio, el tema favorito de conversación era «la mujer».

Un trimestre después de su llegada a Barcelona, y en compañía de un operador de su taller, Antoni Puig, Tarsis visitó por vez primera una casa de putas: «El sombrero de copa», sito no lejos del lugar donde Picasso en 1907 topó con los modelos de su cuadro «Las putas de la calle Aviñón», inacabada sinfonía que pasaría a la historia del cubismo y de la gazmoñería con el título de «Les demoiselles d'Avignon». Como representaba más edad de la que realmente tenía, no le fue difícil franquear la puerta donde un portero mal encarado solía pedir el carné de identidad a los más jóvenes, para no dejar pasar a los menores. Aquella primera visita la saboreó con tanto regalo, y al mismo tiempo le apesadumbró con tanta desazón que, como cierta primera dosis de cocaína que agarrota al que la toma, le cambió la vida. El lugar era —en su opinión— la gloria y el abismo donde gozaba entre tinieblas o sufría sin consuelo. Y sobre todo una droga de la que pronto no pudo prescindir: le sorprendía que hubiera podido vivir antes sin ella. Rápidamente aprendió que el «paraíso» y la «perdición» tenían varias estaciones. En efecto, a las pocas semanas ya, en compañía de su compañero Puig, la exploración se había convertido en romería cotidiana, tan prodigiosa e infame como fatal según él. Cada noche el periplo solía comenzar en la calle de las Tapias, donde estaban las putas

46

más cachondas y chistosas, pasaba por la carretera de Sarriá, donde oficiaban las más finas y caras, y podía terminar en la Tierra Negra, detrás del parque de la Ciudadela, donde por menos de un duro la virtuosa meneaba al parroquiano, mientras éste, para mejorar y enaltecer el transporte, encajonaba su mano derecha en la entrepierna de su samaritana mientras que con la izquierda le sobaba los pezones; luego se limpiaban frotándose contra la pared.

Cada uno de los lupanares disponía de un gran salón que abría sobre un escenario delimitado por un cordón para separar al personal de las artistas. Las había que bromeaban con picardía y descaro, otras simple pero no inocentemente se movían para desplegar con primor todos sus encantos, pero las más victoriosas eran las psicólogas que con chabacanería se mofaban de los mirones. Unas iban vestidas de calle, otras cubrían sus desnudeces con dos toallitas, mientras que las más salerosas sólo llevaban braguitas y sostén. A ninguna se le ocurrió nunca la insensatez de aparecer desnuda. Se pagaba por adelantado a una alcahueta, que, de espaldas a la tribuna, se pasaba la noche leyendo vidas de santos. Estas sacristanas entregaban al cliente el sésamo-ábrete (una chapa de cobre de 60 cm de diámetro) tras el abono del socorro. Para evitar debates la mayoría de estos templos disponía de pasquines aparentes, en los que las bases del contrato estaban claramente expuestos: «Polvo, tanto. Francés, cuanto». Cada chapa sólo daba derecho a un servicio que terminaba inexorablemente a la primera riada. Y en ocasiones sucedía que el consumidor insaciable y menesteroso tras su primer chubasco, en el colmo de la exacerbación tenía que rematar la faena, solo, en los excusados.

Los expertos, que formaban legión, sin celos, glosaban las virtudes de las ejecutantes y aconsejaban a los noveles con misericordia:

— La de la blusa transparente lo hace como un tren y se traga todo el humo.

—Cuidado con la chata, tiene unos dientes fatales para la maniobra.

—La pelirroja mientras te toca la flauta te hace un repaso a la aduana.

Los miércoles a las dos de la madrugada, Tarsis y su amigo Puig asistían a la sesión cinematográfica del Principal Palacio especialmente dedicada a buscones, protectores y otros autorizados miembros del hampa barcelonesa. (La función era conocida por el nombre de «las golfas».) El interés de la película no superaba casi nunca el de las morcillas en alta voz que con gracejo brotaba de aquella sala repleta de calientacamas y tercerones.

Paralelamente a esta errancia nocturna en torno a la fornicación sin rostro humano, Puig, el compañero de Tarsis, rondaba durante el día alrededor de una vecina por la que suspiraba, pero a la que no se atrevía a declararse. Una mañana de domingo, Tarsis, tras su partido con los sordomudos, a conciencia, le emborrachó con chinchón seco para que dejara de hacer el oso y pidiera la mano de la muchacha en la que tenía puestos todos sus sentidos. O casi todos.

Tras el descubrimiento de la noche, sus delicias y sus pesadillas, Tarsis pasaba los días recordando su itinerario de casa en casa, en las que casi siempre tan sólo se detenía como mirón. Soñaba despierto durante su trabajo, y los delirios se repetían como una obsesión:

«...en las escaleras le meto mano por detrás, palpo su granada, la tiro al suelo, se la meto sin quitarle las bragas, me besa, tiene la lengua caliente y espesa, huele a jazmín, mi boca se llena de lefa, un torrente, llegamos al desván, envuelve mi polla con sus labios, con su lengua, me aspira, sin dientes ni escamas, con pétalos, planta sus pechos sobre mi boca, los chupo, los rocío de saliva y de espuma, la acaricio, tiemblo, lleno su boca de campanillas, de burbujas, las traga lentamente para no perder ni una gota, dentelleo, me besa por detrás, hiervo, mete su lengua en mi culo, veo las estrellas, tengo escalofríos, quiero morderla, triturarla, destrozarla, besarla, consolarla, oigo trompetas, se declara un incendio, las llamas la iluminan, sudo, la monto por detrás, siento sus piernas, finas, blancas, junto a mis cojones, cada vez tengo más ganas, me pica todo, mi sangre se llena de avispas, la veo en el metro, le levanto las faldas, le clavo la polla hasta su corazón, la gente nos mira, ella se deja como si soñara, entre las olas, en el estrépito de los túneles, las vecinas me acarician, las jodo una tras otra, el vagón marca el compás, todas me lamen entre las piernas, el culo, los cojones, la polla, se frotan a mis manos, a mis puños, a mis codos, a mis rodillas, voy a agonizar, mi tuétano se inflama, ardo por dentro, me chupan los dedos de los pies, me instalan en una rueda, una tras otra entran en mi polla, mi crisma se rompe, mi vientre no obedece,

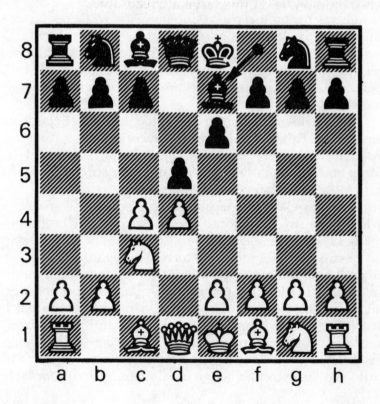

tiembla solo, me besan una tras otra tiritando con los labios húmedos, frenéticos, cientos de mujeres, miles de mujeres, millones de mujeres como arcángeles...»

Sus delirios concluían a menudo con la imagen de Dios mientras la constante erección le causaba un dolor insoportable.

Tarsis no acepta el gambito de Dama que le propone su rival y juega *3. ... Af8-e7* con aparente descuido. Amary anuncia *«J'adoube»*, con voz firme, a los árbitros, y acto seguido desplaza unos milímetros el Alfil que, en efecto, Tarsis no había colocado en el centro de la casilla. Con ello, en su opinión, le da una lección irrecusable.

El número de combinaciones posibles para realizar las diez primeras jugadas de una partida de ajedrez alcanza la cifra de

169.518.829.100.544.326.897.235.000.000

Pero a menudo un campeón de ajedrez, frente al tablero, debe analizar más de diez. El tiempo es, pues, precioso y la concentración fundamental. Toda distracción puede suponer una catástrofe irreparable. Y sin embargo, Tarsis y Amary, como si se desafiaran al ping-pong, ejecutan automáticamente (se diría que sin reflexión ninguna) cinco jugadas cada uno.

(Marc Amary:

4. Cg1-f3, 5. Ac1-g5, 6. e2-e3, 7. Ag5-h4, 8. c4xd5.

Y Elías Tarsis:

4. ... Cg8-f6, 5. ... 0 - 0, 6. ... h7-h6, 7. ... b7-b6 y 8. ... e6xd5.)

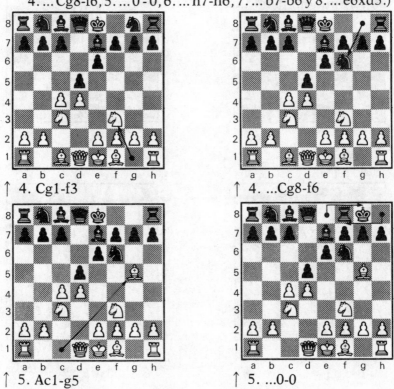

↑ 4. Cg1-f3   ↑ 4. ...Cg8-f6

↑ 5. Ac1-g5   ↑ 5. ...0-0

↑ 6. e2-e3

↑ 6. ...h7-h6

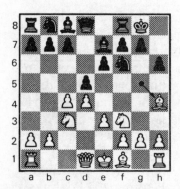

↑ 7. Ag5-h4

↑ 7. ...b7-b6

↑ 8. c4xd5

↑ 8. ...e6xd5

O quizás para liquidar prestamente el primer acuerdo tácito que rubrican, al adoptar ambos la línea de la variante Tartakover del gambito de Dama rechazado, tan estudiada con ocasión del duelo Karpov-Kortchnoi.

Tarsis ha realizado con tal desdén su última jugada *(8. ... e6xd5)* que el peón de su rival que ha tomado (que ha «comido» dirían los aficionados con un término caníbal tan significativo) lo lanza sobre la mesa, fuera del tablero, tumbándole. Amary, tras anotar la jugada parsimoniosamente, iza el peón abatido. Tarsis monta en cólera y de un violento manotazo arroja la pieza a la séptima fila de los espectadores.

Los árbitros contemplan el incidente patidifusos, tan lívidos si cabe como el propio campeón suizo. El reglamento no prevé esta situación: las piezas tomadas están fuera de juego. Los jueces pueden decidir como máximo que el gesto del agresor, por su vehemencia, podía perturbar la reflexión de su contrincante. Pero Tarsis por su parte argüiría entonces que su contendiente, al levantar el trebejo, le ha desconcertado. Los árbitros aborrecen estas situaciones embrolladas.

Los dos jugadores, mirándose fijamente, se observan inmóviles por primera vez desde que comenzó el campeonato. Tarsis parece que está rumiando, enfurecido, mientras que Amary no pierde su inexpresividad familiar. El duelo de miradas se diría que no va a terminar nunca. Tarsis se repite como lo ha hecho desde el comienzo del campeonato: «No tenía que haber jugado contra él. Debía haberle matado en cuanto recibí la carta de De Kerguelen. Pero si ahora me provoca le reviento aquí mismo». Los árbitros se levantan dispuestos a intervenir pero permanecen hieráticos, paralizados por la responsabilidad. Los espectadores asisten a la interminable y sorda batalla en silencio total, se podría oír el vuelo de una mosca.

Al cabo de cincuenta y ocho segundos Amary agacha la cabeza, derrotado, y avanza su Dama sin pensar en las consecuencias a *b3 (9. Dd1-b3)*.

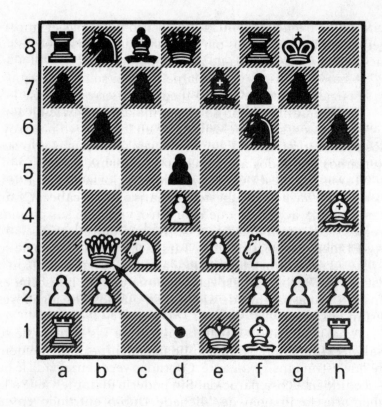

El estupor de los comentaristas que analizan en una sala contigua es normal: ha cometido una imprecisión de principiante; se diría que hipnotizado por la jugada de su adversario (*b7-b6*), ataca un ala Dama negra que aún no se ha definido, dando por supuesto que el Alfil ocupará la casilla *b7*.

Amary va a registrar su jugada sobre la planilla cuando de pronto su mano se detiene: examina el tablero y descubre su falta... demasiado tarde. La tormenta interior que sufre un campeón tras un percance de este tipo fue narrada por el jugador estoniano Keres en estos términos:

—Siempre me digo «¿cómo he podido jugar tan mal? La sangre parece que me abandona —hay jugadores que por el contrario se diría que todos sus glóbulos rojos se dan

cita en su frente y mejillas — . Procuro permanecer imper-
térrito y hago esfuerzos para no manifestar mi zozobra, mi
desánimo y mis deseos de abandonar».

Amary se dirige lentísimamente a su sala de descanso
y se encierra en ella. Quiere meditar su error a solas.

R. M. Gudmundsson se aproxima a Tarsis y le dice:

— Maestro, sería preferible que en lo sucesivo no arroje
los peones al público. La próxima vez mis colegas y yo nos
veríamos obligados a amonestarle de forma oficial.

Tarsis, que está canturreando interiormente, condes-
cendiente, hace un leve gesto afirmativo con la cabeza. Y sin
embargo ha aceptado que el árbitro, violando sus propias
reglas, se dirija a él durante su tiempo de reflexión.

El juez respira aliviado y Tarsis, ufano, se levanta de su
silla; va a meditar su próximo lance en su saloncito como
viene haciéndolo. El espectáculo que brinda la escena es
insólito: una partida de ajedrez en que los dos jugadores
están ausentes.

Amary, abatido, se instala en una de las butacas de su
salón. Ha perdido su impasibilidad por culpa de un incidente que estima insignificante. Contadas veces en su vida le ha
sucedido una cosa parecida. Sin poderlo evitar le viene a la
memoria la imagen de Michelle Dubin entrando en su
habitación. [...En *su* dormitorio con la atmósfera cargada
por el humazo de los toscanos verdes que no paraba de
fumar «Doña Rosita», la serpiente.]

Vivía entonces, a pesar de haber sido titularizado ya
como investigador del C.N.R.S. en la Residencia Universitaria Bures-Sud. Su empleo de tiempo, inalterable, fijaba
que se acostaba a las cinco de la madrugada y se levantaba
a las doce del día, tras siete horas de sueño [... y de disputas
con «el niño»]. Por las tardes acudía a su despacho del
laboratorio de Física Teórica y Altas Energías. Su habitación en la residencia la consideraba tan sólo como un
anexo de su despacho, con la única diferencia de que en
aquella dormía. [Ésta no era la opinión, claro está, de
«Mickey».]

La mujer de la limpieza encargada de su piso hubiera deseado que cambiara de horario para hacerle la cama y pasar el aspirador al cuarto antes de las doce. Era una mujer algo mayor que Amary, guapilla, y con un castizo acento parisiense; se llamaba Michelle Dubin. Todas las mañanas, a las once, gracias a su llave maestra, entraba en su habitación, «inocentemente», se dirigía a la ventana, descorría las cortinas de par en par y entonces «descubría», confundida y a veces hasta abochornada, que el ocupante de la habitación estaba aún en la cama dormido. Se disculpaba con una fórmula bien estudiada en la que lograba recapitular todas sus quejas:

—Discúlpeme... creí que no había nadie... es ya tan tarde... ya son casi las once y cuarto... y como a las doce y media nos vamos a comer... ¿Me entiende usted lo que le quiero decir?

La estratagema no engañaba a Amary pero conseguía lo que se proponía: despertarle e instarle a partir. Una mañana, harto de la treta, se incorporó de la cama al verla entrar en su aposento, y le dijo con firmeza pero sin levantar la voz:

—Todos los días me despierta usted con la misma artimaña. Le señalo que este trajín ha terminado definitivamente. Que no vuelva a repetirse. Ahora, márchese.

Al cabo de una semana Michelle Dubin llamó a su puerta. Eran la seis de la tarde y Amary estaba leyendo *Institución cristiana* de Calvino [con «Mickey» en su regazo].

—¿Me permite que entre?

—La habitación ya está hecha.

—Quiero hablarle... déjeme pasar, por favor.

Con decisión atravesó el dintel de la puerta.

—¿Puedo sentarme?

Sin esperar su respuesta se instaló sobre el borde de la cama. Amary palideció ligeramente, fue a la ventana y descorrió completamente las cortinas que impedían que pasara la luz.

– Siéntese, ahí tiene una silla... tengo que decirle algo... importante.

Amary le obedeció y se acomodó en su asiento a bastante distancia de ella. Era demasiado tarde para echarla.

– Quiero que me ayude.

– ¿Yo?

– Déjeme que le cuente: como sabe soy la limpiadora, la encargada de su piso. Pero también le hablo en nombre de tres compañeras. Las cuatro somos interinas... desde hace tres años... es decir, que no tenemos derecho ni a primas, ni a retiro, ni a los aumentos que reciben las empleadas «fijas»; además nos pueden poner de patitas en la calle el día que les dé la real gana.

– Yo me ocupo de Física.

Michelle o no le oyó o no quiso escucharle.

– Hace cerca de dos años que luchamos por nuestros derechos. No pedimos nada del otro jueves: sólo ser como las demás.

– Diríjase a la Administración.

– No... Todo depende de ellos.

– ¿De quiénes?

– De los del sindicato que son unos chupacuotas sin entrañas.

– ¿Qué tiene que ver el sindicato?

– Que el sindicato... ¿me entiende usted lo que le quiero decir?... está sólo por las «fijas». Y a las demás que nos parta un rayo. No nos dejan ni siquiera que tomemos el carnet. Total, hemos pensado que como la Administración y el sindicato nos están toreando, usted podría encargarse de nosotras.

– No soy la persona indicada.

– Mire mi situación: divorciada, con dos nenitas y mi madre a mi carga... porque de la pensión que tenía que pagarme mi marido, según el juez, todavía no he visto ni el forro... ni lo veré nunca. No me da para vivir con lo que gano aquí en la residencia. Cuando salgo limpio un par de oficinas. No puede imaginarse lo que es llegar por las noches y tener que besar a mis dos luceros a oscuras para que no se despierten. Hay noches que se me come la sangre. Si aquí nos pagaran como a las otras cuatro cincuenta más por hora, yo dejaba lo de las oficinas.

Michelle estaba tan emocionada que por poco se le saltaron las lágrimas; pero intuyó que a Amary su llanto le hubiera provocado un profundo malestar y quizás asco.

– ¿Por qué se dirige a mí?

– Usted no es como los demás.

– No me conoce.

– El otro día cuando me riñó por lo de las cortinas me di cuenta de que... vamos... que...

– No la reñí.

– Quiero decir que vi que no es un mocoso como los demás... ¿me entiende usted lo que le quiero decir?

– Son mis colegas. Los hay mayores que yo.

– Usted no es como ellos, se ve a la legua. Tiene que ayudarnos.

Michelle había adivinado lo que ninguno de sus compañeros se hubiera atrevido a suponer: que Amary defendería la causa de las limpiadoras interinas. Éste, sin ninguna sensiblería (el drama doméstico de Madame Dubin le importaba un bledo), abordó el escollo como si se tratara de un problema de Física. Con su habitual orden, encaró su misión. Comenzó por comprar el código del trabajo, dos publicaciones sindicales y el reglamento de la Administración; los estudió con detenimiento. Luego repasó las proclamas del sindicato de la U.N.E.F. próximas en el cartel de anuncios de las del S.N.E.S. S.U.P.: las primeras defendían a los estudiantes, las segundas a sus colegas. Echó un vistazo a los manifiestos de las formaciones políticas que actuaban en la Universidad; todas lucían en sus denominaciones, a pesar de dirigirse a un auditorio por lo general universitario, las palabras «obrero», «trabajador» o «proletario», amén de los socorridos calificativos de «marxista», «socialista», «comunista» o «revolucionario»; por desgracia ninguna contemplaba el caso de las únicas jornaleras de aquel oasis de estudio. Todo para él era tan nuevo: no tenía ni idea de la cantidad de desaguisados que con tan buen estilo como justicia, se «denunciaban», «se exigía su inmediato fin» o «se juzgaban inadmisibles y degradantes». En las proclamas se condenaba con coraje a los «fascistas», a los «nazis» y a los «explotadores» que con tanto descoco pululaban en torno a la Facultad. El texto del Grupo Dimitrov le llamó la atención inmediatamente: por encima de la hoz y el martillo, inevitables, con que concluía, figuraba un slogan que al fin le parecía hacer eco al problema de las limpiadoras: «Por la revolución obrera». «Contra los sindicatos revisionistas parásitos de la clase obrera.»

No sin dificultad consiguió una entrevista con Pierre Corneille, un químico experimental de brillante historial académico, a la sazón Secretario General del Grupo Dimitrov. En la brevísima cita que le concedió (que tenía un perfume de audiencia), Amary pudo esbozarle muy por encima el caso. El líder por toda respuesta le dio una cita a Michelle y a él, para el día siguiente, en el local del grupo. Le exigió con cierta solemnidad la mayor discreción a causa, dijo, de la «histeria de la policía» que «pretende destruirnos». Amary salió de la convocatoria encantado: Corneille no era como podía temer tras la lectura de tantos pasquines, un cabecilla lírico y vacío, sino un dirigente responsable que tenía los pies sobre la tierra y que para mayor originalidad, no padecía de verborrea. Había captado, eso suponía, lo esencial del problema, que en cuatro palabras le había planteado y había propuesto la solución ideal: hablar con la víctima en presencia de su Comité.

Supo que Corneille era uno de los pensadores marxistas más respetados. Sus tribunas abiertas y sus artículos se los rifaban los periódicos más circunspectos del universo «libre», incluida la página «Op. Ed» del *The New York Times*. Si bien, claro está, no todo el mundo comulgaba con sus originalísimas ideas, los más loaban la finura de sus análisis y la profundidad de sus reflexiones.

El Grupo Dimitrov para sus locales disponía de un

elegante chalé en las afueras de Fontenay aux Roses. El amplio salón de la planta baja estaba habilitado, para los trabajos teóricos del grupo, en clase presidida por dos retratos. El de la derecha, Amary, aunque no era nada ducho en temas políticos, lo reconoció en seguida: José Stalin. La foto de la izquierda no la logró identificar: el personaje, también con bigotes, parecía, si se le miraba con misericordia, un gerente de una empresa tenebrosa de Sicilia e inspiraba la misma confianza que un vendedor de coches de segunda mano. Los militantes, jóvenes en su mayoría, entre los que reconoció a varios investigadores del centro, estaban sentados en pupitres en actitud de alumnos del siglo pasado. Corneille disponía de una mesa izada en una tarima, bajo las dos fotografías, frente a sus reclutas.

Lo que más sorprendió a Amary fue el atuendo de todos: alpargatas de esparto y tela negra, pantalón de algodón azul oscuro y sahariana «mao» del mismo color abotonada hasta el cuello. Si no se miraban las cabezas, el recién llegado podía tener la impresión de encontrarse en plena Mongolia Interior. Todos lucían una chapa roja con estrellas amarillas a la altura del corazón, tan rutilante que, por un momento, Amary se imaginó que era un enorme rubí con luceros de oro incrustrados. En realidad era un emblema comunista. Corneille tenía dos.

Una vez encajonados Michelle y Amary en el único pupitre disponible de la última fila, Corneille anunció a su gente a quién había invitado «en calidad de observadores y testigos». «La obrera Michelle Dubin y el trabajador intelectual Marc Amary.» Luego, como si no existieran, informó a todos de las últimas actividades del grupo: con sirenas de barco portátiles y polvos de pica-pica, habían logrado «boicotear» una reunión revisionista organizada por los agentes del socio-imperialismo en defensa de Nicaragua. También habían conseguido, gracias a la estrategia programada de «entrismo» (Amary comprendió que querían hablar de infiltración), introducirse en el Sindicato del

Libro de Seine-Saint-Denis a fin de desmantelarlo. La fruición de Corneille mientras narraba estas hazañas hubiera parecido a un espectador frívolo, rayana en el orgasmo. En realidad, Corneille sabía retenerse y ni siquiera se corría de gusto cuando citaba, llenándosele la boca de arrobo, la flor y nata de su maestro Stalin o las sentencias del camarada Enver Hoxha. El florilegio de estos dos próceres es tan variado y pertinente y sobre todo tan vasto que el orador disponía literalmente de un pozo sin fondo para beber en buenas fuentes. Gracias a su perspicacia, Michelle Dubin comprendió que el flamenco galán que compartía con Stalin la pared presidencial no era otro que el camarada Enver Hoxha: secretario general del Partido Comunista Albanés y humanista que se sacrifica por su pueblo desde 1945 asumiendo la carga de Jefe del Estado. Corneille tenía por este maestro una admiración sin límites. Para ser exactos, con las fronteras que traza el marxismo científico.

Amary iba asimilando la lección que con tanto garbo se le iba administrando. Corneille le revelaba las bases ideológicas de la revolución proletaria antes de abordar el tema de las empleadas de la limpieza. La tarea era exaltante... pero tan ardua: no sólo había que destruir al imperialismo yanqui y a sus tigres de papel de las multinacionales, sino que también había que aniquilar a los socio-fascistas de Moscú y sus mercenarios cubanos y vietnamitas. Los camaradas bebían las palabras de su rector con admirable atención, por no decir devoción.

En aquella época, para Amary, el matemático más renovador era (con Thom) Bouteville... el cual con los ojos abiertos como platos no perdía ripio de la arenga.

Amary se encontraba súbitamente confrontado a un universo prodigiosamente rico —a pesar de sus aspectos ideológicos absurdos— que le aparecía coherente... y que nunca había examinado. Precisamente las extravagancias del discurso demostraban la profundidad de esta visión del mundo, puesto que podía permitírselas sin quebrantar su rigor. Se propuso interesarse por el marxismo.

En un momento dado Corneille comenzó a hacer aspavientos como si sufriera un ataque de epilepsia. Los militantes le contemplaban aterrados, pero dado el respeto que con razón les inspiraba, nadie se atrevió a acercarse a él para socorrerle. Cuando al cabo de dos largos minutos desaparecieron de la faz del líder las carantoñas y de su cuerpo el estremecimiento, se secó el hilo de baba que le colgaba de la comisura de los labios y tranquilizó a sus huestes:

—No ha sido nada grave. He tenido una tentación pequeño-burguesa. He pensado en el *Antidühring* de Engels y he podido conjurarla.

«Al fin y al cabo —pensaron sus leales aliviados—, Corneille es un hombre como los demás.» Se confundían. Para activar el ardor de la célula pidió una ovación para los camaradas que habían desarticulado la manifestación revisionista en favor de las treinta y cinco horas. Los vigilantes nocturnos de la vecindad comenzaron a escamarse. La sonora y vibrante ovación el tribuno la detuvo en seco, como un director de orquesta, con un gesto de su dedo índice. Luego vitorearon al camarada albanés con una frase que evidenciaba la falta de fecundidad poética del grupo:

¡En-ver-Hox-ha!

¡En-ver-Hox-ha!

Otro ademán del jefe interrumpió de cuajo el verso tras el apellido. Luego pidió a Michelle y a Amary que se instalaran a su vera, sobre dos taburetes. A los dos, por razones muy diferentes, la catilinaria de Corneille les había seducido y en cierta manera ellos también imaginaban los-días-de-mañana-triunfantes y si no rojos por lo menos de color rosa para el pleito de las empleadas.

—Camarada Dubin, expón tu caso.

Michelle contó como lo había hecho en presencia de Amary la tremenda injusticia que sufrían las limpiadoras interinas. Logró expresarse con una emoción tan sentida que unas lágrimas, esta vez, aparecieron en sus ojos.

Corneille la escuchó resoplando como una locomotora cuesta arriba, con la cabeza gacha entre sus manos, hasta que inesperadamente la interrumpió:

— ¿Quieres ganar cero, coma, cero, cero, cero, cero cinco céntimos más por hora?

— No son cero, coma, cero, cero, cero, cero, cero cinco céntimos más por hora sino cuatro francos cincuenta... y el derecho al retiro, al seguro social...

Corneille se levantó hecho un basilisco, babeando de furor; con un dedo acusador, a unos centímetros del pecho de Michelle, le aulló:

— Tan sólo eres una víbora infecta al servicio del capitalismo asesino.

Hizo una larga pausa, felizmente; Amary temía que la derrengara a palos. Y Corneille, protegido como estaba por sus incondicionales, era muy capaz de hacerlo. Recobró sus espíritus, y ya con más sosiego, pero no con menos irritación, le leyó la cartilla, pero siempre echando sapos y culebras por la boca:

— Traicionas a tu clase. Te prostituyes por un miserable aumento de la calderilla de tu paga. En vez de hacer la revolución como es tu imperioso deber de proletaria, entras en las letrinas de las reivindicaciones mezquinas. ¡Basta!, sepulcro blanqueado al servicio de los grandes monopolios. Babosa cínica que quería engañar al Grupo Dimitrov. ¿Quién te envía? ¿Qué policía burguesa se esconde detrás de tu melodrama bien aprendido? ¡Hiena y perjura, maquiavélico cuervo capaz de todas las cobardías y vilezas! ¡Parásita de la clase obrera...!

El destino también dispone de vías impenetrables: estos maitines condujeron a Amary al «ingreso en la política» como otros, mudando de estado, toman el hábito religioso. Michelle, aureolada de su prestigio de «disidenta» del Grupo Dimitrov (formación que figuraba en primera línea de la lista negra de los sindicatos... y en la que había permanecido un par de horas) entró, y por la puerta grande, en su sección sindical, consiguiendo con ello la «calderilla» que necesitaba para cenar con sus niñas todas las noches.

Incluso cuando pierde, Tarsis juega armoniosamente, como si reprodujera los caminos de la creación y del Génesis. Mirándolo bien, los reproduce. Ahora se apodera de la iniciativa estañando el error de Amary. Su Alfil esperado en el refugio *c8* salta a *e6* oteando la Dama blanca vagabunda y amenazándola. Subrayando de rojo el traspié, ampliándolo, pudriendo de esta manera la posición de su rival.

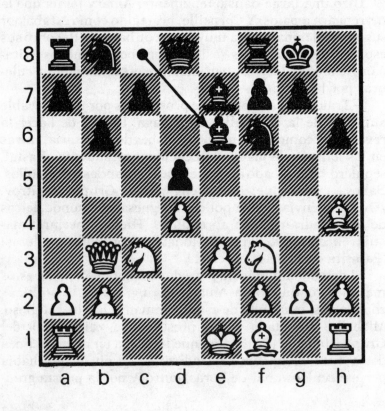

Tarsis está persuadido de que Amary ha secuestrado al ministro soviético Igor Isvoschikov. Felizmente no comunica a nadie sus dudas, se pensaría que su monomanía le conduce al delirio de interpretación. Además no son dudas.

Su razonamiento lo centra en la «increíble» derrota de su contrincante en la cuarta partida. Lo que para los comentadores fue un gazapo o un descuido que condujo las blancas al abandono, para él fue un regalo deliberado. Amary quería perder, «tenía que perder» para justificar los dos aplazamientos que inmediatamente solicitó... y que le dieron una semana de libertad, que empleó para suprimírsela al mandamás ruso. La peripecia siguió, según él, esta trama: a las siete y media de la noche Amary detiene el reloj y rubrica su derrota; a las ocho con sus esbirros llega a su residencia de Meung-sur-Loire. Horas después, Isvoschikov desaparece: la policía aún no ha podido precisar en qué momento durante su sueño se produjo el rapto. Amary va a disponer de una semana hasta la quinta partida para atar todos los cabos. Incluidos los que inmovilizarán al ministro. Ni siquiera tuvo que defender su tesis del aplazamiento. Los listillos, los «tontos útiles» de que hablaba Lenin, se encargaron de ello, como por ejemplo, el maestro yugoslavo Pantelic, que declaró a la agencia U.P.I.:

— Una derrota tan contundente traumatiza siempre. Amary ha solicitado dos aplazamientos para «reconsiderar» su sistema de aperturas que tan rudo golpe ha sufrido. (A los ajedrecistas, como a ciertos ensayistas, les gusta anteponer un «re», no precisamente musical, a cualquier verbo que iría mejor a pelo.)

Tarsis está dispuesto a demostrar, a quien sea y donde sea, que Amary no ha cambiado una coma a su programa de aperturas.

Tarsis se ha olido cada fallo de Amary. En efecto, no sólo su palidez se incrementa tras cada uno de sus contados errores sino que su olor cambia súbitamente para adquirir un tufo de geranio marchito. Sin embargo, después de la «incorrección» de la cuarta partida, ni su color, ni su olor se alteraron.

Amary se presentó una semana después, para jugar la quinta partida con un aire victorioso. No menos triunfante porque sólo lo notara Tarsis. Éste además se imagina el proceso popular a que ha sido sometido el jerarca soviético como si lo hubiera contemplado en la primera fila de butacas: Amary arrogándose los títulos de juez, de legislador y de verdugo presidiendo la farsa; representando al poder judicial en su función de magistrado intransigente, dictando la ley como todo un parlamento que decidiera de las torturas y de los castigos a infligir al reo, y por fin, como brazo represivo del ejecutivo martirizando al detenido.

Las acusaciones de Tarsis nadie las hubiera tomado en serio si las hubiera hecho públicas, como ningún ajedrecista dio crédito a las que contra el propio Elías Tarsis vertió un semanario británico. Se achacaba al jugador un pasado de proxeneta en Barcelona. Naturalmente nadie se rebajó a hacerle la menor pregunta sobre tan ridículo cargo. Una acusación tan estrambótica, únicamente Tarsis hubiera podido autentificarla. Cosa que hubiera hecho sin ruborizarse.

Su cambio de casaca se fraguó en la madrugada de un jueves en el Principal Palacio. El destino se sirvió de la doble vida de su compañero Antoni Puig. Éste abandonaba algunas noches a su amigo para cenar con los padres de la prometida. Tanto la quería que se compró un diccionario de rimas para componerle unos versos inspirados en *El Tren Expreso* de don Ramón de Campoamor, que hubieran sorprendido a los que sólo le conocían como hincha incondicional de la putería barcelonesa. Y ni siquiera... el patrón del taller ya había sentenciado: «A cada cerdo le llega su San Martín».

Aquella noche, Tarsis, solo sin su compañero de fatigas, abandonado a su suerte, se topó con ella en «las golfas». En el Principal Palacio exhibían — no se puede decir de ninguna manera, en este caso, que «echaban» — una película «de» Esther Williams, que embelesaba a uno de los públicos más

66

difíciles del Occidente cristiano. Aquella damisela maciza emergiendo del agua, virginal y llenita, era el compendio de todos los encantos imaginables. Y también inimaginables para aquellos putas y proxenetas a los que no les faltaban fuentes de inspiración. Frente a la sordidez de sus existencias, el esplendor de la aventura romántica; frente a la mugre de sus prostíbulos, el charol del cielo californiano; frente a sus reservados cochambrosos, un decorado como una tacita de plata; frente a la mala uva de los clientes, la prometedora sonrisa de la sirena; frente al pecado y al vicio, la virtud lavada y perfumada de la estrella de Hollywood. Y además no era flaca... era una generación que había asimilado el precepto impuesto por la publicidad del Chocolate Matías López: más vale ser gordo, rico, campechano, hermoso y sonriente, que flaco, pobre, sombrío, feo y amargado («después» y «antes» de comer el famoso chocolate). Por si fuera poco, la historia del film nada tenía que ver con las del homónimo de la diva, Tennessee, que aquel público de estetas hubieran tachado de morboso.

Cuando Tarsis entró en el local, la película ya había comenzado en medio de un silencio religioso: el barítono colombiano Carlos Ramírez, graciosamente amorcillado dentro de un traje de luces, le cantaba a la bella Esther un himno al amor; con audacia evocaba la lindeza de su muñequita (que apenas le sacaba un par de cuartas de altura), su boca de rubí, sus cabellos de oro y sus dientes de perla. Aquellos versos tan vibrantes nada tenían que ver con los de otro tocayo de la moza, Carlos William, y quizás por ello embelesaban a todos.

A Tarsis el que la romanza no le hiciera ni fu ni fa le causaba un sentimiento de frustración. Con razón.

A la pesca de una pajillera, Tarsis, en la oscuridad, dio un repaso al local. Las más mañosas y fogueadas con semejante diosa sobre la pantalla estaban tomadas de asalto. Por fin se instaló junto a un bulto, que en la penumbra identificó como una cabellera femenina y rubia, le tendió un duro y desabrochó los botones de su bragueta.

Eran tiempos en que el arte de vivir se practicaba con primor incluso en la entrepierna: Tarsis nunca se explicó la razón del desafortunado invento de las cremalleras de abajo a arriba que en el mejor de los casos arrancan los pelos indisciplinados del distraído. Sólo tenía quince pesetas, pero gracias a su poder de concentración, podía prolongar el nirvana hasta media película, siempre y cuando lograra durante el trajín, figurarse inmergido por la noche en una piscina helada del Polo Norte.

La señorita que estaba a su derecha, si Tarsis se hubiera fijado mejor (pero ¿qué importancia?), estaba sentada de espaldas al escenario, en cuclillas sobre el asiento, y leía, gracias al resplandor que le llegaba desde la pantalla, un libro, «*Guerra con las salamandras*». No era ni mucho menos ninguna consoladora, sino una jovencita de diecisiete años nacida en Sitges: Nuria Roig. Tan embebida estaba con su novela, que por cierto ya había leído dieciocho veces, que ni se enteró del concordato que tácitamente le proponía su vecino. Éste terminó por vislumbrarla. Dada la posición de la joven, se miraron de hito en hito... y Tarsis, inesperadamente, aceptó permanecer en su sitio sin que su adlátere le reconfortara. Pero no le dirigió la palabra.

Cuando terminó la película, salieron juntos del cine, o, para ser más precisos, caminaron, en total mutismo, Ramblas arriba, Elías Tarsis precediendo a Nuria un par de pasos. Al llegar a la Plaza de Toros, Tarsis se sentó en el suelo contra la pared y ella se acurrucó a su lado. Silenciosamente permanecieron juntos sin cambiar de postura durante más de media hora. Fue al cabo de este período cuando Nuria plantó su linda cabecita frente a la de Tarsis y no le dijo «te quiero» como una enamorada normal sino como en las canciones o en las plegarias:

— «Te amo.»

Durante los dos meses que siguieron a aquella madrugada, Nuria y Elías vivieron como dos cachorros acorralados, dispuestos a huir al primer zumbido sospechoso.

Nuria se había fugado de la casa de sus padres cuando se

percató de que se habían transformado en «salamandras», tras robarles 28.000 pesetas. Tarsis calculó que era la suma que él hubiera ganado trabajando durante cuatro años en el taller como obrador.

Tarsis sentía un extraño cariño por Nuria. Eso creía él. Nunca hubiera reconocido que la quería. A lo mejor no sabía ni lo que esto representaba. No podía pasar ni un minuto sin ella, le gustaba contemplar sus ojos milímetro a milímetro, fisgar dentro de su boca, tocar sus labios, manosear sus cabellos, alisar sus pestañas, encerrar sus muñecas entre su índice y su pulgar, lamer su saliva o acariciar sus rodillas blancas, tan redonditas, tan lisas.

Nuria, como temía que la reconocieran, se tiñó el pelo de negro y se vistió de mujer. Elías se compró un traje azul marino y una corbata de rayas y se dejó un bigote impresionante. Cambiaban de hotel todas las semanas. Se hacían pasar por recién casados gracias a un certificado que les consiguió por mil pesetas un limpiabotas del Hotel Imperio. Las falsas tarjetas de identidad les costaron dos mil pesetas cada una.

El tiempo que no pasaban en la cama, Tarsis lo consumía en celos. Que le consumían. Sufría con un dolor desconocido que le hacía tiritar de pies a cabeza.

Nuria añoraba aquellos primeros días que pasaron encerrados en la habitación hasta que descubrieron que el ramo de flores que les había regalado la dirección del hotel por «recién casados» estaba marchito. Y no porque aquellos días (¿pero cuántos fueron?) revoloteaban en el firmamento, planeaban en burbujas de espuma o se sumergían el uno en el otro como si las olas les transportaran, sino porque sabía que ya cada vez que salían, al volver al hotel, Elías fuera de quicio, como enloquecido, iba a reñirla a gritos y a menudo a abofetearla con una expresión de tanta inquina como dolor. Si alguien les hubiera seguido no hubiera podido adivinar la secreta tensión; Elías, hasta el último momento, parecía feliz. Pero en cuanto cerraba la puerta de la habitación, el estampido estallaba.

— Has pasado más de una hora en el café mirando al tipo de las gafas. ¡Y yo en medio! Tuviste el descaro en un momento dado de volverte a él y sonreírle. Te he visto. No lo puedes negar. ¿Te crees que no observé lo que hiciste con la falda?...

Nuria sabía que no podía defenderse sin agravar su caso. Tarsis terminaba por tumbarla en el suelo, ponerse a caballo sobre su pecho e inmovilizarla con las rodillas al tiempo que le exigía que reconociera sus culpas como si sólo esta frase pudiera impedirle morir de desazón. Cuando, embriagada por la pena más que por el sufrimiento, Nuria, desconsolada y sin saber qué responder, lloraba a lágrima viva, comprobando el terrible tormento que causaba al hombre que con tanta madurez quería, Tarsis reducido, lloraba también como un niño, entraba en ella, le lamía las lágrimas y la consolaba con infinita ternura.

— Eres mi lobito.

— No lo volveré a hacer. Ya nunca te volveré a pegar.

Pero Nuria, al día siguiente, tenía que contarle una y mil veces cuál había sido su vida en Sitges antes de conocerle. Acechaba la prueba que demostrara su imposibilidad de quererle, y para ello buceaba en el pasado. Hubo de narrarle con todo detalle (pero nunca eran suficientes) la escena, ardiente de amenazas para él, en que su primo de quince años la besó en la mejilla mientras leían bajo la mesa del comedor una novela de Julio Verne. Aquel gesto casi olvidado y que había sucedido hacía dos veranos, hubo de fragmentarlo en mil y un episodios, todos significativos. Tuvo que relatárselo en cámara lenta segundo a segundo: ¿cómo? ¿cuándo? ¿cuántas veces? ¿cómo puso la mano? ¿dónde estaban sus rodillas? ¿con qué te rozaba? ¿cómo te tocó con los labios? ¿qué sentiste?... Todo su pasado era una oscura y viscosa intriga carnal desconocida y voluntariamente disfrazada por ella de inocencia para engañarle. Todos los hombres a los que había visto o conocido, con los que había conversado o discutido, viejos o jóvenes, extraños o familiares le habían traicionado mil veces con ella de la manera más repugnante y viciosa.

Cuando acometía el capítulo de su presencia en el Principal Palacio, su furor y su violencia se desataban. Y ella, que tenía la impresión de quererle más que a su propia sangre o a su propia vida, le explicaba que había caído en aquel cine porque no sabía adónde ir, ya que en los hoteles no le alquilaban una habitación.

—Querías hacer una paja al primero que se te hubiera puesto delante.

—Entonces no sabía ni lo que era.

—Mentirosa. Cínica.

—Eres tú el que me lo has enseñado todo.

Tarsis, arrebatado, y como ahogándose por el dolor le gritaba:

—Di que eres mía, mi propiedad.

—Ya lo sabes. Te quiero tanto.

—Y porque me dijiste a bocajarro, a mí, un desconocido, «te amo».

Los celos de sí mismo eran los más escabrosos e irremediables: las pruebas no había que buscarlas.

—Me parecía que te quería ya... estaba tan sola, tan desesperada. La frase me salió así.

—Hubieras salido con cualquiera, con Perico el de los Palotes.

—Ya te quería, pero no como ahora.

—Mientes: di la verdad, querías cazar a quien fuere.

—Te seguí sólo a ti... Te quiero tanto... No me hagas sufrir.

—Me traicionarás como ya me traicionaste el primer día.

La traición le cercaba por todas partes, múltiple pero personal. Tanto más gigantesca y amenazante, cuanto menos podía definirla.

La besaba largamente, temblando, temiendo no poder saciarse de su lengua, de su paladar, de sus dientes, que recorría con su propia lengua entre escalofríos. Continuamente quería palparla, sentir sobre su mano su piel, como si fuera la última vez.

En la calle, de pronto la detenía, incapaz de dominarse, la metía en un portal, la desgarraba las bragas y frotaba su vientre contra el de ella como si nunca lo hubiera hecho. O bien en plenas Ramblas, súbitamente, como si ardiera, la miraba y la empujaba hasta entrar con ella en un puesto de flores desocupado. Nuria protestaba: «No; hay mucha gente, nos van a ver».

– Cógelo con tu mano.

Y Nuria tenía que obedecer.

– Dime que me quieres... ¡No lo sueltes!

– Te quiero, ¡claro que te quiero!

– Mejor dicho.

– Calla, no chilles, nos van a oír, la gente está pasando al lado.

– Te he dicho que me digas que me quieres.

– Ya lo sabes.

– Mejor dicho, dilo de verdad.

– Te quiero.

– Así no; dilo mejor o te abro la cabeza.

Y parecía tan vencido por la inquietud, tan necesitado de recibir aquella declaración que sólo podía venir de su boca que Nuria, conmovida, con los ojos bañados en lágrimas, le quería más que nunca como si le descubriera al borde de un precipicio.

Se besaban de nuevo, pero si al terminar Nuria le susurraba:

– Te quiero locamente.

De nuevo Tarsis se enfadaba y le gritaba:

– No digas cochinadas; ¡pendeja!

– Pero si es la verdad.

Tarsis pensaba que todos le habían traicionado. Y para comenzar, la muerte, llevándose a su padre. Y aun sin tener razón, la tenía. Contemplaba a Nuria, de pronto, como al borde del abismo, convencido que aquel ser tan frágil, tan blanco, tan dulce, del que ya no sabría prescindir por más esfuerzos que hiciera, iba a venderle un día con alevosía... si ya no lo había hecho.

Amary reflexiona durante veintiún minutos y aún podría pasar muchos más meditando, no sabe qué hacer: quizá sería mejor reconocer su error y retroceder la dama *(Dc2)*. Pero tras el incidente del peón arrojado al público por su rival, sería el colmo de la humillación. Por ello, como si no hubiera sucedido nada, presiona el centro con la torre *(10. Tad1)*, diciéndose que la mejor defensa es el ataque. Seguramente se repite: «Tantas veces en mi vida, cuando parecía que las circunstancias me eran hostiles, he terminado por vencer». Confía en su visión científica.

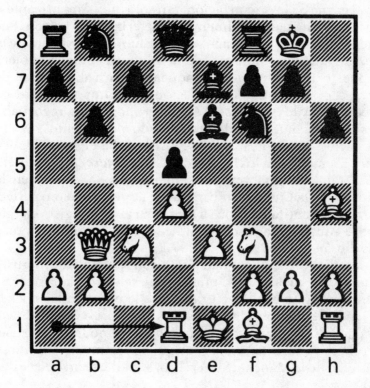

Si Amary hubiera nacido en pleno Siglo de Oro en Salamanca, y para mayores desgracias hubiera sido ateo o agnóstico, sólo la fe de los iluminados le hubiera llevado a abrazar el cristianismo. Los argumentos escolásticos no le hubieran impresionado, pero sí las razones de aquellos hombres y mujeres que, capitaneados por la sublime María Cazalla, recorrían Castilla perseguidos por la Inquisición. No le hubiera disuadido el que copularan con asnos coronados con espinas, antes de arrepentirse y rezar. Pero la proposición de que Jesús había venido para redimirnos por nuestros pecados y que, por tanto, había que ofender a Dios de la manera más bestial para permitir que se realizara plenamente el divino sacrificio, le hubiera atraído hasta transformarle en cristiano.

Amary no perteneció al Grupo Dimitrov, ni jamás poseyó el carné de la organización, tan sólo fue «simpatizante». Término que tan difícilmente caracteriza al campeón. Fue aceptado por la formación; aunque nunca se exigiera de él que adoptara el uniforme de la secta, su timidez hubiera supuesto una barrera infranqueable para disfrazarse de obrero oriental. Lo curioso es que esta imposibilidad no escamara a los feligreses. Aquel grupo que se regocijaba destrozando huelgas o desarticulando movimientos revolucionarios «revisionistas», y se alimentaba de arroz blanco para asemejarse a los héroes de la *larga marcha*, permitiéndose tan sólo una vez por semana «un banquete» en la cantina de la Ciudad Universitaria, aquel grupo tan perfectamente identificado con su ideal marxista leninista ejercía sobre Amary una fascinación ferviente. Y también quizá morbosa.

Se dio a leer libros marxistas con tanta afición y gusto que olvidó casi de todo punto el ejercicio de la Física. Se enfrascó tanto en la lectura que se le pasaban las noches leyendo de claro en claro y los días de turbio en turbio, y así, el poco dormir y el mucho leer hubiera podido secarle el cerebro o hacerle perder el juicio como al Ingenioso Hidalgo de la Mancha. Su cerebro, lejos de secarse con estas lecturas, maduraba, florecía y granaba. Eso creía él.

La primera frase del Manifiesto del Partido Comunista («Un espectro arrasa a Europa...»), colmó su agresividad latente y hasta una cierta querencia suya que le inclinaba al suicidio. Sin embargo, el fascículo le defraudó por considerarlo, ¡oh paradoja!, «inútilmente agresivo». Le irritó la peregrina idea del autor de que la ambición de los burgueses se centra en «disponer» de las mujeres y de los hijos de los proletarios. Tuvo la, para él, repugnante sospecha de que Marx era un obseso sexual [«el niño» por el contrario, se relamió de gusto].

Pero la lectura de *El capital* le entusiasmó; mientras leía tan admirables como decisivas páginas tenía un sentimiento de plenitud, y al mismo tiempo de aflicción al comprender que cada página leída le acercaba inexorablemente al fin del libro y de la fruición intelectual tan intensa que cada frase le proporcionaba; aquel monumento de inteligencia era, por lo menos, una contribución única y terminante al desarrollo de la ciencia y de la humanidad. El que se leyera, naturalmente, de punta a rabo los cuatro volúmenes del tratado sólo podía sorprender (amén de a los dirigentes o militantes de los partidos comunistas) a aquellos que ignoraban que al ser premiado a los catorce años con un diccionario en dos tomos, comentó:

— Lo leeré.

(Y así lo hizo.)

Siempre se ha dicho que el Grupo Dimitrov se desmoronó a causa del *affaire Riboud*. Corneille asegura, por su parte, que Amary lo abatió utilizando las tácticas de «entrismo» que con tanta fortuna empleara la formación frente a sus concurrentes.

A la joven catedrática de inglés Jacqueline Riboud, su edificante historial académico la había conducido de Khâgne a la Sorbonne, descolgando de pasada el número uno de la «agregación»... a nadie podía sorprender, por tanto, que su generosidad la llevara a militar en el grupo. Lo imprevisible fue que, de pronto, quisiera abandonarlo.

El día en que Jacqueline anunció su decisión, lo había preludiado un presagio de mal agüero. Amary, que hasta aquel momento no se había permitido el menor comentario, tras una larga perorata de Corneille, se levantó y declaró con audacia e inconsciencia (llevaba sólo dos semanas en el grupo... y como simpatizante):

—Y ¿por qué no se pasa directamente, desde ahora mismo, a la lucha armada, al terrorismo?

Corneille, lívido, se dijo: «¿Cómo se atreve a enmendarme la plana este novato?». En realidad, el estupor le paralizó la mente. Para mayor confusión tres militantes aplaudieron. Corneille, al fin, recobrando sus espíritus, optó por rebatir la insensata disgregación... con ironía, un arma que no solía utilizar. Y hacía bien.

—Ya veo la *frívola* prisa burguesa de aquellos que, *no siendo del Grupo* Dimitrov, empingorotados en su calidad de *simpatizantes*, efectúan el análisis más *superficial* y precipitado, sobre un tema que *ya* hemos analizado con profundidad y para el que *ya* hemos dado las soluciones pertinentes. Aquí no estamos en el *teatro*: sólo aplaudimos a los camareros.

Las palabras subrayadas, Corneille las apoyó con sorna, y si no se hubiera controlado, con gargajos. Esperaba que así los tres revoltosos que habían vitoreado al perturbador como si estuvieran en la zarzuela volvieran al redil. Pero no cabía duda de que la grieta que provocó el incidente en la perfecta disciplina democrática de la organización había dado alas a Jacqueline. Y voz.

Más tarde se supo que Jacqueline había coqueteado de manera «vergonzosa» con Jaime Bellon, un conocido revisionista miembro del P.C.E.: con ocasión de pegar sus respectivas proclamas en un tablón de anuncios de la Facultad de Derecho, habían coincidido y discutido con menos animosidad de la que hubiera sido deseable e incluso necesaria. Con tan poca, por cierto, que continuaron el debate sobre una cama, turca por más señas.

Corneille era amigo de que las controversias con revisionistas se zanjaran a puñetazos. Siempre que él no estuviera presente. En el grupo se recordaba siempre con deleite un hecho de armas legendario: la diminuta (por la talla) camarada Perlini había concluido el altercado con un gigantesco trotskista con un despectivo «No me molestaré en abofetearte». Para catequizar a sus fieles, Corneille había narrado la conducta ejemplar de los camaradas japoneses del grupo estalinista Beiheren; durante un seminario «de reflexión» que organizaron en un bonito chalé al pie del Fuji Yama, sorprendieron espantados a una pareja de militantes besándose. Tras un brevísimo proceso revolucionario en el que, para más inri, los tórtolos reconocieron que se amaban desde la víspera, fueron condenados a dejarse morir en la nieve; acto que realizaron con estoicismo revolucionario. Corneille, en aquella rememoración, comentó de forma por cierto premonitoria: «Aquí los hubiéramos liquidado a escobazos».

Jacqueline Riboud se levantó, pero, a pesar de su experiencia magistral que le autorizaba dirigirse con soltura a los auditorios más difíciles, balbuceó:

— ...Mira... pues... la verdad... es que yo me marcho... os voy a dejar... no es que el grupo me parezca mal... pero... ¿cómo decirlo?... ya no me va... Que me voy. Vaya.

Inmediatamente, Corneille captó el peligro. Del grupo no se podía entrar y salir como de un autobús. Pidió a Jacqueline, con buenas maneras, disimulando su emoción intensa, que le acompañara a la biblioteca para discutir del tema con calma y sin testigos. Sin embargo, Christopher de Kerguelen, su hombre de confianza (el tesorero de la organización), siguió a la pareja obedeciendo así a un gesto conminatorio de su patrón.

Prestamente De Kerguelen y Corneille arrastraron a Jacqueline hasta la bodega, la ataron con una soga, le cerraron los labios con esparadrapos, y por si acaso por encima la amordazaron. Sólo podía así pedir socorro en morse. Si hubiera sido contorsionista.

Tras el cumplimiento del deber, subieron al salón y se

encontraron con el grupo en plena efervescencia. Muda, por descontado. Aquella miserable espantada de la anglicista, calculaba Corneille, podía dar al traste a años de disciplinado trabajo que a punto estaban de conseguir sus fines revolucionarios. Gracias a su conocimiento de la «psicología de las masas» dibujó un quite genial. Tomando el toro por los cuernos, contó con detalle la hombrada que habían realizado; habían desarmado e inmovilizado a la disidenta. Sin novedad en el frente.

Y las masas fueron galvanizadas como previsto. Todos, hasta los más tibios, aplaudieron el espíritu revolucionario y el arrojo de su paladín. Tal fue el entusiasmo, que posiblemente ni siquiera hubiera podido superarse si hubiera anunciado que la había devorado a mordiscos. Corneille informó:

—Antes de liberarla (si es que *podemos* liberarla un día), tenemos que saber con quién ha hablado, a quién ha distribuido nuestros planes, con qué policías está en relación... y sobre todo tiene que asegurarnos, y *convencernos* de que nunca nos traicionará. La vida de los militantes está en juego. Y yo estoy dispuesto a *todo* para proteger al grupo.

De Kerguelen tendió ostensiblemente a Corneille un revólver que éste guardó en el bolsillo de su pantalón. ¡El grupo vivía instantes tan vibrantes! Participaban al fin por carta de menos en los días que transformaron al mundo y en el fusilamiento de la familia zarista. Intuían que se preparaba un crimen que iba a cimentarlos, a ligarlos definitivamente para que así un día todos unidos (salvo los reaccionarios, que serían eliminados sin piedad), construyeran el porvenir más radiante para la Humanidad. Amar y también parecía arrastrado por la euforia ambiente y confusamente sentía que colaboraba, aunque sólo fuera como espectador, a escribir una página de la Historia. Con mayúscula, la que va con minúscula está sumida en su letrina.

Leo Souness, con la boca seca por la exaltación, recalcó que había que hacerla cantar cuanto antes. Acto seguido, cogió la escoba que estaba en el rincón.

Durante cerca de una semana, Jacqueline fue martiriza-da como merecía. Eso pensaba ella. No digamos los demás. ¿Qué podía confesar? A nadie había revelado «los planes secretos» de la organización. Ni siquiera a Bellon. La apalearon, la dieron puñetazos, la escupieron... Por turnos, para impedirla dormir, la obligaron a recitar textos de Enver Hoxha o bien, sin saña, la doblaron a palos. Leo Souness, con espíritu más revolucionario que sus camara-das, le metió la escoba por el trasero al tiempo que le exigía que cantara la Internacional. Una evidencia emergía sin embargo: no podrían liberarla nunca, terminaría por de-nunciarles... sobre todo tras el repaso de la teoría a que se la sometía.

Cuando apareció la policía y detuvo a todos (salvo a Amary, que se refugió bajo la leña de la caldera de la calefacción), el inspector no sabía qué pensar del cuadro: en su miopía represiva, juzgó que aquellos señoritos gam-berros estaban jugando a Sodoma y Gomorra, siguiendo los consejos del Divino Marqués. Jacqueline no se dignó infor-marle. Era una mujer de principios.

En realidad, tras el apresamiento del grupo, la sangre no llegó al río. La de Jacqueline ya había llegado. Gracias al coraje de Corneille, a las veinticuatro horas todos los militantes de Dimitrov salieron de la comisaría sin pena ni gloria. El valor del cabecilla, para ser exactos, sólo brilló después cuando, recordando aquel arresto, tachaba a la policía de lacayos del capitalismo, de perseguidores de grupos revolucionarios y de allanadores de moradas.

Puede imaginarse el partido que sacó el Grupo Dimitrov de semejante detención; demostraba, a todos, su peligrosi-dad. Henchidos de orgullo, leyeron los manifiestos que firmaron las lumbreras del país para pedir que cesara la abyecta provocación policíaca que padecían. Tan inflados estaban que se diría que iban a estallar.

En realidad, se desinflaron como un balón.

Empezaron las comidillas, las murmuraciones y hasta las quejas. Se llegó incluso a reprochar al Souness el manejo de la escoba. Amary dio la puntilla: un buen día se fue con los tres que le habían aplaudido sin decir esta boca es mía (ni explicarse en la bodega)... con indiferencia; como si Dimitrov no existiera. Luego saltaron cuatro, tres más se largaron en plena reunión de célula, los veintitrés matemáticos desaparecieron el mismo día...

Estas formaciones tan exigentes y radicales no sólo soñaban con que la policía se ocupara de ellos (la «Izquierda marxista leninista», relamiéndose en espera de momento tan exaltante, disponía de tres garrafas llenas de ácido sulfúrico para repeler al agresor de clase), sino sobre todo con disponer al fin de un militante obrero. Pero en Francia, tan sólo había en aquel momento siete millones de trabajadores. Para colmar este vacío se sacrificaba un viejo albañil anarquista español, Ramón Espasa, que las organizaciones revolucionarias se pasaban de una a otra, por riguroso turno. Lo de sacrificio es un decir: este vaivén permitía al libertario saciar su inmoderada pasión por la verborrea.

Cuando Ramón Espasa le dijo a Corneille: «echa el cerrojo, tu invento no dará para más», éste por primera vez comprobó que la clase obrera tenía más discernimiento del que había imaginado. Si no sabían más que Lepe, por lo menos, en su caso, habían visto más claro que él.

Corneille se quedó solo en su lujoso chalet bajo las fotos de sus bigotudos maestros, meditando sobre el egoísmo y la ingratitud de los hombres, incapaces de reconocer y apreciar el sacrificio de los mejores. Hasta en sus derrotas, Corneille no se consideraba moco de pavo.

El colofón lo estampilló Amary. Sin que se haya sabido el porqué, tras la desagregación, convocó como un Rey a Corneille. El apeado caudillo se topó con un ex-simpatizante que dado su memorión barajaba citas de Marx con autoridad y precisión... Pero también se refirió a Kruschev, lo cual era pura provocación, dada la ceguera que Corneille tenía por Stalin.

−¿Cómo te atreves a mentar el nombre del asesino de Beria, del caballo de Attila de la obra de Stalin? Quiero que sepas que la primera célula comunista que fundé se llamó «Laurenti Pavlovitch Beria».

Amary le miró con condescendencia (lo cual irritó aún más a Corneille) y se salió por los cerros de Úbeda. Eso creyó el ex-combatiente ya:

– Stalin tenía mucha más cultura que Brejnev, se interesó por la ciencia, leyó a los grandes novelistas rusos, hablaba lenguas extranjeras y sabía latín.

– «Sabía latín» ¿esto es todo lo que preocupa al tipo que echó a pique mi Grupo Dimitrov del padrecito de todos los pueblos de la tierra?

Los adioses continuaron sin ton ni son. Más bien con un ton que Amary iba marcando por razones tan personales que se volvían indescifrables, y con un son que sacaba de quicio a Corneille.

– Acabo de leer a Mao (reconoció Amary).

– ¡Mao... ese reaccionario!

– Tiene mucho jugo.

– ¿Te parece suculento, Mao?

– Sí, ha escrito: «Un poco de terror siempre es necesario».

Aquella serie de pruebas e infortunios, aquel viacrucis terminó muy mal para Corneille, por el sendero del bien. Se metamorfoseó en místico... siguiendo las doctrinas de un sobrino de Buda: Ananda Marga. Y hoy, iluminado por la fe religiosa (que nada tiene que envidiar por su fervor a las convicciones políticas que practicó), reza por los demás. Y reitera con sonrisa beatífica (pero enérgica):

– Soy como un camión en la autopista: *Je roule pour vous.*

(¡Y ay de quien se ponga por delante!)

Hacer frente a Amary tampoco es descansado. Para él, el tablero es la barricada en la que se decide la partida, el campeonato, y quizás hoy la razón de su vida; establece entre el resultado de ella y su cruzada una relación categórica, no cabe duda.

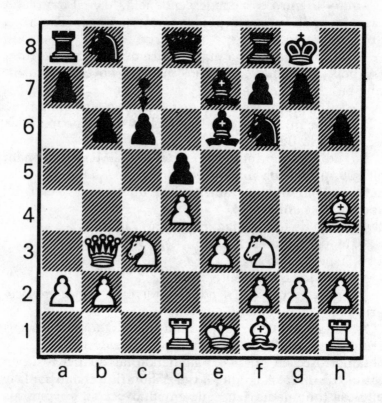

Por ello se despoja de prejuicios ridículos. ¿Por qué no reconocería sus propias faltas, incluso delante de su enemigo? se pregunta. La autocrítica es el arma dialéctica del revolucionario. (Además Tarsis ha jugado *10. ...c6*, un avance de peón conservador con el que espera evitar, a la defensiva, su contraataque.)

Retrocede, pues, su Dama ostentosamente adelantada *(11. Db3-c2)*: así habría actuado Ho-Chi-Minh en Dien-Bien Phu. Una vez analizado el fallo, para que no se reproduzca, se imagina ordenando a las divisiones viet-minh. Consolida sus posiciones en apariencia modestas: la guerra revolucio-

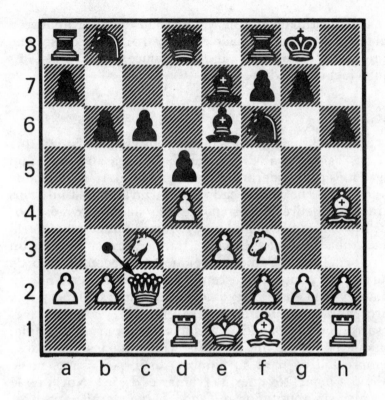

naria no se hace para la galería. La Dama retrocede, sí, pero
con ello domina la columna y además ataca el baluarte *e4*...
«Que se confíe Tarsis», se dice Amary como las presuntuo-
sas fuerzas francesas colonialistas frente al general Giap.

Por encima de sus parábolas marciales, luce el rigor
científico de su providencia. Es la mejor jugada.

Tarsis estima que Amary, tomándose por el Naponerón del terrorismo, ha planeado el secuestro de Isvoschikov con la misma estrategia con la que conduce sus partidas. «Es tan evidente», se dice.

Durante la agitada luna de miel que vivieron Nuria Roig y Elías Tarsis, el ajedrez, cada día que pasaba, ocupó un lugar más preponderante. Y, sin embargo, tras su fuga de Madrid, no se había acercado nunca a un tablero. Uno de los principios ajedrecísticos enseña que «la amenaza es peor que la ejecución de la amenaza». Tarsis, probablemente, la necesitaba. Por ello, cada vez que se presentaba en un círculo del extrarradio barcelonés, iba acompañado de Nuria. Ésta conocía la escenificación del misterio que su amante había ensayado y puesto en escena: su papel podía parecer que se reducía a sentarse cerca de él y contemplar el desarrollo de la partida. En silencio, su parte era muda. Aunque podía manifestar satisfacción por los desenlaces siempre felices para su hombre. Éste, por cierto, no le enseñó a jugar. No quería reventar el drama. Nuria no le dijo que, sin apuntador, mirando, había logrado aprender las reglas.

En aquellos modestísimos círculos, por lo general refugiados en cochambrosos locales, el sudor y la roña engendraban un adobo varonil que no incomodaba ni a los mirones ni a los jugadores. Todos hombres. La presencia de aquella linda muchachita de diecisiete años tampoco incomodaba. Tan sólo desasosegaba. La miraban con la timidez crónica de los ajedrecistas. A hurtadillas. Pero estaban con cien ojos. Tarsis fingía que los suyos hacían telarañas.

En cada club, Tarsis abría con un entremés: al ping-pong (partidas de cinco minutos) se medía con los comparsas hasta que descubría a los sobresalientes. A éstos les desafiaba en simultáneas. Conduciendo las blancas, se enfrentaba a un mismo tiempo con varios contrincantes, cada uno de éstos en su tablero respectivo. La claque se arremolinaba en torno al tablado. Nuria se colocaba a la izquierda del jugador situado a su extrema derecha según el libreto. Tenía que tener mucho cuidado para que ningún espectador rozara su silla, y mucho menos su espalda o su cabellera. No podía cruzar las piernas y su falda tenía que cubrir sus rodillas. Su mirada sólo podía dirigirse al nudo de la acción o a Tarsis; éste para «concentrarse mejor», de vez en cuando se separaba de los tableros como para verlos en perspectiva. Así verificaba mejor la posición de las manos, los pies, las rodillas y los ojos de su prenda. La concurrencia apreciaba estos entreactos.

Nuria protagonizaba su cuadro con mimo y verismo, mientras pensaba en las ideas tan desconcertantes de Tarsis o bien mientras elaboraba planes para conseguir que fuera feliz. Irrealizables siempre. Escrupulosamente se dominaba a fin de no provocar ninguna ocasión de enfado. Pero en su cara, leía los fantasmas que poblaban su cerebro.

El equilibrio que Tarsis necesitaba para apaciguar su congoja quería encontrarlo en el fiel de dos sentimientos entrecruzados: el éxtasis y los celos. Nuria tenía que seducir a todos los hombres del Universo como la fruta prohibida más codiciable, pero si alguien la miraba o la rozaba, podría atraerla y seducirla, desmoronando así toda su quimera. De cada círculo salía atormentado por el luto de la angustia. Al llegar al hotel, la violenta crisis de celos le cegaba.

Cada momento del ayer de Nuria quería apropiárselo, temiendo que en su pasado ya le hubiera traicionado. Por ello, tuvo que contarle un sinfín de veces por qué robó a su padre las 28.000 pesetas, a qué hora, con qué intenciones y explicar por qué sabía dónde estaba la caja fuerte, y la combinación y las razones de que no la vieran ni la oyeran. Ella le decía la verdad: había leído dieciocho veces *Guerra con las salamandras* y se sentía rodeada de aquellos animales razonables, eficaces, viscosos, babosos y aterradores que dominaban el mundo y su casa. Su padre era una gigantesca salamandra que se estaba apoderando lentamente de su cerebro aconsejándola y besuqueándola.

Tarsis no quiso leer nunca el libro. Le odiaba y vislumbraba todo lo que de nauseabundo había en él. No era una metáfora abyecta contra los superdotados. Pero exigía que se lo contara. Nuria, muerta de sueño, tenía que responder a sus preguntas sin fin: ¿quién era el capitán Van Toch?, ¿cuándo llegó al lago?, ¿por qué las salamandras torpedearon un crucero francés?, ¿quién era su jefe?, ¿quién le enseñó a escribir?, ¿sabían hablar? Si le decía que se lo contaría todo de nuevo al día siguiente, Tarsis furioso la increpaba: ¿qué tratas de esconderme? Aquel libro pestilencial la había influido más que nunca podría conseguirlo él.

— ¡Tendría que quemarlo!

Nuria temía perder aquella novela que había «sustraído» de la Biblioteca de Sitges cuando comprobó que estaba agotada y que el editor Revista de Occidente (que lo había publicado en su colección Novelas Extrañas en 1945) no planeaba reimprimirlo de nuevo.

Tarsis estaba convencido de que el libro había sido el motor de sus desgracias. Nuria nunca hubiera sabido que se podía «sustraer» un objeto si el libro no le hubiera apasionado tanto... hasta el robo. Luego el «descenso al abismo» era inevitable: robo de las 28.000 pesetas, fuga, caída en «las golfas» y por fin «acoplamiento» con el primer venido. Él. Porque Tarsis hubiera deseado conocerla sin que se hubiera fugado... pero fugándose no obstante; y haberla hecho su amante, sin que lo fuera... pero siéndolo. Tarsis había ganado el concurso de superdotados y sus razones él las entendía.

El libro estaba salpicado de viñetas de su propietario: un círculo dentro del cual figuraban una chalupa, un sol radiante y un rótulo: «Propiedad de la Biblioteca de Sitges». Para engañar al lector y no para disuadir al ladrón. La prueba...

– ¿Quién te ha inducido a leer esa peste? ¿Conoces al autor?, ¿a los traductores? ¿Quién es esa Carmen Díez de Oñate? ¿Qué hacen esas dos lagartijas en la portada, ocupando medio mundo? Tengo una paciencia. Reconócelo. Más que Job. Confiesa que el libro te importa más que yo. Te lo digo y lo repito: voy a quemarlo.

– ¿Por qué no lo has hecho ya?

Y Nuria, compungida, cogió un día la caja de cerillas y encendió una de ellas. Cuando la llama lamió la portada, Tarsis, furioso, le arrancó el libro y lo pisoteó, para apagarlo. Aunque no había ardido.

– ¡Te prohíbo que toques a las cerillas!

Al cabo de cuatro meses, comprobaron que se habían ya gastado 25.000 pesetas. Sólo les quedaban 3.000.

– Me alegro. Así es mejor. Trabajaré en un taller y alquilaremos una buhardilla. En los hoteles, todos te miran con descaro.

A Nuria le costó convencer a Tarsis de que podía de nuevo volver por la noche a la oficina de su padre y «despojarle» del dinero que necesitaban. Conservaba la llave de la oficina, la de la caja fuerte, y recordaba el número de la combinación (30 10 30). Juntos viajaron a Sitges. Por la noche, se introdujeron en la oficina desierta sin problemas y abrieron la sobrepuerta exterior de la caja fuerte con la misma sencillez. Las dos llaves habían funcionado. Pero la cerradura no crujió cuando Nuria hizo girar la manivela del pequeño disco instalado en el centro de la puerta. Su padre había cambiado el número de la combinación.

Para Nuria aquello significaba que su padre, más *salamandra* que nunca, había adivinado que retornaría para robarle. Deliberadamente no le ayudaba, y sin embargo podía imaginar que si volvía al escenario de su hurto era porque estaba con el agua al cuello. Su padre prefería zambullir la cabecita de su hija con su manaza para que se ahogara antes de permitir que le pellizcara su fortuna. Quizás ésta fue la azotaina más dolorosa que nunca le diera su progenitor. Le había quitado los mocos. Para siempre, se dijo rencorosa Nuria. Tarsis, feliz y olvidadizo, comentó:

— Así no le debo nada a tu padre.

El viejo limpiabotas que les había conseguido sus tarjetas de identidad les alquiló una buhardilla en la calle Consejo de Ciento. El dinero que les quedaba se les iba escurriendo sin remedio. Nuria, desesperada, se devanaba los sesos pensando que no podría soportar que Tarsis trabajara como obrero:

— Sería mejor que yo buscara un trabajo. Puedo ser telefonista, o secretaria, o vendedora en una tienda.

Pero Tarsis se enconaba a la idea de que, en su ausencia, otros hombres la miraran, la rondaran, la hablaran, la requebraran, la piropearan, la sobaran, la babosearan, la sedujeran, la enamoraran, se imaginaba idilios o devaneos que todos concluían con ella en la cama chalada, perdida, derretida, aborricada bajo el peso de un seboso boquirrubio, castigador y cachondo.

Y, sin embargo, como la cosa más natural, aceptó cuando Nuria le propuso:

— Haré de fulana y con lo que gane podremos vivir.

Se diría incluso que hasta cierto punto su entrada en filas en el gremio del proxenetismo le sirvió de catarsis. Si los griegos purificaban sus pasiones contemplando obras de arte y en especial la tragedia, él consiguió eliminar casi radicalmente los celos que tanto le perturbaban con su labor de protector. Trabajo de ojeo y rastreo en el primer período.

Nuria se inició al oficio con humildad y modestia en «las golfas», vaciando al tiento y por cinco pesetas al vecino. Tarsis, sentado en la última fila de butacas, procuraba compaginar la visión del programa doble con su misión cinegética. Al acecho siempre a fin de señalar la pieza a su cazadora.

Una noche, a la salida del cine, conocieron a Manuela del Río, una granadina con más de veinte años de profesión, a cuyo espadachín alojaban en espera de juicio en la Cárcel de Carabanchel. Se hicieron muy amigos, tanto que se vino a vivir con ellos. La buhardilla se convirtió en un jardín: las macetas y los tiestos transformaron los balcones en lonjetas enguirnaldadas.

Y Nuria con Manuela se echó al mundo. Universo que tenía como marco los cabarés de la carretera de Sarriá. Ganaban con su cuerpo tales cantidades de dinero que con justicia llevaban el nombre de «mozas de fortuna». Se especializaron en un número al alimón destinado a señores mayores y selectos que sabían apreciar la inspiración de la andaluza y la buena disposición de la catalana.

Manuela giraba a su león todo lo que iba ahorrando; los cuidados del jardín casi le permitían olvidar la mala entraña del reglamento del ministro de Justicia que le impedía visitarle por no ser su esposa legítima. Nuria descubría aliviada un Tarsis al que ya no devoraban los celos. Por las mañanas, a las doce, la Manuela subía tres cafés con churros y los tres juntos desayunaban, en pinganitos. Se les caía la sopa en la miel. Nuria olvidó por completo a las salamandras.

La función de las dos ninfas sólo comenzaba a las ocho de la noche. Las dos se emperejilaban para ella con primor. Manuela enseñó a Nuria a perfumarse, a vestirse con picardía, a peinarse como lo que era. A la una de la madrugada, volvían en taxi. La granadina conocía a todos los porteros con los que bromeaba exagerando su acento andaluz y a los que gratificaba con señorío. Nadie hubiera podido llamarla «mujer de mal vivir».

Tarsis no volvió a hacer preguntas. Nunca supo lo que sucedía a sus espaldas. Ni le interesaba. Tampoco las faenas eran nada del otro viernes. Manuela, por lo general, se encargaba de los masajes de lomo mientras que su coadjutora, en vanguardia, sofocaba por el eje. El número más peliagudo era el de «la tortilla», las dos se enlazaban desnudas, se besaban y gemían, pero siempre temiendo soltar el trapo. Por lo general, conseguían tan sólo reventar de risa cuando el esteta mirón ya se había ido. Y había pagado. Pero muchos tan sólo las alquilaban para contarles sus desgracias. En este caso las confesoras oficiaban sentadas a derecha e izquierda del penitente al cual ni siquiera reconfortaban con un beso. Uno de ellos además tenía la manía de que se disfrazaran con los trajes que llevaba en su maleta.

Tarsis se enfrascó en el ajedrez y se pasaba el día frente al tablero estudiando las partidas de Fischer, Morphy y Steinitz. Nuria tenía la impresión de que no era feliz; constataba que era entonces ella la que tenía que tomar las iniciativas que con tanto ardor él asumía antes. El dinero se amontonaba en un cajón... como si él no lo viera. Ella le compraba camisas, trajes y zapatos; el hecho de que con su trabajo y su cuerpo pudiera pagar los lujos de su hombre la enorgullecía de manera extraña. También le compraba libros de ajedrez así como un juego de marfil... que por cierto nunca utilizó.

Aquel cuento de hadas y de cisnes concluyó sin previo aviso.

Una mañana en que Manuela les sorprendió trajinando bajo las sábanas, las descorrió y acompañó el envite con un indecente masaje del dorso de Tarsis. Nuria, feliz, vivió la excitación frenética de su amante. Y le sorprendió su furor cuando todo hubo concluido.

Cuando Nuria volvió risueña a la una y media de la madrugada en compañía de Manuela, se encontró con una nota de Tarsis:

«No he nacido para ser macarra. No quiero acostumbrarme a vivir a costa de nadie y menos de una mujer. No me busques más. Vuelve con tus padres. Hay personas que dicen querer a otra para que éstas al despertarse de su sueño sean más desgraciadas que nunca lo hubieran sido. Estudia como querías antes de conocerme. Haz la Reválida. Olvida estos meses. El Infierno. Pido a Dios que me perdone por el mucho mal que te he hecho.»

Y Nuria vio de nuevo cientos, miles, millones de salamandras viscosas repugnantes que la rodeaban.

Tarsis con su caballo salta al baluarte inexpugnable del centro: (*11. ...Cf6-e4*) Amary lo había protegido con su último movimiento y sin embargo Tarsis fuerza la posición, la revienta. Ha realizado la jugada para demostrarle a su rival que nada le es inaccesible... Pronto comprueba que es la mejor. Su instinto nunca le engaña. Piensa.

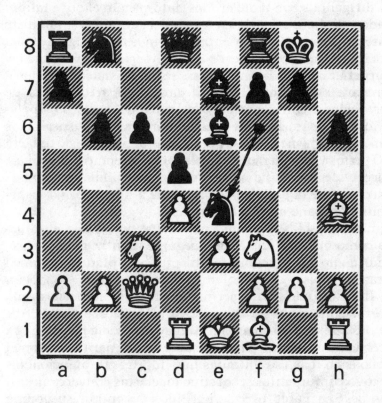

El instinto quizás sea el sentido más fecundo de Tarsis, gracias al cual, para él, el tiempo no es el inmutable goteo que mide Amary como un «robot». Una partida de ajedrez se desarrolla durante un período dado como la ceremonia o la suerte de matar; este lapso condensado pero asimismo sagrado y mágico, lo vive como si fuera la expresión ritual del mito. Su tiempo es el de la creación y no el de la repetición.

Su instinto es el que le señala que Amary ha secuestrado al dirigente soviético. Pero los datos según él no le faltan: cada vez que lee uno de los textos del «Comité Communiste International» descifra entre las líneas el estigma de su enemigo. Cada comunicado está numerado, mostrando así la carta maestra de Amary: su «sistematismo». Sistemáticamente los comunicados llegan a las redacciones de los periódicos los martes y los sábados y las fotos polaroid los jueves; los tres días de partida. Las vísperas, los lunes y los viernes, en que por lo general no se juega, redacta los textos y los miércoles saca la foto. Sistemáticamente. Le sorprende que nadie haya captado estos indicios, como le extraña que la policía no interrogue a Amary como sospechoso. No sabe que ya lo ha hecho.

Tarsis está seguro de que Amary no estudia el tablero como un ajedrecista que juega, se rebulle, goza y sufre, sino como un funcionario aplicando el plan quinquenal (esta comparación hubiera encantado si la conociera a Amary); «con el mismo método con que ha secuestrado a Isvoschikov».

Lo que sí es cierto es que Amary analiza la posición con el mismo talante y talento que empleó para estudiar el marxismo tras su iluminación. (Llama la atención los recovecos que utiliza el destino en ciertas conversiones: si las de San Pablo o San Agustín seducen por su pompa laboriosa, las de Claudel y Faizant, por ejemplo, maravillan por su pedestre trivialidad. La de Amary, sin embargo, le llegó de la mano del servicio doméstico.)

Se leyó de popa a proa y de la cruz a la raya la obra de

Marx, de Engels, de Lenin, de Stalin, de Gramsci, de Mao-Tse tung, de Suslov, de Togliatti, de Thälmann, de Pieck, de Althusser, de Lefebvre, de Luckács y de Rosa Luxemburg. Retrocediendo a las fuentes se empapó en los escritos de Platón, de Thomas Morus, de Campanella, de Messler, de Mably y no perdió una coma ni siquiera de Fourier o de Owen. La lista negra también se la pasó por el aro: Bakunin, Liebknecht, Trotsky, Proudhon, Lasalle, Castioradis, Daix, Morin y Garaudy. Aprendió el ruso y consiguió tener nociones de checo, de polaco, de húngaro, de rumano y de albanés. La lengua que pronto dominó fue el búlgaro, gracias a la cual pudo leer a Jorge Dimitrov a roso y velloso.

Se dijo que no se podía tomar en serio a quien no se situara con relación al marxismo. Le fascinaba que éste fuera el único pensamiento terrorista en su medio intelectual. Y sobre todo le seducía el «aparato del partido» con sus purgas, sus autocríticas y sus campos de concentración. Con su entereza.

Estaba decidido: él también haría la guerra... pero sin odio, al lado de los oprimidos y de los que luchan por la justicia. La Física de pronto la veía ¡tan indigente! El marxismo era la ciencia. La Ciencia.

Se dijo «soy comunista, formo parte del partido de los pobres». Resolución que tomaba en secreto para velar por la eficacia de su combate.

Un escollo se presentó en su camino. Para Marx, tan sólo se llega a tener conciencia de clase, es decir, a ser revolucionario y materialista, gracias a la práctica (la praxis) de la explotación en tanto que víctima de ella. Pero él no era un «explotado»: se había hecho materialista, pues, gracias a una elección ideológica. Al abrazar el materialismo por puro idealismo, ¿no estaba provocando un cortocircuito absurdo?

El recuerdo de su pasado le tranquilizó. Su nacimiento le colocaba de plano en el mundo de los explotados, si no vino al mundo en el fondo de una mina, vio la luz por vez primera en algo infinitamente peor. Sobre todo que en los fondos de las minas por lo general, no suelen parir las madres proletarias.

La suya lo hizo en Nueva Delhi, donde su padre estaba destinado como agregado comercial de la legación suiza. Con ocasión de la victoria de un equipo mejicano en un torneo local de hockey sobre hierba, la Embajada de Méjico organizó un baile para diplomáticos y jugadores en un pomposo parque de las afueras de la capital. Los esposos Amary se apuntaron al regocijo. Era una quinta lujosa, es decir, a lo occidental, donde la única pincelada folklórica la suministraban los retretes: al fondo del parque, disimulados por la maleza, había tres excusados inmundos y cargados hasta los topes, a pesar de que el cuerpo diplomático los «ninguneaba» con sacrificio. A la puerta del mugriento quiosco de necesidad, que de inodoro sólo tenía el nombre, estaba de guardia un neodelhino sentado en cuclillas con una servilleta húmeda (que había sido blanca), y una diminuta bacina abollada de aluminio para atesorar las propinas. Que imaginaba por lo visto igualmente escuálidas.

A poco de que la orquesta atacara por tercera vez «Amapola», la madre de Amary, que se encontraba a la sazón encinta, sintió unos furiosos dolores de vientre que interpretó causados por la necesidad que tenía de evacuar sus aguas mayores. No le extrañó. Los trastornos que causaba a los recién llegados el cambio de alimentación y de agua eran conocidos entre los diplomáticos bajo el nombre de «la venganza de Siva». Sin andar a tienta paredes, resuelta, inconsciente..., y sola, se dirigió a las letrinas. Apretó con toda su alma: Amary cayó de sus entrañas sobre el pozo rebosante de excrementos.

Siete años después, en Tokyo, y con ocasión de una velada en beneficio de la lucha contra la tuberculosis (entonces esta enfermedad aún se llevaba en los salones diplomáticos), su madre se bebió cerca de una botella de Fernet Branca, que había traído de Bari un colega irlandés de su marido. El padre de Amary tuvo que emplear toda la artillería para llevar a su esposa a su casa y meterla en la cama. Del esfuerzo se quedó roque, como ella. Eso pensó el marido. En realidad, Cécile, en vez de «dormir la zorra», se levantó, y haciendo eses, se dirigió a la habitación de su hijo. Alegre y entre dos luces, le contó la peripecia de su nacimiento.

Nunca se supo el efecto que hizo en Amary la jocosa melopea de su madre. Esto quiere decir que ni ella ni su marido comprendieron la relación que hubo entre la revelación y el cambio de figura de su hijo. El caso es que empezó a echar barriga y carrillos y pantorrillas, tan abultado se puso en poco tiempo que se diría que se le juntaban las mantecas. Todos coincidían en que el niño estaba de buen año y hasta de buen ver. En realidad, quemando las etapas, pasó de angelón de retablo regordete, a carnoso, pronto a rollizo y, por fin, a obeso. No cabía en su pellejo. «El niño» quería morir pero sin suicidarse, de indigestión, reventado en un retrete. Pero esta ambición, que no hubiera condenado Rimbaud, fue el secreto de Amary. Quizás el más íntimo. Por lo menos el primero de la serie.

Toda su infancia y adolescencia y sus primeros años de investigador, los vio venir sin ceder un kilo y sin dar importancia alguna a las bromas de los más graciosos para los que tan sólo era un «colchón sin bastas» o un «pastel en bote» e incluso un «tapón de cuba». Él ni les oía.

Pero al tiempo de dedicarse a la lectura de sus maestros marxistas, se puso a adelgazar a ojos vista. Las preguntas que sus compañeros querían hacerle las imaginaba:

– ¿Estás haciendo huelga de hambre?
– ¡No hay quien te reconozca!
– ¡Cuidado con tu salud!
– Pero, ¿qué te pasa? ¿Tienes novia?

Tenía algo mejor: un destino revolucionario para el que convenía adoptar una figura «común». Su plan, lo trazó con esmero y lo cumplió a rajatabla: cada día comía por valor de 800 calorías. Y cuando llegó al peso que se había fijado,

60 kilos, él, que medía cerca de un metro setenta, decidió que hasta el fin de sus días tan sólo se alimentaría con 900 calorías diarias [«los demás» con «el niño» a la cabeza, se opusieron a la dieta, e intentaron boicotearla siempre que tuvieron la ocasión].

Pero Marc Amary era aún obeso cuando su madre murió. Cécile Amary falleció a los dos meses de que su hijo terminara el Bachillerato. Fue una agonía dolorosa y espeluznante que no aliviaron las chifladuras y delirios que hasta última hora la trastornaron. Estando en capilla, le pidió a su hijo que la amortajara ya, con su sari de Nueva Delhi, y añadió:

– Con el que te cagué el día de tu nacimiento.

Por segunda vez, y última, su madre se refería a su caída al mundo... pero esta vez utilizando una palabra que nunca le había oído pronunciar.

Tres días después del entierro, el padre de Amary apareció. El largo e incómodo viaje desde Manila, con tres transbordos de avión, le afectaron más que la muerte de su esposa. Ésta no le enlutó ni la solapa de la chaqueta. Pero sí se le atravesó un nudo en la garganta cuando el médico le comunicó las serias sospechas que tenía de que Marc hubiera asesinado a la que fue en su día la mujer de sus sueños, su prometida, su novia y su esposa. No obstante se alojó, temerariamente, en su antigua casa, durante dos noches. Durante la segunda, descubrió una lista manuscrita de su primogénito en la guía de teléfonos encabezada por el aviso «Mis enemigos», en la que figuraba. En segundo lugar. Intentó dormir, pero sentía nublársele el corazón hasta el punto en que, de sopetón, se vio frente a un espejo llorando a lágrima viva.

A la mañana siguiente, el padre y los dos hijos desayunaron en la cocina. Mientras Marc Amary leía atentamente un tratado de electrocardiografía de Willem Einthoven, su padre dialogó con su hermano Gabriel.

– ¿Necesitáis más dinero?

– No creo que Marc, que es el que se encarga de él, tenga problemas.

– Si queréis... La vida ha subido mucho: ¿podéis pagaros los estudios?

– Son gratuitos.

– Dime: ¿no os he escrito bastante?

– Sí... sí... ¿qué te pasa?

– A tu madre, la quise mucho. Un día comprenderás que no se puede vivir con la misma mujer la vida entera... Sobre todo... estaba loca.

– No te reprocho nada.

– Déjame que te bese.

Y su padre le besó con tanta emoción que su corazón le dio un vuelco. Marc levantó un instante sus ojos del libro y contempló con repugnancia la escena. Pero como un convidado de piedra, no se inmutó ni tampoco movió una pestaña cuando su hermano informó a su padre:

– Las últimas palabras de mamá fueron para recordarle a Marc que había nacido en un retrete.

– Pues es cierto. Lo había olvidado por completo.

Gabriel rememoró la frase que un día le dijo Marc: «Los adultos carecen de entereza, de valor y de honradez». Pero se equivocaba: a su padre el incidente se le había borrado solito de la memoria, se le había sumergido en el olvido sin darse cuenta, no lo había echado a las espaldas, ni tampoco voluntariamente se lo había dejado en el tintero. Como no tenía memoria de grillo, la amnesia significaba que su subconsciencia había impuesto el borrón y cuenta nueva.

– Hice por ella todo lo que pude.

– No tienes que justificarte.

– Cuando el director de la Casa de Nyon me informó de que quería vivir y tomar sus comidas con un marrano, yo le autoricé a comprárselo.

Gabriel recordaba aquellos dúos, de persona a persona, entre su madre y su cochino, al que llamaba «cerdito mío» y «mi tesoro». La conducta de Marc durante el deyuno irritaba a su padre, pero no se atrevía a pedirle que cesara de leer ni a dirigirse a él. Lo hizo a través de su hermano:

— Marc siempre ha estado ausente, lejos de la familia: nunca tuvo corazón. ¿Te acuerdas de que siendo niño en Caracas, hizo la «huelga de hambre» para que ahorcáramos a una de las criadas a la que acusaba de haberle sobado mientras se bañaba? Sólo tenía seis años. Tuvimos que despedirla y colgar una marioneta en la bodega para que aceptara beber un vaso de leche. No puedes haberlo olvidado.

— Eran cosas de niños.

— Exacto, de «el niño». Exigió, acuérdate, que se hablara de él en tercera persona. Y él mismo decía: «el niño quiere salir», «el niño se va a la cama», o «el niño se ha tragado el collar de perlas de Cécile». Tuvimos que esperar que las evacuara de forma natural.

— Mamá acaba de morir y te vemos muy de vez en cuando, ¿no crees que podríamos reconciliarnos? Marc no pudo portarse mejor con ella.

— ¿Qué quieres decir?... Yo no podía vivir a su lado: tu madre se pasaba el día desde que empezó a tener aquellas sospechas ridículas, contemplando el vacío. O bien se levantaba por la noche y se acostaba al pie de la verja del jardín.

— Más vale olvidar todo aquello.

— Para vosotros es muy fácil olvidar. Pero, ¿y yo? Nunca habéis pensado en vuestro padre. ¿Sabes lo que tu madre le hizo?... ¿a «ella»? Se le acercó a escondidas, le cortó las trenzas y luego le arañó toda la cara.

— Nos pedía que rezáramos. Creía que ibas a volver.

— ¿Cómo iba a volver? La vida con ella era un infierno.

— ¿Sabes?... Los domingos íbamos a verla en bicicleta. En cuanto llegábamos, nos preguntaba: «Pero, ¿sois mis hijos?». «¡Qué altos estáis!» «Meteros en la cama, parecéis tan cansados.» Y siempre añadía: «¿Qué puedo hacer por vosotros?».

— El director me escribió para decirme que comía

a gatas en el suelo, para asemejarse a su marrano o que le pedía al cura que transformara sus orines en agua bendita.

— Al final lo olvidó todo: su única obsesión era que el gato africano, que según ella había devorado a su propia madre, no atacara a su cerdito. Nos pedía que lo cazáramos.

De pronto, Marc, enérgicamente, cortó el diálogo:

— Cerremos el álbum de familia de una vez para siempre.

Amary, para realizar una jugada forzada *(12. Ah4 x e7)*, emplea cerca de un cuarto de hora mostrando así que la reconquista que planea necesita todas sus energías.

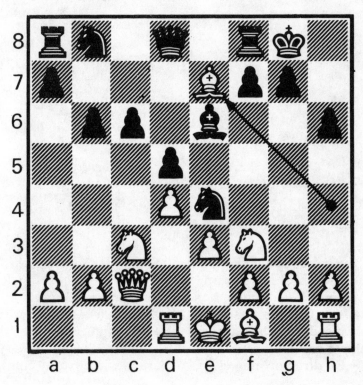

Ha cogido el Alfil de Tarsis como si se tratara de una víbora coleando que pudiera morderle... o quizás como si fuera el dedo de su contrincante... o el falo, como opinaría el profesor Fine.

Se diría que Tarsis ha sentido los dedos de Amary sobre su propia carne. Le mira con disgusto pero también con curiosidad: el gesto le ha parecido una vez más familiar, conocido, como si ya lo hubiera observado años antes. El recuerdo lo tiene, como de costumbre, en la punta de la lengua, pero no llega a puntualizarlo. Desde el comienzo del campeonato no consigue desenterrar de su memoria el origen de esta evocación.

Tarsis se vuelve y mira con descaro a la escolta de su contrincante (el chófer y los dos guardaespaldas). Los tres en la primera fila del teatro, impertérritos, no quitan los ojos del tablero, a pesar de que no saben jugar. «¿Qué necesidad tiene Amary de semejante trío de sacamantecas travestidos en mosquitas muertas?» La Federación Internacional, tras los abusos de los recientes campeonatos del mundo, ha prohibido que los pretendientes al título sean ayudados por maestros en sus análisis de las partidas aplazadas o en su preparación. Los excesos de los «asistentes» en los últimos certámenes transformaron los campeonatos individuales en torneos por equipos. Pero la F.I.D.E. no ha vetado la presencia, en torno a los jugadores, de los «segundos oficiales». Tarsis se jacta de no necesitar a nadie. «Los tres secuaces de Amary, a pesar de sus aires de universitarios arrastra-bayetas, forman un trío de fanáticos.» Los imagina acompañando a su jefe la noche del secuestro del ministro soviético, conduciendo su coche y ahora torturando «científicamente» a Isvoschikov, noche tras noche, en el sótano del chalet que su rival ha comprado en Meung-sur-Loire... para transformarlo en «cárcel del pueblo».

Tarsis partió arrebatado de Barcelona dos horas después de escribir la carta a Nuria.

Tras un recorrido que le llevó de la capital catalana a Segovia y después a Madrid, llegó a Valencia, donde se

101

hospedó en una casa situada al borde de la playa de la Malvarrosa. La pensión de familia lindaba con un caserón destartalado que devastaban y arruinaban meticulosamente los flechas del Frente de Juventudes. Con la venia de sus mandos. Peor aún: a conciencia; la casa, que había escapado a la quema por verdadero milagro, había pertenecido al novelista español de mayor reputación internacional y que, por si no fuera suficiente desafío, había sido de izquierdas antes que nadie. Su primer pecado, el más imperdonable por cierto, lo sigue pagando hoy. Ni Hollywood, ni sus apocalípticos caballos, nunca podrán mejorar su imagen. Por el contrario, la empeoran.

La pensión pertenecía a una animada viejecita con pata de palo que trajinaba como cuatro y que echaba las campanas al vuelo a cada gracia de su nieta, una meona de la piel del diablo. Las labores de la casa las asumía con esmero y reserva la criada, Soledad Galdós, una moza alta, rubia, de imperturbable tranquilidad y con unos misteriosos y serenos ojos azules. Se la tomaba por sueca. Por ello los tres huéspedes de la casa, un contable y dos chupatintas de la Fábrica de Papel, soñaban con seducirla. En realidad había nacido en una aldea próxima a Torrijas, provincia de Teruel, y era española por los cuatro costados. No miraba a nadie con misterio, sino simplemente con ventaja... y cuando, al ir a acostarse, se tropezaba con uno de sus admiradores, por encima del hombro.

En Valencia, Tarsis, además de fresador del taller mecánico de la Fábrica de la Papelera de la Malvarrosa (largo título que sólo tenía el inconveniente de ser falso: la fábrica no estaba situada en la playa, sino en un pueblo vecino menos fragante de nombre, «El Cabañal»), era sobretodo y ante todo «agapito».

En la Compañía de Jesús, en aquella época, los jóvenes postulantes que aún no habían entrado en el seminario se denominaban entre sí «agapitos». Sus directores espirituales también les nombraban de esta manera: de ellos partía el hallazgo. Aún no eran seminaristas, pero tampoco se les podía considerar como civiles del montón, aunque seguían ejerciendo las mismas ocupaciones que practicaban antes de ser iluminados por la vocación. Claro está, no se escatimaban en preces, jaculatorias y visitas a los altares para mayor gloria de Dios, lo que la banda decía en latín y de corrido como si fuera una palabra alemana: «admajoremgloriamdei». También se distinguían por una castidad meritoria que practicaban con el mismo tormento y encendimiento que los discípulos de Sade la pornografía. Para desplegarla sin accidente contaban con el auxilio de San Luis Gonzaga y San Estanislao de Kostka y de un largo escapulario que rozaba en los momentos de apuro la parte más elevada del acicate. Ante las poluciones nocturnas se encontraban, sin embargo, desarropados. Y así les iba... Pero éstas, en general, no contaban.

Lo de «agapito», sus doctrineros lo explicaban así: hay dos formas de amor, el que tiene Dios por los hombres y el que los humanos sienten por el Creador. El primero es infinito, el segundo no tiene tan sublime generosidad y grandeza. Es, pues, un amor de «ágape»... vil, despreciable, plebeyo y chabacano si se le compara con el primero, pero majestuoso y esperanzador si se le coteja con la relación que une al común de los mortales con el Supremo Hacedor... De donde surgió la palabra «agapito» para bautizar a los encelados aspirantes a jesuita.

El director espiritual de Tarsis, durante esta navegación espiritual que con tanta pasión abordaba, fue un amigo del Padre Gregorio (E. P.) del Colegio de San Antón: el Padre Benito Bertomeu (S. J.). Ambos se hicieron amigos mientras estudiaban en el Seminario Diocesano, pero a poco de cantar misa, el primero fichó por las «E.P.» transformándose en escolapio o miembro de las Escuelas Pías; el segundo años después se alistó en la «S.J.», afiliándose como «padre» (los jesuitas saben que los designios de Dios son impenetrables). En tan buenas relaciones quedaron que, a pesar de la hostilidad secular de los dos gremios (los jesuitas trataban entonces a sus hermanos escolapios de pardillos y zoquetes y éstos a aquéllos de engreídos más tiesos que ajos), cuando Tarsis se presentó en su despacho, dispuesto a descargar su conciencia y decidido a vestirse toda su vida con el hábito de penitente, que era la sotana de escolapio, el Padre Gregorio le dijo:

– Sería una locura que con tu talento entraras en nuestra congregación. La Compañía de Jesús es el marco adecuado para un joven superdotado como tú. Precisamente, tengo un amigo...

Aunque todavía no era ni jesuita ni seminarista, ni tan siquiera agapito, en aquella visita al Padre Gregorio, Tarsis había utilizado ya una de las armas de San Ignacio: la restricción mental. Cuando se escapó de Barcelona, ahogado por el remordimiento y dispuesto a retirarse para siempre del mundo, sus pompas y sus vanidades, su primera visita no fue al Padre Gregorio. Pero se le hacía muy cuesta arriba confesarle las calabazas, ¡tan humillantes!, que le habían dado en Segovia.

Había comprendido, al terminar de redactar la nota a Nuria, que la paz sólo podría conseguirla si se dirigiera por un camino totalmente opuesto al que hasta entonces siguiera, y que le había conducido a ser macarra: no había otro sistema, para enmendarse definitivamente, que el de abrazar la pobreza, el silencio, la penitencia y la castidad.

Se personó en el convento que los trapenses poseen a unos kilómetros de Segovia. Él creyó que allí se entraba como en la Legión: era suficiente, pensaba, raparse la cabeza, dormir cinco horas por noche en un ataúd con una roca por almohada, trabajar en el campo de sol a sol, y sólo abrir la boca para murmurar «morir habemus». Era el programa que le convenía. ¿Y a quién no?

Le recibió un fraile preguntón pero distante (afortunadamente, porque olía a rayos; por lo visto, supuso Tarsis, «además no se lavan»). Le hizo más preguntas que un comisario. Al cabo de una hora de careo en la que pasó por mil vergüenzas para detallar, como le pedía su escudriñador, su vida y milagros en Barcelona, el fraile, con una sonrisa (¡al fin!, ¡y beatífica!), le fue leyendo la sentencia:

— No puede vivir solo. Tiene que tener amigos.

— Ya le expliqué que tenía dos... Amigas.

El veredicto lo destapó picaruelo como quien quita el hojaldre al pastel.

— Tiene que cambiar de vida. El paso que ha dado es positivo pero no suficiente. Tiene que rezar, hacer penitencia para que Dios le ayude. Practique esta vida piadosa durante doce meses y vuelva a vernos dentro de un año.

El Padre Benito, por el contrario, había ganado su confianza desde el primer instante. Más que un Padre, era un abuelito sonriente y malicioso que hubiera podido ser, pensaba Tarsis, el padre de su padre. Había pasado cerca de veinte años como cura de pueblo en Vitigudino, hasta que ya, a sus cuarenta años, haciendo Ejercicios Espirituales en Salamanca, había sentido la llamada de la vocación por segunda vez. El Espíritu Santo le señalaba que sería más útil a la causa del Bien ingresando en la Compañía de Jesús. Era inteligente y goloso, achaque que enternecía a Tarsis y que entretenía con media docena de tocinitos de cielo con que le obsequiaba cada vez que recibía el sobre con su paga.

Todas las tardes, al terminar su trabajo, Tarsis tomaba dos tranvías que le conducían uno tras otro hasta el centro de Valencia pasando por el puerto y el cauce seco del Turia. Su confesor le esperaba; hubiera sido difícil saber cuál de los dos acechaba este momento con más impaciencia. Los domingos, pasaban el día juntos en compañía de los otros cinco agapitos con que se podía enorgullecer Valencia en aquel año de pertinaz sequía: iban a los suburbios a catequizar las almas de los descarriados (con el tiempo, este tipo de descreídos se han ido instalando en los barrios finos).

El cariño que sentía el Padre Benito por su agapito a veces le asustaba. ¿No se estaba convirtiendo en una amistad particular? El pasado del muchacho le sobrecogía: un hombrecillo que «había vivido» en Barcelona «como había vivido» y que había martirizado a un compañero siendo un chaval, ¿no sería capaz de hacer de nuevo cualquier barrabasada? Pero al mismo tiempo, gracias a Tarsis, era testigo de una aventura de las de antes de la guerra... de las que había barrido la Cruzada.

Para ingresar como fresador en la fábrica de la Malvarrosa, Tarsis no se sirvió de una restricción mental sino de una mentira de tomo y lomo... Que absolvió sin pena su director espiritual; mejor dicho, con un simbólico avemaría. Por puro recochineo, seguramente.

Cuando Tarsis llegó a Valencia, la empresa propietaria de la fábrica había decidido construir unas instalaciones para transformar la paja de arroz (tan abundante en la región como carente hasta entonces de rendimiento), en pasta de papel. Una operación tan peliaguda, los dirigentes apreciaron que no podían encomendársela a los indígenas más aptos por lo visto para fabricar panderetas. No parándose en gastos, a lo grande, contrataron lo mejorcito: cuatro ingenieros italianos. Aquellos esclarecidos mentores que se movían por la región como en terreno conquistado (... y lo era), tenían una desconfianza instintiva en las capacidades de trabajo del obrero nacional, no le veían confeccionando panderetas sino haciendo botijos... pero nunca ante una máquina moderna. Italiana para mayor escarnio. Ejercían su trabajo (los cuatro) con sendos aparatos de foto en ristre para sorprender e inmortalizar por la imagen al gandul que desoyendo la máxima «el trabajo es la libertad», dormía la siesta en lo alto de los pajares. En descargo de los dormilones, cabe señalar que las tardes eran muy largas y el sol de castigo.

El ingeniero italiano que acogió a los cinco inactivos en busca de trabajo −entre los que se encontraba Tarsis− les preguntó:

−¿Entre vosotros hay un fresador?

Tarsis no sabía que dentro del trabajo manual, el fresador realiza la labor más difícil, y por ello la mejor pagada. La palabra le gustó. Pensó que se trataba de un oficio que se ejercía en la cantina y que aprendería en dos patadas. Dijo tranquilamente:

— Yo.

— Pero, ¿eres aprendiz mecánico o aprendiz adelantado?

La respuesta la conocía. Él sabía muy bien — como sus tres compañeros — cuál era la categoría más alta a la que podía aspirar. Y afirmó:

— No, yo ya soy operario de primera.

— ¿En dónde has trabajado?

— En Prat de Llobregat. Mis padres se han trasladado a Valencia. Y he tenido que seguirles.

— No te voy a pedir certificados. Ya sé cómo os los fabricáis. Pero vas a demostrarme que eres fresador. Me vas a hacer esta pieza (señaló un plano sobre la mesa). Pero si haces una «colada», te pones a barrer el taller eléctrico para que aprendas a mentir. Tienes dos días para realizarla. Aquí tienes el plano. Cuando hayas terminado vienes a verme.

Al ver el dibujo, a Tarsis se le cayó el alma a los pies. Era un enrevesado croquis de delineante compuesto de un sinfín de trazos y medidas. Se puso a estudiarlo con detenimiento, pero al cabo de una hora no había descubierto ni siquiera el contorno superficial que pudiera tener la famosa pieza. Un viejo fresador del taller mecánico, Pascual Mayoral, se apiadó de él y le ayudó a descifrar el enigma y a romper el hielo. Luego, gracias a la destreza y a las mañas que había aprendido en el taller de orfebrería, se puso a perfilar el objeto con tiento, siempre bajo la vigilancia de Mayoral, que le retenía la mano cuando iba a hacer una «colada». Cuando terminó el trabajo, el ingeniero italiano tras darle su contrato le dijo:

— Tú vienes de Prat de Llobregat. Pero Valencia no es lo mismo. Valencia es una ciudad muy sucia. Cuidado con las putas.

Y Tarsis sonrió. ¿Qué menos?

Los domingos los seis agapitos utilizaban como gancho

en su misión de apostolado en los suburbios el cinematógrafo. Y no el cine, que es cosa mucho más moderna. Instalaban el proyector en una habitación cualquiera del barrio y «echaban» la película —piadosa— sobre la pared desnuda. Como el mediometraje era mudo y sin subtítulos, Tarsis era el encargado de irla comentando. Lo hacía con chispa. El Padre Benito se mondaba de risa. Lo que no sabía el santo varón es que su discípulo solía emplear muchas de las morcillas —censuradas, eso sí— que había oído en «las golfas». Para el Padre, este humor era un don del Espíritu Santo. Se embalaba:

—Serás un jesuita de corazón abierto, generoso, risueño como lo era nuestro fundador y San Francisco Javier.

A pesar del secreto con que, por consejo de su director espiritual, guardaba su vocación en la fábrica y la pensión, tenía el sentimiento de que la criada estaba al tanto de su decisión. Cuando, a las siete y media, por las mañanas, volvía de la capilla, ella ya le tenía preparado el café y las dos tostadas. Una mañana en que a las siete menos cuarto aún no había salido de su habitación, Soledad golpeó a su puerta y dijo:

—Queda un cuarto de hora para la misa.

El Padre Benito no quería que Tarsis fuera hermano lego. Le mosqueaba el que éste le hubiera manifestado su admiración por Santa Teresita del Niño Jesús, que «sin tener las órdenes mayores había llegado a la santidad».

—Tienes que ser sacerdote. No puedes desperdiciar los dones que Dios te ha dado; celebrarás el misterio de la Eucaristía. Confesarás.

—¿Que confiese yo?

—Tu pasado lo ha enterrado la losa de la vocación.

Para el Padre Benito, Tarsis era su sucesor... su heredero... su hijo... espiritual, se entiende. Tenía que realizar todo lo que él no había podido hacer por haber abrazado tan tarde la compañía. Le veía misionero en el Japón o enseñando en la Sorbona, provincial de la orden o fundador de conventos y para terminar subiendo a los altares. Cuando el

Padre le hablaba con tanto fervor y cariño de su porvenir, Tarsis se sentía tan feliz como cuando en Ceret se sentaba junto a su padre, bajo el manzano del jardín. Y no le hubiera extrañado que un día el Padre Benito le dijera como su propio padre, con el mismo inolvidable acento y la misma tranquilidad:

— Los curas son tan sólo unos parásitos que viven de dar «alfalfa espiritual a los borregos de Cristo».

Tarsis toma por fin el Alfil de Amary con su Dama *(12. ... Dd8xe7)* como todos los espectadores esperaban desde ha-

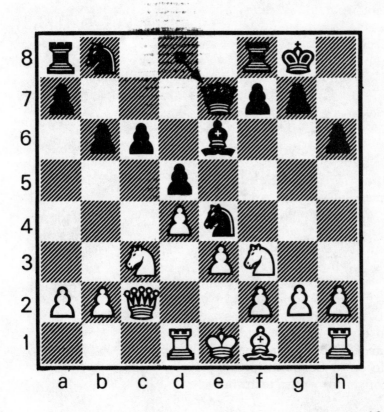

cía diez minutos. No había otra jugada. Ha permanecido durante todo este tiempo en su salón, sin que nadie pueda saber si los ha pasado realmente analizando la posición. Después de efectuar la jugada mira al tablero como relamiéndose: el zafarrancho de combate ya lo hizo sonar al instalar su caballo en *e4* y, tras la pausa obligada de las dos últimas jugadas, va a destrozar la posición de su rival.

Contrariamente a lo que proclama la prensa, Tarsis está convencido de que Isvoschikov colabora con sus secuestradores: su «proceso revolucionario» se desarrolla sin problemas; el ministro se acusa, confesando y revelando todo lo que sabe... y sin que ni Amary ni su pandilla le toque un pelo. La equimosis que rodea su ojo derecho y que aparece en las fotos polaroid sólo fue el resultado, según él, de un accidente: al despertarle le colocaron con tanta brutalidad o precipitación la mordaza que le hirieron.

A los setenta y un años, se dice Tarsis, un hombre como Isvoschikov, acostumbrado a la opulencia de la «nomenklatura» soviética (a las residencias lujosas, a los chóferes disciplinados, a las reverencias, a la consideración, a los servidores que le preparan las mejores comidas, a los enfermeros que le dan puntualmente sus medicinas, a los médicos que vigilan su tensión arterial, su velocidad de sedimentación y su pulso, a los subordinados sumisos y obedientes), se desmorona al caer entre las manos de un «robot» como Amary: el superior protegido y servido por cientos de subalternos ni sabe ni puede ya vivir solo. Por si fuera poco Isvoschikov, Tarsis no lo duda un instante, ha leído los relatos de todos los hombres de su casta (millonarios o gobernantes) que fueron secuestrados y ha creído —como la opinión pública o la prensa— que las víctimas hicieron frente siempre a sus verdugos con dignidad, resistiendo el «proceso revolucionario» y encarándose a menudo con sus secuestradores. Imagina la primera hora del rapto como si la hubiera vivido: Isvoschikov, amordazado, en el coche que le llevaba de París a Meung-sur-Loire, echando chispas, impaciente por hacer frente a semejantes mocosos que se creían al-capones. Las punzadas del dolor, a causa del golpe, que le devoraban la cara, acrecentaban su rabia. Pero cuando llegó al chalet... nadie le dirigió la palabra: Amary le obligó a bajar a la bodega y a sentarse en el suelo de tierra húmeda, le amarró a la pared con una cadena y le tendió una lata para sus necesidades. Porque Amary, piensa Tarsis, ya había decidido la táctica que iba

111

a emplear, y que se inspiraba en la norma ajedrecística «la amenaza es peor que la ejecución de la amenaza». Isvoschikov es la presa ideal, desorientada, sin preparación para hacer frente a una violencia que no sea puramente brutal. Por eso abandonó a su prisionero encerrado en su soledad; contaba con que el miedo le provocara diarrea y tuviera que utilizar él la lata con frecuencia. No buscaba la humillación, sino la gangrena de sus reflejos. Venticuatro horas fueron suficientes; al cabo de ellas Amary apareció en la bodega, frío y sereno, con un aparato metálico en las manos, del que emergían tres electrodos. Lo enchufó a la electricidad y un zumbido casi inaudible surgió de la caja.

Isvoschikov, que quizás hubiera soportado una confrontación violenta con sus secuestradores, se sintió desarmado (sin enfermera ni jefe de negociado a su disposición) y, solo, como nunca, ante el miedo, el terror y por fin el pánico. Tarsis está persuadido de que tras años de bienestar y de seguridad las amenazas terroríficas que planeaban sobre su cabeza le hicieron perder toda noción de dignidad e incluso de identidad... y contó, reveló, confesó todo lo que Amary y su pandilla le pidieron y sin necesidad de arrimarle los electrodos... Quizás éstos sólo fueron un accesorio teatral.

Amary, a lo largo de su adolescencia, escribió una serie de notas que quemó todas al finalizar su primer año de Universidad. Una de ellas, redactada dos semanas después de haber asesinado a su madre, estaba escrita en estos términos:

MEMORÁNDUM (CÉCILE)

Once años. Escena: los tres de rodillas.

Antes. Cécile baila, sale sola. Tuberculosa. Sanatorio en los Pirineos. Padre la conoce allí. Idilio. «Romántico» – según Cécile –. Se escriben. En secreto. Antes de la muerte – de Cécile – me enseña un paquete de cartas. Me dice: «Tu padre me quiso», «Quería a la Humanidad»,

«Quería a todo el mundo». Se casaron. Nací (excr.). Nació Gabriel. Dice: «Tu padre era un verdadero diplomático. Vivía por Suiza».

Hasta mis seis años: padre tímido, juega con Gabriel y conmigo. Paseamos. Pretende adorar a los niños. Relación irracional. Un juego.

«El niño» aparece, luego «Mickey», después «Doña Rosita», la serpiente, y «Teresa». Por fin «los demás».

Padre: persona válida de la pareja. Madre: papel desagradable: organizar la casa, tratar con criados. Padre: viaja, vuelve con regalos. Cécile: riñe. Padre: sonríe.

Constatación primera: padre no responde a preguntas (vida, muerte, sexo, visión del mundo). Quiere parecer tímido. Era impotente. No pregunto a Cécile.

Constatación segunda: Padre y Cécile, nada en común. No se entienden. A Cécile le gusta ser «mujer de diplomático». Astrología. Literatura danesa. Novelas. Poesía. Goethe y Schiller. Lo principal: la seguridad. Su ideal: matrimonio del siglo XIX. Quiere reproducirlo. Padre: Suiza. Guerra del 14: matanza. Dice que es «anarquista». Se disputan: Carole (funcionaria).

Constatación tercera: los adultos que conozco son débiles, cobardes e inmorales. No siento compasión. Rencor, sí. Se acumula contra ambos. En silencio. Cécile: además, sus órdenes de ama de casa.

La escena: Cécile dice: «Ha pasado algo horrible. Poneros de rodillas». Gabriel ríe de so capa. Luego llora. Y ella. Reza. Rezamos. Inventa oraciones. Contra «la mujer mala» (Carole). Yo, ya sabía. Hurgando leí cartas antes. Carole llama a padre «mi osito».

Padre no vuelve por las noches. Cuando viene: violencia. Cécile le agrede. Platos vuelan. También sillas. Final siempre igual: tentativa de reconciliación. Padre no se atreve a romper. Cécile: digna de ser abandonada. Padre, paciente. Por fin rompe. Me alegro. Admiro a Carole, entonces. «La mujer mala»: aún no la conozco.

Cécile ve vecinos ladrones de cucharas. Un grado más de

su confusión mental. La llevan al manicomio. Visitas. Intenta acercarse. Me sienta en sus rodillas. Me acaricia. Está loca.

Gabriel y yo al fin solos. Me pregunto: ¿se vive para comer, trabajar y dormir? ¿Sólo? ¿Hay otra razón escondida? ¿Sexo? Pero sexo está ligado a la procreación.

Como lo que le gusta a «el niño». Mucho siempre. Pan con chocolate raspado y mantequilla. Tomates. Patatas hervidas con huevos duros y mayonesa. Pasteles. Tocino. «El niño» obliga a atracarse.

Estudio. La Ciencia: La Gran Unificación.

Padre no viene. Paga cada mes. Olvida a veces el alquiler. Se disculpa. Por carta.

Cécile vuelve tres veces a casa. Curada. Dicen los médicos.

Primera vez: Asegura que los vecinos le envían rayos. Le atacan los órganos internos. Les insulta. Incidente violento. La encierran de nuevo.

Segunda vez: Pretende que Gabriel y yo le quitamos energía sexual. Ataca con un hacha a los basureros en huelga: quieren pudrir sus entrañas. Vuelta al manicomio.

Tercera: Muerte.

Cécile aborrece mis estudios. La Ciencia corrompe. No debo ser diplomático tampoco. Hay mujeres malas. Tengo que hacer negocios de chatarra.

Escribí a Carole. Motivo: persona que había liberado a padre. Admiré sin razón. Carole no respondió. Metí la copia de la carta bajo un papel secante. Cada día que pasaba marcaba una cruz. A los dos meses quemé la carta. Conocí a Carole. Escotada, arribista. Decepción. Me recomendó que leyera a Amiel. Me dio asco.

Robos: robé doce anzuelos. Para Gabriel. Con estratagema. Humillación: no por haber robado, sino por robar tan mal. Dos años después robé un jersey caqui. Lo robé bien. Ya no he vuelto a robar.

Muerte de Cécile:

Llegó a casa con herida. En la cadera. Recogí trocitos de

caca de caballo. «El niño» lo exigió. Los hice fermentar en cajas de Petri. Puse un soporte gelatinoso de agar. Las bacterias del tétanos crecieron y se multiplicaron. Test de reconocimiento positivo. Las alimenté con caldo de pollo y azúcar. Siguieron multiplicándose. Cuando hubo suficientes, las pasé por un filtro. Quedaron sólo las bacterias del tétanos. Se las apliqué a Cécile. (Cuando me lo pidió «el niño.) En la herida. Agonía larga. Me dijo «te cagué». Murió.

«El maestro»

Otro de los escritos que Amary quemó llevaba como título:

CAMPEONATO DEL MUNDO JUVENIL DE AJEDREZ.

INFORME

Y estaba así redactado:

Gané el campeonato juvenil de Suiza. Tenía catorce años. Calificado para el mundial. Automáticamente. Seleccionador Nacional: Alain Mayot. Enamorado del segundo clasificado, Paul Shirley. Intelectualmente. ¿Sexualmente?

Mayot declaró: «Campeonato del mundo... gran oportunidad... Amary es desconocido... sólo ha ganado un campeonato... Shirley tres... tiene veinte años... hace años que es el mejor juvenil suizo... Amary es demasiado joven... Se impone un torneo entre Shirley y Amary... Que el mejor gane... y vaya al Mundial».

Los adultos −sin honradez, sin valor− aceptaron. Protesté. Carta a la federación. Publicada en la *Gazette de Lausanne*. Dije: «...Esta decisión es un atropello... debo prepararme para el campeonato del mundo juvenil... sin perder tiempo con otro torneo... . Y afirmé: «El dinero de los mecenas como el Señor Mayot ayuda tan sólo a tahúres profesionales. Estos hombres son mediocremente mecenas para poder ser totalmente caciques».

Torneo contra Shirley en Lucerna. El alcalde me llama. He escrito en la prensa carta. Inelegante. Se me vigila. No quiere escándalos. Los adultos hacen causa común. Gané. Todas las partidas. Ni una, tablas. Estoy clasificado para el Campeonato Mundial Juvenil. Ceremonia final. Periodistas. Dije lo que pensaba. Fui descalificado. Shirley fue al mundial. Se me suspendió por dos años. Sin jugar al ajedrez. Adiós al ajedrez. La Ciencia. La gran unificación.

«El maestro»

A pesar de los años que han pasado y de que Alain Mayot ya no es seleccionador nacional —aunque sigue perteneciendo al comité federal—, en los círculos ajedrecísticos se recuerda lo que ha pasado a la leyenda bajo el nombre de «el escándalo de Lucerna». La versión del discurso de Amary ante los periodistas, que actualmente impera, parece demasiado novelesca. Según ella en medio del silencio y del estupor de la sala, éste declaró:

—Voy a contar un chiste. —El Señor Don Alain Mayot tenía un lorito que había dejado de hablar y que se consumía cabizbajo. Fue a ver a un veterinario, el cual le propuso un remedio infalible: «Cuéntele cosas agradables y graciosas a su loro». Al cabo de un mes, el animalito había muerto. El veterinario le preguntó: «¿No le administró mi remedio?». «Sí —dijo el Señor Mayot—, le decía que yo soy una bellísima persona, que todo lo hago por amor al ajedrez y que me gustan las mujeres.» Y el veterinario le replicó: «Hombre, es normal que se haya muerto: le ha dado una dosis de elefante».

Lo que Amary no supo es que, tras los dos años de suspensión, figuró en la lista negra de la federación. Y que el encono de Mayot a punto estuvo de destruir su proyecto meticulosamente preparado en el que el campeonato del mundo serviría de base. Nunca hubiera podido llegar a disputarlo si antes no gana el de Suiza: puerta de acceso al ciclo de torneos zonales, interzonales y de candidatos.

Amary acepta el desafío de Tarsis y toma el caballo *(13. Cc3xe4)*. Un analista dice acto seguido a los periodistas que el campeón suizo se ha puesto nervioso y, lo que es peor, en un momento crucial. Si hubiera aceptado el hecho consumado de que ya ha perdido la iniciativa se hubiera conformado con el empate tras *13.Ff1-d3*. Pero le urge ganar, pasar al ataque y destrozar el ala Rey de su rival que estima sin protección tras la desaparición del Caballo. No quiere pensar en defenderse, tiene que ganar la partida y forjar el apoteosis previsto. Es un combate revolucionario, es decir, científico, y frente a él se alza un rival con armas absurdas. Si se concentra plenamente, se dice, la victoria no le puede escapar. Ahora sólo juega para ganar y está convencido de que no volverá a hacer ninguna imprecisión.

Pero acaba de cometer otra. La segunda de la partida.

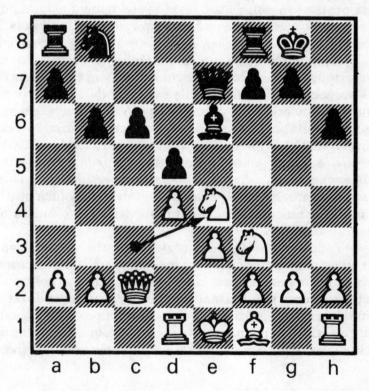

Un simple toque en el nervio ciático de la posición *(e4)* ha provocado la imprecisión de Amary. Tarsis se dice que es el único que sabe descubrir las fallas de su rival y explotarlas. ¿A quién sino a él se le hubiera ocurrido reconocer la residencia que éste había comprado en Meung-sur-Loire? En efecto, aprovechó el día de descanso entre las partidas diecisiete y dieciocho para presentarse en el lugar donde no dudaba que estaba secuestrado Isvoschikov. Desgraciadamente la mansión estaba rodeada de una tapia de tres metros de altura que impedía examinar el interior. La casa solariega de dos pisos presidía en medio de un vasto parque frondoso y muy bien cuidado. La gendarmería custodiaba la residencia desde el exterior en los cinco puntos estratégicos: a la entrada y en las cuatro esquinas del parque. Los gendarmes de plantón estaban armados y disponían de *talki-walkies.* Tarsis admiraba la treta de su rival: ¡Exigir una protección policíaca bajo el pretexto de que temía un atentado! y ¡pedir que cuatro motoristas de la policía le precedieran o le siguieran en todos y en cada uno de sus desplazamientos! Una típica maniobra ajedrecística de diversión. Gracias a la cual se colocaba fuera de la órbita de los sospechosos. ¿Quién podía acusarle del secuestro del ministro soviético?: al estar protegido día y noche permanecía automáticamente vigilado, es decir, disculpado. Pero Amary burló la vigilancia y se escapó para raptar a Isvoschikov. A Tarsis sólo le faltaba encontrar la estratagema que empleó para salir por la noche de su residencia sin que los gendarmes le vieran. Tras mil hipótesis la solución se la brindó un funcionario del catastro del ayuntamiento de Meung-sur-Loire.

— Todo el subsuelo de la región está atravesado, como un queso gruyere, por galerías subterráneas, túneles, pasos, minas y pasajes secretos, algunos van a parar al centro de Orleans. Desde la Edad Media se fueron construyendo estos corredores, cuya misión era dar secretas posibilidades de fuga en caso de fuerza mayor a los señores que disponían de mansiones solariegas. Durante la Revolución no pocos escaparon de esta manera a la guillotina. Hoy, hace veintiocho años, los servicios de seguridad pidieron que se tapiaran todas, eran muy peligrosas; los frecuentes desmoronamientos en ocasiones causaron víctimas. Es de suponer que la mayoría de los propietarios las hayan cegado.

Pero no el antiguo dueño al que Amary compró la residencia, un original escultor anarquizante a quien no debería de gustarle que le marcaran pautas.

Por una de estas galerías subterráneas Amary y sus secuaces se escaparon la noche del secuestro, y por ella volvieron con Isvoschikov amordazado dos horas más tarde, piensa Tarsis. Mistificando con ello a los policías encargados de su protección: convirtiéndoles en su mejor coartada.

A Tarsis un cilicio por poco le deja compuesto y sin pasaporte para el seminario, pero sus dotes de agitador religioso a punto estuvieron de provocar un cisma en la Compañía de Jesús.

Si en aquellos tiempos de Orán-español y Caperucita-encarnada España no conseguía transformar la paja de arroz en pasta de papel sin la ayuda de colonos italianos, en materia de cilicios ponía cátedra y daba quince y raya al más pintado. En su imperio no se ponía el sol: el cilicio español, de artesanía, hecho a mano, pero a conciencia por frailes de clausura, se exportaba de las Filipinas a las Islas Marianas pasando por Castellón de la Plana. Esta industria nacional —como la mendicidad— no requería para su desarrollo del menor ingeniero italiano. Es una época en que las Bellas Artes, a pesar de su patriotismo, brillaban más bien por su monotonía que por su imaginación, el cilicio daba lecciones de variedad en fondo y en forma. Los había de todos los tamaños, para todos los gustos, con adornos piadosos o sin ellos, de alambre o de soga, con pinchos o con tachuelas, para la pierna o para la cintura, complicados y barrocos o sencillos pero eficaces. Un arte de vivir presidía su elaboración, un respeto del antojo y hasta de la manía... que hacía que nadie pudiera decir que no encontraba horma para su zapato. Nadie podía sentirse defraudado.

Salvo Tarsis. No los aguantaba. Sólo mirarlos le provocaban náuseas o le hacían chirriar los dientes. Sin rodeos declaró al Padre Benito:

— Yo no lo llevaré.

Y sin embargo el modelo que con tanta piedad como cariño le tendía su director espiritual estaba bordado. A primera vista parecía una ancha pulsera, de muslo, compuesta por una serie de semicírculos metálicos que le daban un aire de escultura de vanguardia. El detalle que transformaba la joya en cilicio lo proporcionaban los cabos de los anillos que remataban unos afilados pinchos, la preciosa pulsera se convertía gracias a ellos en una red de noventa y dos agudos clavitos que, una vez hincados en pleno muslo, hacían sangrar. Hoy se diría que sólo los masoquistas más redomados se pavonearían con semejante adorno. Entonces, para sus compañeros agapitos, el psicópata parecía Tarsis por rechazar el honor de llevarlo. Para el Padre Benito la dádiva del cilicio era el colofón de una etapa brillantemente franqueada por su protegido. Con el cilicio le daba la alternativa en el campo de los mejores. Aquello comenzó así:

— Es el día de la Purísima. Voy a darte una gran noticia. A partir de hoy *ya* puedes llevar el cilicio. Aquí lo tienes.

Tarsis ya había visto con asco los que lucían los agapitos más veteranos. Sin misericordia replicó:

— No me pondré nunca semejante candado. No soporto el dolor.

— Pero, hijo mío, ¿te das cuenta de lo que estás diciendo? No puedes rechazarlo. Es un honor. No todos los agapitos tienen derecho a llevarlo *aún*. Te servirá para reprimir las tentaciones contra la pureza.

El que no sabía lo que estaba diciendo era el Padre

Benito. No se pueden negar las virtudes que posee el cilicio, pero hay una que no puede enarbolar sin engaño: la de ser la heladora del órgano. Por el contrario, los agapitos hubieran podido instruir al viejo y olvidadizo eclesiástico de sus viacrucis mañaneros. En efecto, estos sacrificados jóvenes se ponían por las mañanas el instrumento, lo soportaban a lo largo de la misa y se lo retiraban al volver. Pero entretanto −y váyase a saber por qué, especialmente durante la elevación− padecían de una rigidez y tiesura tal, que muchos temían se le saltaran los botones del pantalón. Por si fuera poco, luego sufrían una amarga resaca que la galería llamaba entonces «un recalentón de huevos». Y es que hasta a las aventuras más nobles se les puede sacar punta.

El Padre Benito tuvo que encureñar toda su artillería de retrocarga para desplegar una cortina de restricciones mentales que le salvaron del apuro. La pasión le cegaba. Se repitió que el desacato y la rebeldía al cilicio de Tarsis era fruto de las heridas que había recibido en Barcelona, y que aún no habían cicatrizado. Ni se preguntó si cicatrizarían un día. Por lo pronto se dijo que comunicaría «más tarde» a los superiores, como era su imperioso deber, el descalabro. «Más tarde» era otra de sus socorridas restricciones mentales.

Tarsis, entretanto, continuaba con el mismo celo (pero sin el consuelo del cilicio) su vida devota. Por las mañanas oía misa en la capilla del Sanatorio para Niñas Tuberculosas, Escrufulosas y Raquíticas. El título se enseñoreaba en la playa de la Malvarrosa sin que sorprendiera a los bañistas. (A éstos tampoco les extrañaba meterse en el mar y nadar con camiseta y pantalón de deporte.) A las asiladas tampoco, quizás porque lo eran y a mucha honra. Al que menos podía llamar la atención el rótulo era al propio Tarsis, que había descubierto otro no lejos del Colegio de San Antón, en plena Corredera Baja que campeaba con orgullo en el portal del Convento de las Madres Teresianas: «Santa Hermandad del Refugio para Señoritas Venidas a Menos». Ahora las señoritas ya no vienen a menos... y ¡así les va a las Santas Hermandades!

En la capilla su presencia destacaba en medio de aquel gineceo de tuberculosas, escrufulosas, raquíticas y monjas. Con el sacerdote que oficiaba, sus relaciones, aunque mudas, eran belicosas, por motivos obvios. Con ellas también silenciosas, pero románticas. Pensaba en su dicha de haber elegido la Compañía de Jesús... porque si no se hubiera enamorado de todas. Especialmente de las que a causa de sus claudicaciones, con mayores quebrantos se arrastraban al altar. Comulgaba, fervoroso, en medio de ellas, y aun sin cilicio no podía impedir que, como a sus compañeros agapitos, el celo le empinara, aguas arriba, su galeote.

Lograba dominarse. Y cuando volvía a la pensión tras la misa procuraba no fijarse en Soledad, que le esperaba en la cocina con el café, tan en silencio como las enfermas en la capilla. Aún no había pronunciado los cuatro votos de la Compañía (disciplina, pobreza, castidad y obediencia al Papa), pero los practicaba con tesón. El cuarto voto — el de obediencia al Papa — escamaba a Tarsis. ¿Por qué la Compañía de Jesús se había impuesto esta insólita y perogrullesca obligación que no necesitaban las demás congregaciones? ¿Tan malas relaciones se tenían con el Soberano Pontífice? Si no pronunciaran este voto ¿se dedicarían a morder las nalgas del Santo Padre o a poner en solfa las encíclicas? Los jesuitas lo hubieran hecho muy bien; la risa de conejo, entonces, les iba como un guante.

Jamás Tarsis se había sentido tan dichoso, bendito, afortunado, feliz y radiante. Ni siquiera junto a su padre en los atardeceres de Ceret, a la orilla del arroyo. Los días, las semanas, los meses pasaban para él en plena exaltación, esperando la ansiada coronación: su entrada en el seminario. Paralelamente a su vida interior, gobernada por una devoción y una piedad constantes, lucía su acción en el mundo. Llevaba el apostolado en la sangre; evangelizaba a sus camaradas con tanta energía que la dirección de la fábrica supuso lo peor: que su pretendida religiosidad sólo fuera la hoja de viña que mal escondía su militancia política. Sus talentos de agitador social, los ejercía con tal ímpetu y resolución que no era raro verle subido en lo alto de los almiares de paja de arroz para dar la buena nueva desde lo alto... que para él era «todo lo alto» y hasta «el altísimo». Desde la cresta incitaba a sus compañeros... a hacer Ejercicios Espirituales en la casa que la Compañía de Jesús tenía en Sagunto. Era una pretensión disparatada que tuvo el éxito que suele recaer sobre la mayoría de las empresas absurdas. Sin embargo, la religiosidad de los obreros de la fábrica en aquella época alcanzaba una cota no lejana del cero absoluto. Antes de que Tarsis llegara a Valencia, poco a poco, sin aspavientos y sin precipitación, los cristos que presidían los talleres para aleccionar a las masas fueron desapareciendo. En un primer tiempo. Luego fueron substituidos por fotos a todo color de amazonas estadounidenses. Se podía afirmar que en algunas de aquellas colmenas de trabajo se rendía culto, como en «las golfas», a Esther Williams en traje de baño. El capellán de la fábrica, al comprobar que no podía catequizar a seiscientos pecadores que sólo soñaban con la pechuga y el bullarengue de la valquiria californiana, revestido de infinita paciencia, se dejó arrastrar a la melancolía. Era, y se daba cuenta, una figura puramente decorativa impuesta por los vencedores tras la Cruzada. Pero de negro y sin malos bigotes. Como paño de lágrimas encontró el regazo de una joven de Acción Católica que, además de consoladora, ejercía en las oficinas de la empresa como responsable de la Sección de Enfermos y Accidentados. A ésta lo que más escandalizaba era la impureza de sus colegas: en ocasiones, en la covachuela que servía de archivo, los voluminosos libros de contabilidad aparecían con huellas y manchas repugnantes: los muy gamberros violaban los anchos lomos de cuero de los libros a través de los agujeros agenciados para su manejo. El capellán y la moza se pasaban el día contándose sus penas. Y las noches de un tirón.

En semejante erial dejado de la mano de Dios la misión

a contrapelo de Tarsis de conducir a sus camaradas a la casa de ejercicios espirituales causó un efecto insospechado. Para ella se había preparado con tino: descubrió que las Cortes por unanimidad (era un decir... a «la oposición» a «la minoría» entonces se las conocía sólo de oídas) había votado un decreto-ley que autorizaba a todos los operarios de la nación a hacer Ejercicios Espirituales durante una semana, sin pérdida ni del empleo ni del sueldo. Por si fuera poco, los empresarios estaban obligados a correr con todos los gastos de alojamiento y sermones. A regañadientes la dirección de la fábrica tuvo que aceptar las exigencias de Tarsis.

En un principio sus camaradas no se dejaban convencer y hasta imaginaban que únicamente los mariquitas podían acudir a semejantes novenas. Pero, por fin los más temerarios se decidieron a probar aquella semanita de brazos cruzados que tan graciosamente se les ofrecía ¡Volvieron encantados! Contando con pelos y señales que habían comido como sabañones, dormido como troncos, leído dos novelas del Coyote y vivido como godos en habitaciones dignas de un hotel de tres estrellas (con el tiempo y el progreso los hoteles han llegado a tener seis y pronto los habrá de diez; esperemos que el canon no prospere en el Ejército).

Aquello según ellos no era una casa de jesuitas sino la tierra de pipiripao.

— Y ¿los Ejercicios Espirituales qué es?

— Lo de menos... ¡Mientras el cuerpo aguante!

— Entonces, ¿no te obligan a andar con las cruces a cuestas todo el día?

— ¡Qué va! Sólo que un cura viene y te cuenta lo del infierno... y que si Dios por aquí... la Virgen por allá... Pero hablando en plan finolis. Un tipo interesante. Yo no me dormí siempre.

Otro más fantaseador contó de esta manera su semana:

— ¡Lo pasé bomba! ¡Nos trataron a cuerpo de rey! Pero el cara del Pedro, el de las embobinadoras, se pasaba los sermones sacándole punta a todo por lo bajines y contando chistes verdes. Nos descalzábamos de risa. El último día para la misa solemne se presentó en pijama y con la marca de un beso que se había pintado con lápiz de labios en mitad del pecho.

Fue el delirio. Toda la fábrica se apuntó. Había cola hasta fin de año. Había quien quería repetir. Para la empresa supuso tal desbarajuste que la dirección solicitó la recomendación del Sindicato Vertical y, por fin, del Ministerio de Trabajo de Madrid para que cesara semejante sangría. Sin éxito, aquellos sanchos habían topado con la Iglesia.

Para la Compañía de Jesús, según las malas lenguas, aquello fue un negocio redondo. Las malas lenguas estaban la mar de bien informadas. Aquella casa de Ejercicios Espirituales de Sagunto, que antes de que el ciclón Tarsis arrasara con la Malvarrosa permanecía cerrada medio año por falta de clientes, colocaba el «completo» de continuo. El hecho llegó rápidamente a oídos de la cúspide de la orden... y es así como surgió la «diferencia» que a punto estuvo de ocasionar un cisma en la Sociedad de Jesús.

Los provinciales de Madrid y Barcelona querían, cada uno por su lado, apuntarse la perla. Pero Tarsis no tenía el don de ubicuidad (contra la opinión de los argentinos). «Madrid» afirmaba que la familia de Tarsis – su tutora – vivía en la capital de España; «Barcelona» se atenía al presente: Tarsis había elegido como domicilio Valencia, capital que hacía parte de la Provincia Tarraconense.

El debate lo iba a cortar de cuajo el propio Tarsis con una de sus célebres espantadas.

Tarsis toma el caballo de Amary *(13. ... d5xe4)* y se dice que no puede perder y que tiene atenazado a Amary: el peón que le regala se le va a atragantar.

Mira el tablero concentrado y satisfecho... y de pronto,

125

entre las piezas, se dibuja una frase, como si sobrenadara en la superficie de un lago: «PERDERÁS».

Cuando cesa la alucinación se acuerda de que en Barcelona, un día, Nuria le besó la palma de la mano, y sintió un calor... ¡tan extraño!... cuando retiró los labios, una cucaracha brotó del centro de su palma; sobre el caparazón del insecto estaba escrita la palabra: «SOLEDAD».

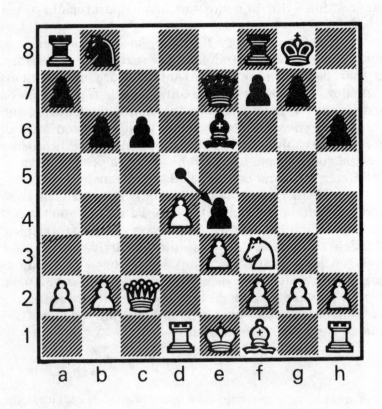

A Tarsis le asalta el temor de que toda la variante que ha jugado permita una celada favorable a su rival. ¿No habrá un estudio teórico redactado en una de esas exhaustivas enciclopedias yugoslavas que den la clave de la «demolición» de su apertura? Mira el tablero y todo le parece tan fácil... Demasiado fácil. ¿Amary no habrá preparado tranquilamente en su residencia de Meung la refutación a sus jugadas? ¿La alucinación que ha imaginado es la prueba de su cansancio o una premonición? o ¿los dos al mismo tiempo?

Para Amary, la Física y el ajedrez le exigen la misma concentración y la misma soledad. Seguramente ahora ni ve ni siente lo que escapa al cuadrado perfecto del tablero.

Él, que siempre vivió solo, aun en plena militancia política y que es incapaz de establecer una relación normal con otra persona, se había propuesto resolver el problema de la «gran unificación». Para ello tenía que relacionar todas las fuerzas, acciones e interacciones del universo.

[Marc Amary odiaba a «el niño». En cuanto volvía a su habitación sabía que tenía que soportarlo. No le molestaba que éste le llamara «el maestro»; ni «el niño» ni «los demás» nunca le habían llamado de otra manera. «El niño» le sacaba de quicio, por eso a menudo terminaba insultándole y tachándole de asesino y de matricida. En lo cual tenía toda la razón del mundo.

Por ejemplo a «el niño» no le gustaba que «el maestro» jugara al ajedrez; cuando se ponía a analizar una partida el otro se colocaba exactamente detrás de su nuca y le contemplaba con asco. «El maestro» no le veía pero sentía su aliento y su gesto de desprecio...

Si el juego le molestaba era porque se sabía incapaz de aprender a mover las fichas.

«El niño» sólo sabía jugar a los caballitos, a cara y cruz, a la rana, a la rayuela y al escondite. Como compañero de juego tenía a «Mickey», que era un tramposo de tomo y lomo y además un tahúr.

«Mickey» era un muñequito de goma de algo más de cinco centímetros de altura; «el niño» no podía dormir sin él; a «el maestro» le parecía que a su edad ya iba siendo hora de dormir solo. «Mickey» permanecía eternamente risueño, con los pies hacia fuera y con los brazos perpetuamente en cruz como si esperara a que le fueran a dar un abrazo. Su pantalón y su lengua eran rojos, sus calcetines verdes, sus guantes y su cara blanca y su hocico, así como sus enormes orejas, negras. Tenía un humor muy sui géneris que «el maestro» nunca llegó a comprender.

«El niño», en cuanto podía, se salía con la suya. Por ejemplo había engordado e impuesto la obesidad a «los demás» (salvo, claro está, a «Mickey») durante años, sin importarle un rábano que a «el maestro» le diera vergüenza ir al Instituto y a la Universidad arrastrando más de cien kilos de peso; éste se veía obligado a comer, entre náuseas, toda la mantequilla, el tocino y los huevos con mayonesa que le imponía. Naturalmente cuando tomó la decisión de adelgazar «el niño» zancadilleó todo lo que pudo la dieta (¡tan rigurosa!) y tenía que vigilarle para que no se cebase a sus espaldas.

«El niño» sabía que, a pesar de todo, había deslumbrado a «el maestro» exigiendo que ahorcaran a la criada y sobretodo matando a su madre, y sacaba el mayor partido de sus hazañas. Era un inconsciente que, por si fuera poco, había comprometido a «el maestro» con su matricidio.

En sus frecuentes discusiones «el niño» amenazaba con recurrir a «Él». «Él», naturalmente, estaba de su lado, y eso lo sabía «el maestro». «Él» nunca dio la razón a nadie pero no por ello estaba menos presente. Presente lo que se dice presente, no es que estuviera. Ni «el niño», ni «el maestro» hubieran sido capaces de decir cuáles eran sus opiniones, su voz o sus poderes. «Él» era una amenaza y ya era bastante.

«Mickey» intervenía cuando «el niño» y «el maestro» polemizaban contando un chiste malo con una voz de falsete que hinchaba las narices del segundo. Y sin embargo, los accidentes que sufrió «Mickey» a lo largo de su existencia fueron siempre reparados por «el maestro» bajo el pretexto de que «el niño» era muy torpón. Por eso le pegaba la cabeza cuando se le desprendía. «El niño» en este caso se reía de él:

— Un hombre de ciencia como tú pegando la cabeza de un ratoncito de goma... Ji... Ji...

«Mickey» también le exasperaba durante la operación con su voz de gallipavo: el muñeco tenía la particularidad de poder hablar aun estando decapitado. «Mickey», como todos los ratones, era muy obsceno, y no sólo se pasaba el día recitando chistes verdes y cuentos colorados, sino que quería sobarle sus glándulas de Cowper. Esto le sacaba de tiento: no soportaba que nadie le buscara las cosquillas. «El niño», por su parte, se dejaba frotar tan ancho. Y es que no tenía ni principios, ni dignidad, ni moral.

«Mickey» conocía a «Él» mejor que nadie. Casi tan bien como los «tres cóndores». Siempre que se le escapaba alguna confidencia sobre lo mucho que sabía de «Él», «el niño» y «el maestro» le escuchaban impacientes. Un día éste exigió:

— Por lo menos, tienes que decirnos dónde duerme.

— Pues, con nosotros: en la cama.

Atipló tanto la voz que nunca supieron si bromeaba o si revelaba un secreto. No obstante, a partir de entonces «el maestro» le dejó un lugar en la cama a su derecha. «El niño» dormía a su izquierda y «Mickey» entre los dos. «Los demás», claro está, no tenían derecho a dormir con ellos.

«Mickey» y «el niño» a hurta cordel se contaban sus secretos. De tapadillo se referían a Madrid entre risas. Pero sus cuchicheos, «el maestro» no podía descifrarlos.

«El niño» se negó a hacerse marxista. Sin explicación ninguna. Por pura cabezonada: la justificación que daba a «el maestro» le ponía a éste hecho un basilisco. Decía:

— «El niño» no quiere ser marxista.

Sin más; «Mickey», por el contrario, abrazó la idea con

entusiasmo. Pero cuando más satisfecho estuvo «el maestro» de su conquista, el ratoncito le soltó una broma más vieja que un palmar:

– Sí, soy marxista, tendencia Groucho y leninista de tendencia Lennon.

«El maestro» le pisoteó con rabia: pero tenía una resistencia insospechada a pesar de sus escasos seis centímetros de altura.

A «el maestro», lo que le hubiera gustado, es que todos se interesaran por la Física, o por lo menos «el niño» y «Mickey». Con infinita paciencia, les explicaba su trabajo; «el niño» y «Mickey» le escuchaban con la boca abierta; pero quizás ni le oían:

– Einstein realizó una teoría relativa de la gravedad en la que el espacio, el tiempo y la materia son el mismo objetivo matemático y físico. La teoría que yo busco unificará todas las fuerzas de la naturaleza. ¿Me entendéis?

«El niño» replicaba invariablemente:

– ¿En serio?

Como si pudiera bromear.

«Mickey», con su voz de ventrílocuo, le preguntaba, como si hubiera entendido toda la explicación:

– Cuando la realices, serás como Dios antes de la Creación.

– Olvídate de Dios.

El que «Mickey» anduviera con Dios a cuestas todo el día le sublevaba: pensaba de forma racista –o por lo menos discriminatoria– que era cosa de ratas. «Mickey» remachaba el clavo:

– Los ratones somos muy místicos. Entre nosotros hay muchos ermitaños.

– Baja del cielo y pon los pies –las cuatro patas– sobre la tierra: os explico que estoy a punto de unificar la gravitación, el electromagnetismo y las interacciones, tanto las fuertes como las débiles. ¿Me entendéis?

La coletilla de «¿me entendéis?» no era menos agresiva que la eterna respuesta de «el niño»:

– ¿En serio?

Echando espumarajos, «el maestro» le imprecaba:

– Aquí el único que hace el oso eres tú.

– Estás celoso desde que maté a Cécile. Mucho hacer oes con un canuto, pero a la hora de la verdad, de gorra...

– ¡Asesino!

– ¡Fuiste tú el que preparaste el tétanos! – le replicó «el niño» insolente.

«Mickey» intervenía siempre en los momentos peores:

– Es cierto: yo soy testigo. Tú buscaste la caca de caballo...

– ¡Cállate tú! (Y enfurecido le gritaba a «el niño».) Me exigiste que lo preparara. ¡Y aún te atreves a recordármelo! ¡Te voy a matar!

– Si me matas, te mueres.

«El maestro» tenía que rendirse a la evidencia.

– Sólo soy feliz cuando salgo de la habitación, sin vosotros. ¡Qué alivio!

«Mickey», como la mayoría de los ratones, tenía dones de diplomático:

– Nos estabas hablando de Física. Era muy interesante. Sigue, sigue. Me apasiona la «gran unificación».

«El maestro» mordía en el anzuelo:

– La «gran unificación» relacionará las mayores energías actuales con las infinitamente pequeñas, como las que pudiera tener el gluón.

– Del gluón, nunca nos has hablado – mentía el ratón.

– Claro que sí.

– Cuéntamelo otra vez.

– La última: el átomo tiene un núcleo compuesto de protones y de neutrones. El protón a su vez dispone de tres quarkes. Estos quarkes están unidos entre sí con pegamín. Goma, que en inglés se dice «glu».

«El niño» intervenía sabihondo:

– Es falso, hablas de partículas que nunca has visto. Estoy seguro.

Y «Mickey», conciliador:

—No le interrumpas a cada paso. Continúa.

—En efecto, «el niño» tiene razón: estas partículas nadie las ha visto, ni seguramente las podrá ver: no se puede imaginar un microscopio electrónico que pueda mostrarlas. Todos los investigadores esperamos el momento en que se consiga desintegrar al protón.

—¿Y cuándo lo vas a lograr?, intervino «Mickey».

A «el maestro» le gustaba sobremanera llegar a este momento en el que podía deslumbrarles con una imagen de lo eterno:

—El investigador que quiera asistir a este fenómeno tendrá en cuenta la posibilidad de conseguirlo: por ello se sentará en una silla y esperará varios billones de trillones de cuatrillones de siglos.

Un día, «el niño» le paró los pies con inquina:

—¡Todo esto se lo cuentas luego a «Teresa» para ponerla cachonda!

«Teresa» era una palabra que no se podía mencionar en su presencia sin sacarle de quicio. «Una zorra de la peor especie»; «el maestro» la mantenía encerrada en la alacena del fondo, prohibiendo que se le dirigiera la palabra. «Mickey» y «el niño» la tenían mucho cariño y la consolaban a la chitacallando, e incluso habían arrancado la gracia de que durmiera con ellos: a sus pies en la alfombra.

La saña de «el maestro» por «Teresa» era puramente irracional. La acusaba de «puta» por una broma que se le atragantó. Una noche, estando en Nueva York, mientras él dormía, «Teresa», «el niño» y «Mickey» se colaron en el edificio de las Naciones Unidas burlando la vigilancia. Se introdujeron en la Asamblea General desierta y «Teresa» se desnudó y realizó una pantomima erótica sobre la mesa del Secretario General.

Aquel viaje a Nueva York que «el maestro» había organizado para dar una conferencia en N.Y.U. comenzó mal. Encargó a «el niño» que sacara un billete colectivo para todos, pero éste, tan descarado como siempre, y tan sinvergüenza, compró un billete individual gracias al cual, por cierto, todos viajaron a los Estados Unidos. Durante el vuelo, «el maestro» no dijo nada, tragando quina, para no dar el escándalo. Pero en cuanto cerró la puerta del hotel neoyorquino, le dijo, pálido de ira:

— ¡Te prohíbo que hagas trampas que se pueden descubrir! ¡Soy un funcionario del Estado! ¡Me pueden echar por tu culpa!

Para evitar un desastre, «el maestro» no viajó más hasta los interzonales.

«Mickey» volvió a la carga. Le preguntó con rebuscado choteo ratonil que «el maestro» no se olía nunca:

— Entonces, ¿quién va a ver la famosa desintegración del protón?

(Y añadió al oído de «el niño»: «protón de gato rabón».)

Era raro que «el maestro» no agarrara la menor oportunidad de continuar con su tema:

— Quizás se logre si la máquina PP consigue la luminosidad necesaria. Lo que sí se puede asegurar es que el LEP, el aparato subterráneo de 27 km de diámetro que se está construyendo entre Suiza y Francia, la provocará. Y ese día llegaremos a lo más ínfimo, al tiempo que analizaremos energías de 10^{16}, infinitamente superiores a todas las hoy estudiadas, y que serán la base de la «Gran Unificación». Existen energías desconocidas de quince órdenes de magnitud: es lo que la ciencia llama «el desierto».

Y «el niño» interrumpió: «El desierto» ¿o «el mochuelo»?

— Entonces, ¿no me has escuchado?

— ...Conque «el desierto»... eh... a otro perro con ese hueso: tú lo que quieres es joderte a «Teresa».

— Estás completamente chalado.

— Por eso la haces dormir a tus pies en la alfombra... para dar el salto del tigre en cuanto nos desnudamos. La quieres seducir contándole lo «del desierto».

— Ni quiero, ni puedo seducirla: no comprende nada de Física.

«Mickey», una vez más, echó resina al fuego:

133

—Esperas que sea yo el que se lo explique.

—No vuelvo a hablar con vosotros.

«El maestro», en estos casos, se encerraba en el retrete con «el loco». Lo tenía escondido detrás de la taza. De manera que ni «el niño», ni «Mickey», ni «Él», ni «Teresa» lo descubrieran. Era su secreto. Con él hablaba tranquilamente y si, a veces, discutían, los desacuerdos nunca degeneraban como con «el niño». Se respetaban mutuamente. Pero «el maestro» estaba convencido de que «el loco» conocía a «Él» y le protegía aún más que a «el niño», a «Mickey», a «Teresa» y a «los demás». «El loco» nunca se refirió a «Él», ni siquiera cuando «el maestro» le agredía. Pero podía llamarle en cualquier momento, y esto «el maestro» no lo ignoraba. La amenaza que representaba «Él» era aún más inquietante.

Felizmente, se decía «el maestro», ninguno de ellos, tras el terrible viaje a Nueva York, me acompaña cuando salgo. ¡Qué calvario sería tenerles que aguantar en el Laboratorio de Física, en las reuniones políticas o durante las partidas de ajedrez!]

Amary juega *14. Dc2xe4*, e inmediatamente Tarsis se pone a cantar interiormente sin emitir ningún sonido «Angelitos negros». Castañetea febril repitiendo obsesiva y mentalmente: «Pintor-que-pintas-con-amor-por-qué-desprecias-mi-color», disociando las palabras de su significado. En realidad, tiene tanta prisa de pensar que la idea que pretende plasmar se le escapa a borbotones, entre el análisis de la posición, la letra de la canción y las tremendas ganas de orinar. En realidad, quiere decirse tan sólo: «Amary ha abandonado su ala Dama, se va a quedar sin dientes».

Si bien es cierto que durante una partida de ajedrez está prohibido hablar, en competiciones no oficiales los jugadores se pasan el tiempo diciendo frases incoherentes

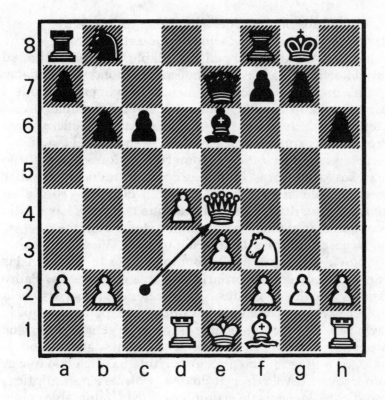

repetidas hasta la saciedad. Murphy, por ejemplo, machaconamente, una y mil veces, proclamaba en francés: «Implantera la bannière de Castille sur les murs de Madrid, au cri de «Ville gagnée», et le petit roi s'en ira tout penaud». González entona himnos guerreros y Benet, cuando está a punto de ganar, ruge: «Y así termina la historia de una flecha que se meó».

Gracias a su estribillo, Tarsis intenta dominar la incertidumbre que le devora más que nunca, ahora que se imagina a las puertas de la victoria.

«Angelitos negros» fue la canción que Tarsis oyó repetidas veces la noche de la inundación. La cantaba a grito pelado, la nieta de la piel del diablo de Doña Rita, su propietaria de la casa de huéspedes donde se alojaba.

Era un día que no pudo comenzar de manera más fausta para Tarsis, ni concluir de forma más inesperada para la Compañía de Jesús, o, por lo menos, para el General de la Provincia Tarraconense. Tarsis, al despuntar el día, había recibido la aparición de la Inmaculada Concepción, luego hizo sus ocho horas laborales como fresador en el taller mecánico de la Fábrica de Papel..., después visitó a su director espiritual, y por fin, tras una noche decisiva, salió por la puerta de los carros camino de la frontera.

A pesar de que la aparición de la Virgen le había conmovido hasta tan alto punto que se le saltaban las lágrimas sólo con recordarla, no se la comunicó al Padre Benito. ¿No era pecar de orgullo pretender haber visto a la Virgen? ¿No era tomarse por santo ante el peligro de que le tacharan de loco o, lo que es peor, de engreído? ¿Qué pruebas podía dar? En ocasiones la Virgen se adorna con un milagro o pide la construcción de una basílica o lo que es aún mejor, revela tres o cuatro profecías apocalípticas como para encogérsele el ombligo al más indomable comecuras. La Virgen, ante Tarsis, actuó en muda (y sin subtítulos). El Padre Benito le creería o haría como si le creyera, pero en el fondo ¿no pensaría que se pasaba de listo? Sólo los santos o los beatos reciben semejante don del cielo, pensaba Tarsis. Y se equivocaba.

Sin embargo, a su director espiritual, no le había pasado en blanco ninguna de sus gestas: ni su pasado madrileño con esclavo francés, ni su paso por el proxenetismo barcelonés, ni tan siquiera sus calabazas segovianas. Tampoco había dejado en el tintero sus excitaciones mañaneras a la vista de las enfermitas. Pero el prodigio de la aparición era harina de otro costal. ¿Traicionaba así a la Compañía de Jesús?, no. ¿A la Virgen?, tampoco. La Inmaculada le había sonreído sin pedirle nada... incluso algunos podrían pensar que estaba dormido cuando pretendía verla.

En aquellos tiempos, la Virgen en nuestra península solía aparecer en el campo a pastores y pastoras. ¿Cómo puede extrañar que se la vea ya tan poco con las contadas que van quedando? ¿Quién iba a creer que se le había aparecido a un fresador de una capital que «iba-para-el-millón-de-habitantes-antes-de-fin-de-siglo»? Tarsis se alegraba de que no le hubiera exigido que construyera una ermita... en medio de una playa que amanecía sembrada de condones dormiditos como babosas de buen año.

Cuando de noche llegó a la Malvarrosa, después de pasarse la tarde con su director espiritual, se encontró con que las calles ya estaban sumergidas por el agua. Ésta le llegaba a las rodillas y a medida que avanzaba hacia la pensión, se encaramaba pantalón arriba. Como era de noche y había un corte de luz, el panorama no podía ser más siniestro. El apagón de luz no tenía por qué sorprenderle: la falta de ingenieros italianos se hacía sentir de forma cruel en la Compañía de Electricidad: los conmutadores, los transformadores y los cables de alta tensión se tenía la impresión de que los indígenas los construían con papel de estraza; al menor chubasco, apagón. Cuando oyó el estridente estribillo de «Angelitos negros», reconoció la voz de la vandalita y, por primera vez, su alarido le hizo sonreír. Para Angelita, la nieta, la inundación, el corte de luz, las velas y el galimatías creado era una bendición del cielo. Su abuela estaba tan fuera de sí ante tanta desgracia que había intentado retirar, váyase a saber por qué razón singular, el «cangrejo», con tan mala fortuna que arrancó de cuajo medio contador de la luz. El «cangrejo», como el cilicio, era una obra maestra de la artesanía popular y nacional, que, por si fuera poco, fomentaba unos lazos de solidaridad vecinal que hoy ya sólo se ven en las películas búlgaras: cuando el empleado de la compañía aparecía en lontananza, todo el mundo correteaba de portal en portal anunciándole y así hasta Doña Rita retiraba con tino las patas de su cangrejo antes de que llegara el inquisidor. No se ha escrito nada sobre aquel ingenioso roba-kilovatios, auténtica gloria de la cantera. Pero aquella noche Doña Rita se atoró.

Tarsis ni se dio cuenta de la abreviatura que el destino le brindaba: su día había comenzado por una aparición y terminaba en tinieblas.

Doña Rita le explicó:

— No podrá pasar a su cuarto: el jardín está con más de un metro de agua.

Su dormitorio, situado en la extremidad del jardín, probablemente había sido la habitación del jardinero en tiempos de mayores esplendores, es decir, «antes de la guerra». «Antes de la guerra» era una expresión como «La belle époque» para los franceses: hacía regresar al país que tenía como toda meta la de volver al pasado. Años después, y habiendo ya llovido mucho por la Malvarrosa y por el Pardo, los españoles, a la muerte del legionario, creamos otra frasecita del mismo tipo, y con las mismas consecuencias.

A punto estuvo Tarsis de ir a nado, como Tarzán, en busca de Chita, de diana en diana, atravesando de copa en copa el jardín a la búsqueda de una estampita. Es posible que si lo hubiera hecho, afrontando el torrente, la protección de la Virgen le hubiera permitido hacer frente a la tentación.

— ¡Fíjese cómo estará su colchón, su jergón y sus sábanas!

Se lamentaba Doña Rita. Pero a Tarsis, y a causa de un contradictorio egoísmo mariano, le importaba un bledo que su cama apareciera al día siguiente, a los dos días, o al cabo de una semana con tres cuartas de lodo; el sólo pensaba en *su* estampa.

— Soledad le ha instalado un colchón en el desván. En el suelo, sobre una alfombra. Hace tanto calor que no necesitará nada encima, pero, por si acaso, en el descansillo, hay una pila de mantas.

En efecto, todos sudaban la gota gorda. Tarsis ni sabía que en la casa había un desván. Mientras subía las escaleras, oía los berridos del tesoro de su abuelita. «Angelitos negros.» Cuando ya había escalado doce peldaños, Rita le informó:

– Soledad dormirá en el mismo desván que usted. No hay otro. Mi tesoro y yo ocuparemos la habitación y su cama de ella. Los cuatro dormitorios de la planta baja están anegados. ¡Venderemos caras nuestras vidas!

Los tres oficinistas prudentemente se habían quedado en la fábrica. Parapetados con una garrafa de vino tinto y dispuestos a convertir el archivo en Sodoma y Gomorra: todos los libros de contabilidad sufrieron los asaltos de aquellos espadachines en sus lomos de cuero, durante aquella memorable orgía.

Doña Rita le había provisto a Tarsis de una vela como todo viático. Llegado a la cima, hizo sus oraciones, sopló la luz y, beatífico, se puso a rememorar la aparición.

Aquella mañana, a las seis y media, en el momento en que se incorporaba de la cama para ir a misa, la Virgen se le apareció radiante, plantada sobre una nube, aureolada de una titilación deslumbradora. Su faz era la del ser más hermoso y más sereno; resplandecía intensamente. Su velo azul lo mantenía contra sus pechos con sus manos como palomas del Espíritu Santo. La Virgen le sonreía al tiempo que le miraba fijamente como para decirle: «Eres mi hijo predilecto en el que tengo puestas todas mis esperanzas». Recordando la infinita felicidad que había sentido; de nuevo, de emoción, se le saltaron las lágrimas. No podía decir cuánto tiempo había durado la aparición, como si el tiempo transcurrido hubiera sido la quintaesencia entre el infinito y el instante. Había sentido el esplendor y el éxtasis, la luz de la creación, el halo del paraíso y el fulgor de los ángeles. La Virgen le llevaba por los aires, volando dulcemente, planeando entre el cielo y la tierra, y sin embargo Ella permanecía siempre inmóvil y a la misma distancia. La brisa, como una luz cenital, le llevaba de un lado para otro recorriendo en un instante todo el firmamento, sin dejar ni un momento de mirarla fijamente. Tenía la impresión de ser oro y plata, esfera y árbol, sol y luna, conocimiento y amor; de todos los poros de su cuerpo se escapaban llamitas de fuego y gotas de lluvia. La Virgen le miraba y sentía arder su alma de fulgor. Cuando llegó a la convulsión, se fue lentamente como si se disolviera en su resplandor, dejando entre luz y luz, por un brevísimo instante, su sonrisa. Cuando desapareció, él quiso rezar, pero sus labios y su mente sólo sabían decir «Dios-te-salve-María».

Una hora después, cuando volvió a su banco tras haber comulgado en la capilla, una de las numerosas estampas de su misal se le cayó al suelo. Era la imagen que se le había aparecido: la Inmaculada Concepción de Murillo tal y como la había visto... tan sólo en la aparición faltaron los ángeles.

Tan exaltado estaba con el recuerdo que no se dio cuenta de que Soledad se había acostado junto a él. Cuando se percató, retiró su pierna que la rozaba como si fuera una serpiente venenosa, y gritó:

— ¡Se ha metido usted en mi cama!

— No grite. No hay otro sitio. Pero si le molesto, me voy a dormir en las escaleras.

Sus ojos acostumbrados ya a la oscuridad observaron lo que no había querido ver mientras disponía de la luz de la vela: el desván estaba cubierto de baúles, maletas, muebles y los dos estrechos colchones contiguos estaban instalados en el reducido espacio que dejaban libre los trastos. El lecho de Soledad y el suyo estaban empalmados. Aquélla vestía un camisón, pero él, que tenía su pijama en su dormitorio, tan sólo cubría sus desnudeces con un calzoncillo. Calzoncillo, eso sí, español de medio muslo, con una espaciosa y servicial abertura central, blanco y armonioso: verdadera joya vestimentaria que ha sido arrancada del solar patrio al tiempo que el cocido y las pedreas (y por las mismas razones), y reemplazado por una ridícula prenda con nombre de perrito faldero, «slip», formado de dos triángulos isósceles versicolores, o a rayas, o monocromos, pero chillones, que apretujan de mala manera las partes nobles del desgraciado que, en olor de modernidad, los soporta de sol a sol: ¿a quién puede extrañar hoy la impotencia y hasta la esterilidad de un sexo que en su día se llamó «feo»? ¿O el ocaso de las vocaciones sacerdotales?

Tarsis, desasosegado, estaba en ascuas. Con el alma en un hilo, comprobaba que el tiempo remoloneaba como si no quisiera transcurrir.

— ¿No puede dormir?

— ¿Cómo se ha dado cuenta?

— Oigo su respiración y los latidos de su corazón.

— He tomado un café — abogó, malamente, Tarsis.

— ¡Hace tanto calor! El cambio de cama, la inundación... ¿Está nervioso?

— Algo... ¿Y usted?

— Yo no, ¿por qué?

Soledad era un remanso de paz y de sosiego. Siempre lo había sido en una casa de huéspedes donde las travesuras de la nieta y la impaciencia de la abuela provocaban un constante frenesí.

Soledad y Tarsis, sin poder dormir, se pasaron la noche hablando. Cuando despuntaron las luces del amanecer, seguían charlando con las cabezas casi juntas y los cuerpos separados, como si se hubieran propuesto que en todo momento una espada hubiera podido colocarse entre ellos, como exigía uno de los postulados del amor cortés.

Tarsis se sorprendió asimismo cuando, a poco de comenzar la noche, le reveló a Soledad su vocación:

— ¿Por qué va a misa todas las mañanas?

— Voy a ser jesuita.

Un secreto que sólo conocía el Padre Benito, sus superiores y los agapitos, y que su director espiritual le había pedido que guardara a rajatabla, lo confesaba de plano... «a la criada». Pero se diría que respiraba por la herida sin tormento. Animadamente debatieron... de religión.

— ¿Usted cree, claro? — le preguntó Soledad.

— Sí, gracias a Dios.

— Los insectos también. La religión es un recuerdo de una de nuestras vidas anteriores, antes de ser hombres, hemos sido parásitos, gusanos de seda, moscas, orugas, abejas. Las ovejas son muy diferentes: el hombre nunca fue carnero, ni cabra, ni morueco, ni jamás lo será.

Ni se le pasó por las mientes que Soledad pudiera estar loca. Era evidente que disponía de todo su juicio.

—Mi tío era pastor. Pasé dos años con él. Observamos que los insectos, por ejemplo, también creen en la resurrección. Las larvas, como las ánimas del purgatorio, poseen una vida subterránea. Los vivos pueden alimentarlas como los creyentes rezan por sus muertos. Luego emergen de la tierra. A veces con alas como mariposas. Es la ascensión.

—¡La Inmaculada Concepción!... ¿no me va a decir que hay «vírgenes marías» entre las arañas?

—La virginidad le preocupaba mucho a mi tío. Hizo muchos experimentos con sus cajitas. Los insectos también pueden tener madres vírgenes; algunos de ellos nacen sin el concurso de un padre.

Soledad le dijo que soñaba a menudo con su tío: eran dos insectos enormes como vacas. Él le enseñaba sus alas, sus antenas, su trompa, sus patas, sus pinzas, sus ojos compuestos de miles de ojos, su caparazón y sus aguijones. Y ella le tocaba, embelesada, cada uno de sus miembros. Tarsis la interrumpió:

—¿Dormía junto a él? ¿Como esta noche conmigo?

—Todas las noches. Él se ponía boca abajo y yo me acostaba sobre él. Para darle calor, le frotaba con mi cuerpo.

—¿Qué edad tenía usted entonces?

—Si es lo que quiere saber, le diré que se corría. Lo hacíamos como escorpiones.

—No entiendo.

—Yo ponía mis labios en su nuca y le estrujaba el culo con las manos. Luego él echaba el semen sobre la piel de cabra sobre la que dormíamos, se retiraba y me dejaba que me rebozara con el líquido.

—¿No cree en nada? ¿Ni en Dios?

— Estoy más cerca del gusano revoltón, de la avispa, de la hormiga, de la termita, del piojo, del mosquito, de la cigarra. Y aunque no lo crea, la luciérnaga me ha iluminado siempre mucho más que Dios.

— No habla como una «criada».

— Todo lo que sé, me lo enseñó mi tío. Desde los nombres de las estrellas hasta la metamorfosis del caballito del diablo. Desgraciadamente murió, y tuve que venirme a Valencia a servir.

Soledad no creía en el pecado. Pero le estaba haciendo pecar. Con el pensamiento. Y quizás también con el deseo. Tarsis decidió súbitamente no volver a ver al Padre Benito, al que no podría confesar la noche que pasaba con Soledad.

— Ya no puedo volver a la Compañía. Mañana me marcho para Francia. No seré jesuita.

— Si se va a Francia... me animo y me voy yo también. ¿Puedo acompañarle?

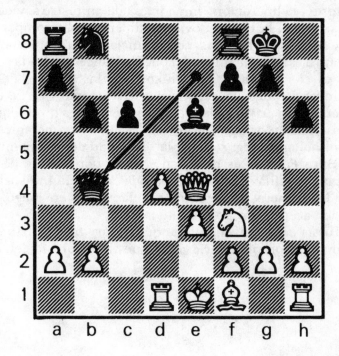

Por primera vez en la partida, Tarsis da jaque al Rey de Amary: *14 ...De7-b4+*. Se introduce así en su ala de Dama desguarnecida, «como ha entrado en su plan de secuestro», piensa.

La prensa de extrema izquierda sigue defendiendo la tesis de que los secuestradores del ministro Isvoschikov son «elementos irresponsables del movimiento obrero». A Tarsis le extraña que no les tilden de «fascistas». Quizás entrelean, como él, en los mensajes del «Comité Communiste International», el razonamiento de un verdadero comunista. Se acusa al gobierno de pusilanimidad y a la policía «burguesa» de ser voluntariamente ineficaz. Para mañana está prevista una manifestación de masas en la Plaza de la Bastille para exigir del poder «cómplice objetivo de los raptores» la liberación «inmediata» del ministro soviético. Por su parte, la Unión Soviética amenaza con romper sus relaciones diplomáticas con Francia si su gobierno no rescata a ese «gran amigo del pueblo francés» y de «la paz», que es el camarada Isvoschikov. En los pasillos de las Naciones Unidas, se reconoce abiertamente que se está viviendo una crisis en las relaciones entre los dos bloques, cuyos resultados son imprevisibles. Los más perspicaces kremlinólogos aseguran que la seguridad de los miembros del Buró Político es para todos ellos, por encima de sus propias rencillas o diferencias, una exigencia indispensable; la primera... sus propias vidas están en juego. No pueden aceptar un precedente fatal.

Tarsis está convencido de que Amary ha previsto esta dramatización planetaria del secuestro. Y que la celebra.

Con la espantada de Tarsis, el cisma de la Compañía de Jesús quedó en la estacada. ¿No hubiera soportado la orden la «lucha fraccional»? Existe una Falange «auténtica» y otra «a secas», una ETA «M» y otra «PM», socialistas «históricos» y deshistoriados, comunistas «renovados» y no renovados, incluso un gobierno «en pleno» y otro mundo y lirondo. La Compañía hubiera tenido todas las de ganar si se hubiera dividido en «S.J.» y «S.J. (de N.)», por ejemplo. Los fieles hubieran tomado parte por los «nazarenos» o por los «ortodoxos» dando así a la orden una actualidad inesperada.

Para Amary, orientarse en el laberinto de las formaciones políticas revolucionarias de entonces (P.T.I., P.C.M.L.F., C.C.J.D., C.C.D., P.G.C., P.C.F. (M.L.), P.C.M.L.F., H.N., H.R., F.R., L.C.R., C.S.F.M., etc., etc...) era la mar de sencillo; sabía distinguir los afluentes de los subafluentes, los troncos de las ramas, los atajos de las bifurcaciones, los submúltiplos de las subdivisiones, las fracciones de las fisiones y las secciones de los comités. [En su casa, de puertas adentro, sus relaciones con «los demás» o «los otros» (así los llamaba) le habían acostumbrado a hilar muy fino.]

Quizás, se decía Amary, la plétora de elementos intelectuales y la inexistencia de proletarios en aquellas organizaciones obreras y revolucionarias eran debidas para comenzar a la perplejidad del común de los mortales ante el jeroglífico de letras sin cabo ni cuerda... aparente.

Amary se las fue pasando por la piedra a las que pudo, o por lo menos dezumándolas de sus militantes de buen pelo. Pero siempre a través de uno de sus acólitos.

Los tres primeros elementos del grupo que formó fueron tres disidentes de Dimitrov: Christophe de Kerguelen, John Hermés, Jacques Delpy. Mucho más tarde, se unió a ellos Claude Delacour.

De Kerguelen, aristócrata de buenas maneras, incapaz de poner los codos sobre la mesa o de hablar con la boca llena, había sido el verdugo más implacable de Jacqueline

Riboud. Implacable pero elegante. Era investigador del Laboratorio de Biología Molecular del C.N.R.S., cuando al fin entendió lo que toda la vida había oído sin querer escucharla, la voz de la aventura aquella vez por boca de Corneille:

– Si quieres ser perfecto, vende lo que tienes y sígueme.

Y lo hizo. Se fue tras Corneille, ingresando en el Grupo Dimitrov, no sin antes dimitir «definitivamente» del C.N.R.S., perdiendo su Doctorado de Estado y su sueldo. Se lo dio todo, bíblicamente, a los pobres, es decir, a la revolución... por intermedio de Corneille. Cuando éste a la postre se puso a hacer meditación trascendental como un ministro rumano, se encontró tan desolado que decidió suicidarse masturbándose. Por segunda vez en su vida. Seguramente le había tomado gusto al método. Él pretendía que como había estado tuberculoso, era el mejor harakiri, dada la fragilidad de su salud. En realidad, intentaba matar dos pájaros de un tiro; puesto que Corneille, tras su conversión a las doctrinas del sobrino de Buda, Ananda Marga, sólo concebía la salvación a través de la castidad, él moriría sacando la lengua al santo mocarro. Pecó de presumido; poca lengua sacó, y sin tripa ni cuajar. A su edad, ya era una forma de morir que no se podía pagar ni haciendo horas extraordinarias.

A los dieciocho años, estando en el Sanatorio de Bouffémont, el relato de su primera tentativa fue publicado por André Breton en uno de los primeros números de *La Brèche (action surréaliste)* con dos dibujos a la pluma de René Magritte (que por aquella época aún era un don nadie). El cuento tenía suspense y desenlace: su intentona de morir masturbándose iba por buen camino: se hacía añicos y hasta rajas, en la refriega, en ocasiones, por falta de municiones, sólo podía emitir unas gotas de sangre... hasta que, en el artículo de la muerte y cuando estaba administrándose, exhausto, los últimos estertores, apareció deslumbradora, en el marco de la puerta, la nueva enfermera. El flechazo... que calmó sus ardores. A André Breton, el cortocircuito poético «le fascinó»; lo comparó a Baudelaire y a Vaché.

Al salir del Sanatorio, se alojó en el centro de *postcure* de Sceaux, pero fue admitido a las reuniones del grupo surrealista, que tenían lugar de seis a siete y media de la tarde — hubiera sido de la peor falta de tacto o de gusto presentarse con un minuto de retraso — en un café que llevaba como título «El paseo de Venus» (La Promenade de Venus). A André Breton le entretenían los juegos de sociedad; los llamaba charadas poéticas, cadáveres exquisitos o «el uno en el otro». Era un francés muy fino, pero sus diversiones no tenían la leche en los labios: en Ciudad Rodrigo se las conocía más llanamente por «el Antón pirulero», «la pájara pinta» o «el pánfilo». Un día pidió que se designara a cada personaje propuesto, por el animal que poéticamente lo simbolizara (Rimbaud: «El ave Fénix», Victor Hugo: «El león de Judea», Van Gogh: «la estrella de mar», etc...). A De Kerguelen, le tocó figurar alegóricamente a Saint-Just. Como no estaba muy versado aún en el santoral surrealista, creyendo hacer una gracia jugando al abejón, propuso:

— «La rata».

La excomunión del grupo se firmaba por menos. Breton le echó una reprimenda rabiosa como si buscara el pelo al huevo; De Kerguelen se protegió tras una sonrisita de liebre. Breton, tras la catilinaria, creyó intuir la causa del desmán:

— ¡Usted viene al grupo para espiar!

Y sin la menor mala intención, como una evidencia (no sabía que el grupo la escondía celosamente), dijo:

— Espiar... pero ¿el qué?

El grupo surrealista, como los movimientos literarios o artísticos más pujantes de la época, tenía muchos puntos en común con los políticos y proletarios. Y no tan sólo el fanatismo. El surrealismo fue una ruda escuela (pero necesaria) para De Kerguelen y su futura militancia revolucionaria. Sin embargo, maduradora y formativa. Al término de la cual estaba en condiciones de pronunciar el voto de obediencia... por la primera causa que se presentara.

Amary, para aceptarle en su grupo, exigió como condición indispensable que De Kerguelen volviera al Laboratorio de Biología Molecular. Amary, como André Breton, temía que los profanos metieran sus sucias y vulgares narices en su redondel. Amary además, cortando con todo un pasado de izquierdismo militante vistoso y bullanguero, pedía a los miembros de su cofradía que aparecieran normales: ni obesos, ni ociosos.

Menos exigente que el grupo surrealista, el C.N.R.S., tras la sonada abdicación de De Kerguelen y los tres años de novillos que siguieron, le enroló de nuevo. Con lo que de carambola pudo entrar en el comité clandestino.

Amary era consciente de que la época de los grupos revolucionarios, luengos en sus discursos y cortos en sus acciones, había pasado a la historia: a las letrinas de la Historia, como enfermedades infantiles del comunismo. La aurora de una nueva era despuntaba: ellos se encargarían de acelerarla; las capitales del mundo capitalista disponían de centenares de kilómetros que podrían transformarse en frentes donde se haría la guerra a la burguesía por medio del terrorismo urbano. Amary ante sus militantes hacía gala de una entereza implacable [...compensando así el momento en que, llegado a casa, tenía que afrontar los sarcasmos de «el niño» y de «los otros»].

Aquellos grupos izquierdistas a los que tanto despreciaba Amary, habían venido al mundo de la mano de un carnicero. De Albacete para más señas, si se cree la historia tal y como la cuenta el P.C.F. (Partido Comunista Francés): Marty, para adoctrinar a sus jueces, creó el Movimiento Comunista Francés Marxista Leninista, (el «M.C.F. [M.L.]»). Que tan sólo los incapaces de sacramentos podían confundir con la Unión de Estudiantes Comunistas Marxista Leninista (U.E.C. [M.L.]»). Los primeros eran prochinos y los segundos amigos de Althusser. Para despistar a la policía y a los grupos rivales, aquéllos, a su vez, también eran amigos de Althusser (aunque menos) y éstos tan prochinos o más que sus rivales. La pasión que inspiraba

Althusser no podía sorprender; era un filósofo que, por ejemplo, escribía: «las banderas de la revolución se despliegan y revolotean en el vacío» (por lo general, el bajo pueblo no consigue esta hazaña en el vacío). Cuando las dos formaciones estaban a punto de llegar a las manos, por un problema de interpretación de la Nueva Economía Política, decidieron que sería más revolucionario fusionarse. El consorcio se estableció bajo el nombre de «P.C.F. (M.L.)» y como estaban en estado, parieron «L'Humanité Nouvelle». Lo cual, claro está, enfadó a Althusser y a De Gaulle. El primero les abandonó a su suerte, aunque a veces pelaba con ellos la pava en secreto, y el segundo los puso fuera de la ley, «disolviéndolos por decreto». Entretanto, habían dado el braguetazo: los chinos les suministraron dos mil dólares como bienes dotales. En plena luna de miel, el golpe bajo que les infligió De Gaulle les traumatizó. Decidieron escindirse en dos: la «Gauche Prolétaire» y el «P.C. (M.L.) F.». La astucia de este segundo grupo consistía en resbalar la F de «francés» del centro a la extrema derecha. Los «proletarios» consiguieron la memorable proeza de ser maoístas... ¡pero antimarxistas! Para difundir la buena nueva crearon «La Cause du Peuple». Naturalmente, «Causa» no significaba, en este caso, como señala la Academia, «proceso criminal». Los «P.C. (M.L.) F.», para no criar moho, acto seguido, se subdividieron por gala en dos. Pero con gran sentido del humor, los dos grupos neo-natos y rivales siguieron llevando la misma etiqueta «P.C. (M.L.) F.». Era tal la confusión creada, que en los medios progresistas se les distinguía bajo las apelaciones poco edificantes de «los viejos» y «los jóvenes». En vista de ello, cada una de las organizaciones antagónicas, con gran sentido de la responsabilidad, fundó una publicación en la que, cada una por su lado, daba su cuarto al pregonero: el *Front Rouge* y *L'Humanité Rouge*. El que concordaran en «rojo» no engañaba a los expertos que calibraban el abismo que existía entre «frente» y «humanidad», no menor que el que separaba políticamente a ambos partidos. Los chinos, rumbosos, echando la casa por la ventana, dieron a los segundos otro pellizco de dos mil dólares. Sin embargo, no todo iba a ser, para ellos, camino de rosas, en el horizonte se alzó amenazador «Le Prolétaire-Ligne Rouge», lo de «rojo» iba con muy mala uva, en realidad sólo se aproximaban a ellos, o por lo menos a sus apelaciones, para apuñalarlos con más saña; el propósito de esta sección era desenmascarar a los «revisionistas», o lo que era lo mismo, darles higa y mate. En un principio, con el mismo taimado propósito, se alzaron el C.C.J.S. (El Comité Communiste Joseph Staline) y el C.C.J.D. (El Comité Communiste Jorge Dimitrov). Estos dos comités no sólo declararon la guerra a las demás organizaciones, sino que entre sí se combatieron como güelfos y gibelinos. Hay que reconocer que ambos querían volver las nueces al cántaro creando el primer «Petit groupe compact». La fertilidad de la imaginación revolucionaria no paró ahí y sólo un voluminoso gotha podría encerrar el sinfín de grupos y grupúsculos que con mayor o menor fortuna se crearon en aquella tierra de promisión. Capítulo aparte merecen los trotskistas, que ayudaban la causa de los trabajadores con sus innumerables formaciones que iban de la L.C.R. (Ligue Communiste Révolutionnaire) a la A.J.S. (Alliance des Jeunes pour le Socialisme), pasando por los «posadistas» y «Socialisme et Barbarie», sin olvidar a los espontaneístas, los anarquistas, los edonicistas y los estructuralistas. A estos últimos, Amary los aborrecía como a perros, sin respetar ni a Lenin ni a su padre, se habían permitido la frivolidad de llamar a uno de sus engendros «los niños».

Precisamente Lenin había dicho a sus colaboradores: «Cuidad vuestro sistema nervioso». Todos estos grupos le parecían pandillas de tarados y de exhibicionistas que no habían comprendido con Mao que «la Historia hay que verla a gran escala y no a pequeña escala».

Cuando Amary hablaba a sus militantes, construía fórmulas con rigor matemático. Decía por ejemplo: «Primero: la gente que gobierna no puede hacerlo como antes de Marx. Segundo: los gobernados no pueden seguir viviendo como en el pasado. Conclusión: la revolución sólo la provocarán realidades históricas, sociales y económicas a gran escala». O bien: «*A*. En la U.R.S.S. actualmente sólo funciona el armamento. *B*. Cuando la U.R.S.S. conquiste el mundo, superados los problemas de defensa, resolverá los de abastecimiento. Por ello, cualquiera que sea nuestro parecer sobre el revisionismo existente en el Kremlin, tenemos que ayudar a la Unión Soviética a que barra los últimos vestigios del pasado feudal: las sociedades capitalistas».

De Kerguelen le escuchaba con la boca abierta:

– Seremos Quijotes.

Amary le corrigió:

– Don Quijote combate molinos de viento creyendo que son gigantes. El revolucionario ataca objetivos precisos. No somos altruistas sino realistas.

[Y se fue a dormir con «los demás».]

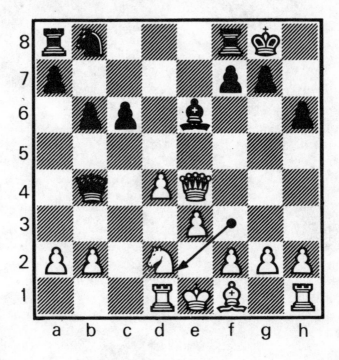

Amary no juega *Td1-d2*, consolidando su defensa (pero dando con ello la iniciativa a Tarsis), sino la jugada más agresiva: *15. Cf3-d2.* «Lance indispensable» se dice, que le conducirá a la victoria. Tarsis puede entretenerse comiéndole los peones del ala Dama: cuando se despierte de su quimera se encontrará ante una encerrona que conducirá al mate de su Rey. «Ahora sí que voy a ganar – piensa –. Mi ataque es imparable.»

«Mi ataque es imparable», se dice también Tarsis mientras toma en *b2* con la Dama (*15...Db4xb2*). Está convencido de que ganará: ha destrozado el ala Dama de Amary y sabe cómo paralizar el contraataque de su rival. «Puede abandonar.»

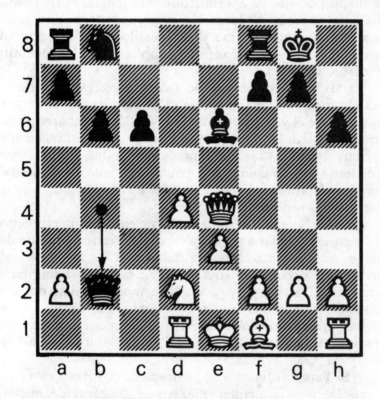

Soledad tomó la decisión de partir hacia Francia por los mismos motivos que Santa Teresa a los nueve años quería irse de España: «para conquistar gloria». No fueron pocos los españolitos que por aquellos tiempos, con la flor en los labios, atravesaron la frontera soñando con paraísos. Para comenzar, estaban convencidos de que Francia estaba llena de francesas. En lo cual no estaban errados. Lo malo es que éstas hablaban francés; era la causa por la que no quedaron

153

prendadas de sus encantos. Contra lo previsto. Las miserias del exilio, las conocieron de lleno en lleno y de tope a tope. Aprendieron a querer decir y no poder hacerlo como bebés grandullones que el destino hubiera colocado al pie de la Torre de Babel. Y así, dando palos de ciego, u orientándose como pulpos, fueron aprendiendo otra lengua y otros usos, sin dejar de practicar los suyos, construyéndose a domicilio una España emocionante y de bolsillo en la que podían refugiarse aun viviendo, por ejemplo, en Saint Quentin (Picardie Orientale).

Tarsis se iba por otra razón: quería dar el esquinazo a su pasado (una vez más); apretar el gorro y poner tierra por medio entre él y la Compañía de Jesús. Y sin embargo, ya la añoraba con dolor. La vida piadosa tiene la ventaja de que es muy barata. Con los ahorros que había hecho tenía suficiente dinero como para pagarse no sólo el precio del viaje, sino también la comisión del contrabandista que le pasaría la frontera.

Cuando Soledad y Tarsis entraron en el compartimento del tren, comenzaron por fin a tutearse. Pero éste se caía de sueño. Antes de amodorrarse, recordó a los agapitos y al Padre Benito, con la misma nostalgia con que se acordaba a menudo de su propio padre. ¿No estaba abandonando sin remisión el impulso más feliz de su vida? Apretaba los puños para no emocionarse. Sin que él nunca lo supiera con el mismo fervor le rememoraba el Padre Benito. Un día éste le dijo al Padre Provincial:

– Si Tarsis volviera y se postrara de rodillas a mis pies como lo hizo el primer día, yo le acogería de nuevo, y aunque hubiera cometido los peores pecados, movilizaría la tierra entera para que pudiera ser jesuita. Si fuera necesario, pediría una dispensa al Padre General o al Papa.

El Provincial le consoló malamente:

– Vivimos en un valle de lágrimas.

Tarsis, agotado por la noche en vela, se aletargaba. Hasta que, traspuesto, durmió la siesta del carnero. Soñó:

«*Estaba al borde de un ancho río. En la orilla de enfrente*

un hombre me llamaba "Ven, ven", solicitando que atravesa-
ra a nado el brazo de agua. Me fijo en él: se parecía a "mí
esclavo" francés del colegio de San Antón.
　　»El cauce estaba plagado de peces. Impacientes y pedigüe-
ños: sacaban la cabeza del agua y miraban a "mi esclavo"
como si le imploraran. Entonces éste cogió un niño que
llevaba en una enorme cuna y lo tiró al agua. Los peces lo
devoraron. Una mancha de sangre apareció. Pero pronto los
peces reclamaron de nuevo su pitanza, y "mi esclavo" les echó
otro niño. Otra mancha de sangre se extendió sobre la
superficie. Pero los peces de nuevo le mendigaron, sacando la
cabeza del agua: "el esclavo" les cuchicheó algo incomprensi-
ble y luego me gritó autoritario:
　　»—¡Ven de una vez!
　　»Vi cómo me despojaba de mi traje y cómo entraba en el
río para ser devorado.»

Tarsis se despertó sobresaltado. Nuria le estaba contemplando tan cerca de su cara que se diría que deseaba rozarle
las mejillas con la suya. El traqueteo del vagón le alumbra-
ba y le encandilaba entre dos anhelos. Soledad le miraba
feliz y él la detallaba en su duermevela.

Sus pechos eran redondos y al mismo tiempo puntiagu-
dos. Pero si se acercaba a ellos observaba que los remataban
dos esferitas. Su mirada atravesaba las prendas de Soledad: sus senos eran blancos y de color granada, pero
también verdes y azules y blancos como su vientre. Le
llamaban como sus labios que le reclamaban entre sus
piernas. Se preguntaba si no dormía con los ojos abiertos.

Soledad le hizo muchas preguntas sobre su vida. Tarsis
se la fue contando retazo a retazo hasta completar el lienzo.
Se sentía inferior, derrotado y se compadecía de sí mismo
hasta tal punto que descubría la auto-ternura. Soledad se
interesó particularmente por Nuria, hubo de describirle la
forma de su cara, el color de sus cabellos, el dibujo de sus
labios pero también informarle de dónde había nacido,
quién era su padre, en dónde vivía y cuáles eran sus
estudios. Le divisaba sin pestañear:

– ¿Y si en Francia no encuentras trabajo?

– Nunca hay suficientes fresadores...; es mi oficio.

– Pero no tienes papeles.

– Pues... ya haré algo.

– Yo sí que podré trabajar... para ser criada no se necesitan diplomas, y en Francia ganan mucho: podremos vivir los dos con lo que saque.

– ¡No!

– Si quieres, puedo hacer... como Nuria.

– Cállate... ¿Sabes? He soñado.

– ¿Qué has soñado?

– *He soñado que estaba a la orilla de un río del que salían gigantescas gallinas, tan enormes que yo no era mayor que una de sus uñas. El Padre Benito, para saciarlas desde la otra orilla, les echaba agapitos que zampaban en un santiamén. Yo quería huir para que no me alcanzaran, por eso corría a pesar de que el Padre me pedía a voces que me parara. Tropecé contra un remo y caí de bruces. Y vi cómo se acercaban los descomunales picos de las gallinas para devorarme.*

Se preguntaba si había reseñado con fidelidad su sueño. Mientras se lo contaba estaba pensando en otra cosa: en plantarle un compás en su vientre y en trazarle circunferencias concéntricas que tocaran su ombligo, su corazón o sus muslos, mientras que los peces del río pasaran entre sus piernas.

Para el arresto de Tarsis por la Policía Militar, al llegar a Puigcerdá, no fue menester ni la cruz ni los ciriales. Se dejó atrapar como un gorrión. Pero Soledad puso su sal y pimienta: aquella antigua pastora que era la imagen misma de la serenidad se destapó como una farruca resistente. Peleó sin temer rey ni roque para arrancarle de manos de sus guardias. La gente se arremolinó en torno al grupo apoyándola, aunque sólo moralmente: en realidad se les iba la fuerza por la boca y los escupitajos por los colmillos. Tarsis asistió al remolino, cuyo centro geométrico era su propia persona, como un testigo más sin arte ni parte.

Tampoco estaba mucho más espabilado y consciente de su situación cuando los dos guardias le dejaron en manos de un capitán de Transmisiones.

— Dime... Tú... ¿a qué vienes por este barrio? ¿Qué tramas?

Tarsis comprendió por el tuteo de entrada que su comisario era un camarada, o dicho de otra forma, un familiar de «falange-española-tradicionalista-y-de-las-juntas-de-ofensiva-nacional-sindicalista», asociación o partido que también se conocía por «F.E.T. y de las J.O.N.S.». (Todo esto hubiera consolado a Lacan, que por cierto nunca se interesó por el tema.) Aquella minoría de humanistas soñaba con que la mayoría de los españoles —volteriana y nihilista— fuera entrando en vereda a base de tuteo camaraderil. El tema no cuajó. Entonces. Porque pasados los años y caídos en desgracia iban a asistir al florecimiento de un tuteo generalizado de tanta elegancia, aunque de signo opuesto, al que ellos propugnaron con tan menguado éxito. Por si acaso Tarsis adoptó la ambigüedad, acogiéndose a un limbo de trato:

— No tengo nada que reprocharme.

El capitán no apreció la salida y le dio un sopapo que le hizo caer de la silla:

— Menos chulerías conmigo.

El capitán tenía muchos talentos, pero no el de psicólogo. Tarsis, con el máximo de compostura de que era capaz, argumentó:

— No soporto el dolor. Es inútil pegarme. Confesaré todo lo que se me pida: incluso si es necesario que he matado a mi padre.

El capitán, sin dejar de mirarle, gritó:

— ¡Guardias!

Aparecieron dos soldados. Señaló al detenido y dio una orden:

— ¡Incomunicado!

Minutos después, Tarsis supo lo que la palabra quería decir. Fue introducido, sin malos modos, en un calabozo que los que no temen mostrar su ignorancia de la Historia tacharán de «medieval». A pesar de la ausencia de luz, pronto comprobó que su nuevo hogar era un cubil de bajo techo, algo más largo que ancho. La mitad de la bombonera estaba ocupada por un estrecho banco de piedra del que hizo con perspicacia su cama. Era su misión, por cierto. En uno de los dos rincones libres había un agujero que utilizó como retrete. También acertó así. Como no podía estar de pie sin que su cabeza tocara el techo, ni tumbado a la bartola sin serrarse previamente las piernas a la altura de las rodillas, decidió acostarse encogido. Era la postura ideal para su estado de ánimo. Pasó la noche descargando el vientre, atenazado por los retortijones y haciendo pucheros.

A la mañana siguiente, la puerta de hierro se abrió. Entró un hombrón metido en harina con un plato de aluminio, un pedazo de pan y una cuchara.

—El desayuno.

Anunció risueño:

—No puedo comer nada.

A Tarsis le hubiera sido imposible tragar una oblea: la congoja le apercollaba la garganta:

—Haz un esfuerzo... No te desanimes: ¡más se perdió en Cuba!

—Le aseguro que no puedo.

El voluminoso guardián se sentó junto a él en el banco de piedra y con infinita dulzura, como una madre con su mamoncete, le fue dando cucharada a cucharada todo el desayuno.

—No te pongas así... Todo pasa un día u otro... Come... Es peor si no se tiene nada en el vientre.

Su incomunicación duró tan sólo cinco días. Con ayuda de una uña de piedra, Tarsis escribió una carta al Padre Benito. Para ello se sirvió del margen de las hojas de periódico que le daban para el aseo de su bragadura:

«*Reverendo Padre. He soñado que estaba a la orilla de un río. Me puse a andar y observé que un león amenazante nadaba y me seguía a poca distancia del borde. Cuando me paraba, él se detenía también. Sabía que si entraba en el agua me devoraría. Al llegar al puente, el Padre Provincial me pidió desde la orilla opuesta que fuera a verle, a nado. Me desnudé y entré en el río. Vi cómo el león se abalanzaba hacia mí para devorarme...»*

Desde que Tarsis entró en el calabozo, fue incapaz de soñar. No tenía tiempo. Éste se le iba dando vueltas y revueltas en su mente a su situación. Tarsis creía haber contado en su carta, con esmero, el sueño que había tenido a poco de entrar en el tren, y que había referido a Soledad. Continuó con una frase inspirada por su compañera de viaje:

«¿Soy un prisionero o una termita?»

Al llegar a este punto, tiró su misiva al agujero de la celda.

Al cabo de cinco días, enchiquerado, supo que era *desertor*. Fue enviado a un batallón disciplinario de un campo de trabajo del Pirineo, en la provincia de Navarra.

Su batallón disciplinario estaba formado por cuatro compañías de cien condenados, cada una al mando de capitanes y sargentos. La comida era escasa, pero para que los condenados no sintieran las entrepunzadas del hambre, les distraían con el trabajo. Doce horas por día. Las noches, el frío en los barracones era tan vivo que debían dormir con las botas y el gorro puesto; los colchones de paja, los utilizaban como mantas. Pasaban la noche dando diente con diente, transformados en carámbanos... a pesar de que habían tapiado concienzudamente las rendijas de los barracones con empastes que fabricaban con cortezas de pino, pero cada barracón era una auténtica nevera.

El trabajo consistía en picar piedra y en pulverizar las rocas de granito que rodeaban al campo. Tarsis tuvo cuidado, como sus compañeros de fatigas, de que el polvillo, al saltar, no le hiriera, sobre todo cuando tenía que reducir a grava las últimas rocas. Para esta labor llevaban unas gafas de alambre que les protegían con sus telas de araña metálicas.

Tenían todos tanta hambre que hubieran comido las maderas. Manjar al que nunca hicieron ascos. Y sobre todo Tarsis. Se puso como un toro. No se puede decir que el trabajo le conviniera, pero lo realizaba con ahínco. Por cierto, en el campo a aquellos que no mostraban esta laboriosidad o que, según el criterio de los jefes, no arrimaban el hombro con la fe necesaria, les disuadían con un par de bofetadas, o bien, si se ponían tercos, haciéndoles correr por la noche en torno a los barracones con un saco de veinte kilos colgado a la espalda.

Cuando Tarsis lograba hilvanar dos ideas coherentes se decía que no dejaba de ser curioso que sus carceleros les enseñaran a manejar explosivos. A ellos que eran desertores, castigados del Ejército, ladrones, o criminales, según sus anfitriones.

Tuvieron, a la fuerza ahorcan, que aprender a preparar los cartuchos con la pólvora, el fulminante, y el tubo de tela impermeable que introducían como detonadores en el agujero que previamente habían hecho en la roca con un escoplo y una maza. Este trabajo de forado era el más penoso: dos hombres tardaban en general un par de días en realizarlo.

Tarsis se fue acostumbrando a la vida del campo... Un día se dijo: «el hombre es un animal de costumbres». Manejaba los pies de cabra (barras de dos metros de altura rematados por uñas) con dexteridad, forzando los agujeros. Luego introducía cuñas de madera o de metal en la raja para provocar las grietas en la roca ayudándose con el mazo de trocear.

El mejor momento del día lo bordaba el zuriel con el desayuno. Era un esteta que había logrado una receta de cocina suculenta. Hacía hervir en calderas semiesféricas veinticinco litros de agua con malta... a los que añadía su chispa: introducir una rama seca abrasada por el fuego, la cual daba un gusto de torrefacción italiana al desayuno que quitaba el hipo de los forzados. Otra fuente de arrobo culinario la suministraban las latas de betún con manteca roja (grasa de cerdo con pimienta), que a veces entraban en los barracones clandestinamente, y que con compañerismo se dividían con el mismo cuidado como en ciertas comunidades de Berkeley se reparten los milígramos de cocaína. Los galeotes juntaban diestra con diestra y se consolaban mutuamente en los momentos de desánimo. Cuando al cabo de un mes de trabajo Tarsis reventó, como si hubiera perdido el seso, murmurando como un disco rayado: «¿Qué va a ser de mí?», un compañero gaditano le hizo juegos de habilidad para hacerle pasar la zozobra. Y, en efecto, contemplando a su amigo doblando una moneda con la lengua y levantando una silla con los dientes, la morriña se le pasó como había venido. Pronto tuvo la satisfacción de ver que no finalizaba su trabajo cada día con las manos ensangrentadas. Se le habían endurecido.

— Ya verás ahora, con los callos podrás romper las rocas a manotazos.

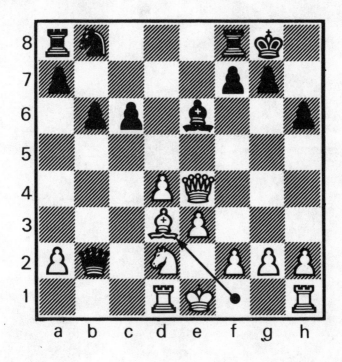

Amary juega *16. Af1-d3.* A manotazos — se dice Tarsis — voy a pulverizar la octava maravilla del mundo que Amary ha edificado tomándose por maestro de obras.

Al gótico florido de Tarsis, Amary, por su parte, está decidido a oponer la arquitectura racional de su posición. Con su jugada, abre las zanjas hacia el enroque negro, con todas sus piezas conjugadas armoniosamente. Mientras que su rival fabrica inútiles y costosas molduras en su ala Dama. Él pisa tierra firme. Tarsis construye en la arena. Cuando Amary levanta la cabeza, observa que sus «ayudantes» están rodeados por civiles que les vigilan atentamente. No es posible que sean policías, piensa, nadie puede considerarle a él y a los suyos como sospechosos. A menos que sean agentes de «la secreta», esperando su victoria para asegurar su protección.

Tarsis, encerrado en su salón de descanso, ha analizado la jugada de Amary. La respuesta la imaginó ya hace varios lances reflexionando sobre la variante. No obstante quiere asegurarse de que su intuición no le ha engañado. Entra en escena y juega: *16 ...g7-g6* con la amenaza mortal *17 ...Fe6-f5*. Se dice que la posición de su adversario es tan mala que hasta daña a la vista mirarla.

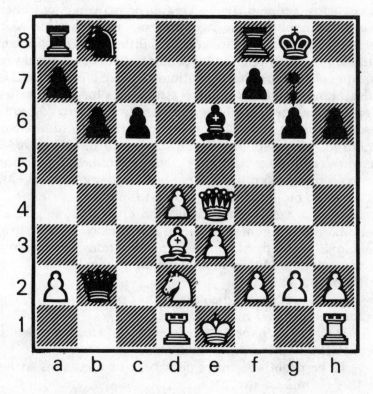

La sala está llena de policías. «¡Por fin! – piensa – . ¡Iba siendo hora! Habrán descubierto las galerías subterráneas de su residencia.»

La policía todavía no ha pensado en ellas. No obstante, desde el final de la primera semana, consideró a Amary y a sus «auxiliares» como posibles sospechosos, pero no por sus actividades presentes que ignoran, sino por sus pasados de simpatizantes de «antiguos grupos revolucionarios armados».

La primera «gran» misión revolucionaria de Amary fue, sin tentarse demasiado la ropa, la de convertirse en hombre de negocios. Teniendo barro a mano, pensó Amary con buen juicio, la revolución se hace menos cuesta arriba. Algo parecido decía Lenin, para el cual el dinero es el nervio de la guerra, y no un unto de rana. Gracias a esta decisión, él y su comité consiguieron en poco tiempo tener bien herrada la bolsa, dando así un carpetazo a todas las formas pueriles y románticas del activismo político. Con dinero contante y sonante, las armas se pueden comprar al contado. Sin embargo, hubiera podido preguntarse si su afán de volverse rico en su caso no tenía otras razones secundarias, pero que también pesaron en la romana: la de poder comprarse así un segundo alojamiento, lejos de «los otros».

[Éstos, la verdad sea dicha, con el tiempo, se ponían cada día más cargantes. «El niño» y «Mickey» añoraban el pasado; la soledad en la que les tenía recluidos «el maestro» les abrumaba, «Mickey» exigía participar en las reuniones del Comité:

—¿Cómo sabes que he creado un Comité?

Le preguntó «el maestro» aterrado.

—He leído los papeles que dejas sobre la mesa —respondió «Mickey» con el mayor descaro.

—Te he prohibido miles de veces que metas tus sucias narices en mis documentos.

—No tengo narices, sino hocicos.

Era la clase de puntualización que «el maestro» no soportaba. Él era la voz de la razón y no podía tolerar que un ratón de goma y no más alto que tres nueces apiladas le enmendara la plana en presencia de «los demás».

Por si fuera poco «el niño» dijo con sorna:

– «Capitalizar las actividades políticas es propio de las trampas de los partidos. Yo no me identifico a ninguno de ellos "Amary dixit"».

Oír sus frases ridiculizadas con aplicación por «el niño» era un martirio que le sacaba de sus casillas.

– Estoy harto de vosotros.

«Mickey» intentó calmarle:

– ¡«El niño» está tan triste! ¡Desde lo de Cécile, se siente tan solo!

– Desde que mató a Cécile –le interrumpió «el maestro».

– No seas rencoroso. Todo el mundo se tiene que morir un día u otro –hizo una pausa–. A «el niño», le gustaría conocer a tus amigos. Estamos siempre solos en casa. Yo me temo que se vuelva neurasténico... si te chincha, es porque está perdiendo la chaveta.

– Lo único que busca es destruir todo lo que hago.

Y ¡vaya si tenía razón!: «el niño» soñaba con echar a pique todos sus proyectos, sobre todo los revolucionarios. Cuando tenía un importante conciliábulo político, se pasaba la noche en vela sacándole de quicio, a posta, para que no durmiera y para que su reunión fracasara. Si «el maestro», mudo como una tapia, no respondía a ninguna de sus provocaciones, entonces metía a «Teresa» en la cama a su lado y se ponía a gemir como si estuvieran haciendo cosas feas. «El maestro» no podía soportar un espectáculo tan repugnante, por ello se iba a dormir al retrete.

– Me voy a dormir *solo*, al retrete.

En el retrete, «el loco» le consolaba contándole su pasión por los planeadores y las cataratas. «El maestro» estaba convencido de que ni «Teresa» ni «Mickey» ni «el niño» conocían la existencia de su amigo. No sabía que a través de los tubos de la calefacción, en cuanto se encerraba en el retrete, entraba a espiarle «Doña Rosita». Como era una deslenguada, se lo contaba todo a los tres.

«El maestro» despreciaba a «Doña Rosita», a la que ni siquiera saludaba; no la dejaba dormir con ellos. «Doña Rosita» era una serpiente que se drogaba fumando puros toscanos verdes y que, según «el maestro», había enseñado el autoerotismo a «el niño» (... lo cual no era cierto: fue «el niño» el que inició a la serpiente al arte de masturbarse con un catéter empalmado a un destornillador). Por todo esto «el maestro» tenía encerrada a «Doña Rosita» en un radiador vacío; nunca abría el grifo para que no se cociera con el agua caliente. Pero a la serpiente el agua, incluso cuando hervía, no le inmutaba; estaba blindada y podía recorrer la casa por sus tuberías fumando sus horribles puros malolientes.

«El maestro», al término de una noche, durmiendo con la cabeza en la taza del váter, sin más socorro que alguna buena palabra de «el loco», se despertaba con un humor de todos los diablos. «El niño» le toreaba:

– ¿Has dormido bien, *solo*?
– No puedo resistir esta vida.
– ¿Por qué no nos llevas a Nueva York otra vez?
– ¡Estoy harto!

«El maestro» se dijo que estaba obligado a tener dos domicilios. Uno en el que encerraría a «los demás» y en donde tan sólo dormiría (no se atrevía a cortar definitivamente con esta obligación ante el temor de las represalias que podría infligirle «Él»), y el segundo donde pasaría la mayoría de su tiempo libre y donde se reuniría con sus camaradas.]

Para los cuatro miembros del Comité Amary se dedicaba a los negocios tan sólo a causa del Comandante Menoyo y de los Garcías del «F.A.T.».

El Frente Autónomo de Trabajadores (el «F.A.T.») mantenía contactos fraternales con el Comité de Amary (que permanecía en la sombra) por medio de un enlace: Christophe de Kerguelen. A los cuatro Garcías (Luis García, Juan García, Jaime García y Antonio García) les unía, además del mismo apellido e idéntico doctorado por la Sorbona, el proyecto de crear una guerrilla en la provincia de Granada y más exactamente en las lomas de la Sierra Nevada. El ingenioso plan preveía comenzar por comerse de un bocado media provincia gracias a una base militar instalada en las faldas del Mulhacén; en poco tiempo contaban ponerse como tudescos a base de merendarse media Andalucía y, para terminar, se las prometían muy felices con un festín de Baltasar en pleno Pardo, tras un paseo militar por La Mancha. El hecho de que los cuatro fueran de una constitución más bien esmirriada no daba sino más valor a la gesta. Que lo canijo no quita lo valiente. Habían previsto lo que llamaban una *couverture aérienne* (que algunos traducían por una «manta airosa»): proyectaban que durante la epopeya les abasteciera regularmente un avión de turismo que despegaría de una playa del sur de Agadés para lanzarles cada día rancho y artillería. El proyecto había seducido a las autoridades castristas, que habían prometido, por medio del Comandante Menoyo, armas y dinero a los insurgentes, y para ello habían organizado una suscripción titulada «un peso para España» que dio el golpe en la bola.

Dada la pasión de Amary por el silencio y el secreto, De Kerguelen tenía, como toda misión «de enlace», esconder al máximo las actividades del Comité a los Garcías y paralelamente recoger toda la información pertinente sobre la creación del grupo terrorista. Se relacionó con el Comandante Menoyo, que le causó muy buena impresión por su talento y su coraje. Fue precisamente este compañero de Fidel Castro el que les puso al tanto del resultado de una de las primeras iniciativas del Comité para acabar con el capitalismo. Enviaban sistemáticamente a La Habana (y accesoriamente a Moscú), por correo, los documentos más confidenciales y secretos de la investigación francesa, especialmente los relacionados con la bomba de neutrón, submarinos atómicos y cohetes intercontinentales. Amary quería saber cómo la revolución en marcha utilizaba tan explosivos documentos. En su último viaje al «mundo libre», Menoyo tuvo que reconocer que se pudrían en las oficinas de la Seguridad de La Habana, esperando ser descifrados, en su día, por los mejores sabuesos este-alemanes. Por el momento eran considerados como mensajes de la contrarrevolución, y como consignas de la CIA enviadas en claves morrocotudas. A Menoyo le irritó la paranoia del régimen, y se propuso dilucidar el caso. Y debió intentarlo a su vuelta, con tan poca fortuna, que desde entonces destripa terrones en un campo de concentración de la Isla de Pinos.

En aquel último viaje, Menoyo transmitió a los Garcías el mensaje de Fidel: «Si querían armas y dinero tenían que pasar unos meses de entrenamiento en un campo del Ejército Cubano de la provincia de Oriente bajo la dirección del coronel ruso del KGB Wadim Kotschergine». Proposición llena de cordura de un hombre de chapa que los Garcías no apreciaron. No la podían comprender: estaban dispuestos a arrancar los adoquines con los dientes pero no a recibir lecciones de nadie. En sus planes, no cabía el hincar los codos como novicios, sino el entrar en Madrid cubiertos de sangre, sudor y barba, al frente de una columna de jeeps robados al enemigo, a los sones de la Internacional en tono mayor tras haber obligado al dictador a dar de culo en las goteras de Andorra y a sus ministros a resucitar como piojos en el Paraguay.

A los cuatro campeadores sin pelos en el corazón, no les amilanó el contratiempo. El consejo, sin embargo, no cayó en saco roto: decidieron entrenarse. Por razones de peso tuvieron la desgracia de no haber sido aceptados –en sus días– como reclutas del Ejército para cumplir el Servicio Militar. Es decir, que no habían tocado un arma en sus estudiosas vidas. Clarividentes, eligieron la mejor fórmula: se abonaron a todas las verbenas de las cercanías para ejercitarse al tiro al blanco. Se gastaron medio sueldo, pero con provecho. Las pipas de barro blanco que giraban zurumbáticas, o los patitos de plástico que bogaban de estrella a estrella (de papel de plata) eran implacablemente fusilados como representantes aborrecidos del Gran Capital.

Para lo que llamaban la «infraestructura armada» (el avión y la artillería), necesitaban dinero. Jaime García conocía el filón: sabía que no lejos de Perdiguera, en la provincia de Zaragoza, existía una fábrica cuyo cajero iba y venía a Zaragoza todos los viernes a buscar y traer la paga de los obreros. El ardid de guerra fue meticulosamente planeado: esperarían en un recodo de la carretera al pagador, le pondrían manos arriba, le robarían la cartera con el dinero y *luego* le pegarían un tiro.

La emboscada la llevaron de calle según la estrategia, pero a cencerros tapados. No pudieron menos de cantar victoria cuando oyeron la onda de la motocicleta. Sus corazones no les cabían en sus pechos en el momento en que, esgrimiendo los dos revólveres de que disponían, redujeron al motorista. Como previsto, se bajó de su vehículo para mostrarles la cartera del dinero... Se miraron atónitos... El cajero era un cojo... Le vieron dar unos pasos con su pata galana, aterrados...

Sin necesidad de consultarse, resolvieron no tocarle un pelo: estaban dispuestos a pasar a cuchillo a cien mariscales de campo, pero no a cortar el hilo de la vida a un pobre cojito. Le dejaron libre y atónito con su moto, su cartera y su dinero.

A uña de caballo, salieron para Francia en el Renault de Juan, pero dando tan mal al naipe que a unos kilómetros de Candanchú, el coche dio un patinazo y a punto estuvo de dar con ellos en lo mas profundo del abismo. ¡Habían vivido tantas emociones! ¡La carretera era tan angosta! Sabían que toda la policía fascista les estaba buscando. ¡Eso creían! Una rueda del vehículo se quedó colgada asomada al vacío. Se apearon y empujaron para liberarla con tan denodado esfuerzo que no se percataron de que se habían acercado dos samaritanos. En efecto, dos números de la guardia civil se presentaron para echarles un capote. Pensaron, sobresaltados, en los dos revólveres y en los mapas de Estado Mayor de la provincia de Granada que llevaban en la guantera. Poniendo cada uno su cornadillo y como pariendo a medias (los cuatro terroristas y los dos guardia civiles) lograron poner a flote el Renault... Los cuatro

Garcías arribaron a puerto de claridad en Francia (por el de Somport) sanos y salvos.

El «F.A.T.» concluiría su ejemplar historia en Madrid semanas después. Los Garcías, en vez de hablar desde la ventana, decidieron dar una batalla ideológica en Madrid. Se presentaron en la Facultad de Ciencias, donde no sólo en dos días se hicieron más célebres que el perro Paco, sino que consiguieron una militante para el grupo: Eulalia del Rosal García. La mañana en que instalaron una multicopista en su piso de Rosales, pusieron a Eulalia, de plantón, en el portal como centinela. Su misión consistía en tirar de un cordel si se presentaba la policía. La neo-militante, al cabo de media hora, estando ya un poco harta de su tarea, vio llegar a una compañera que se iba a bañar a El Lago. Se fue con ella. Los cuatro Garcías, tres cuartos de hora después fueron recibidos, pero no con cortesía, por el Comisario Yagüe en la Dirección General de Seguridad. (Sin embargo éste se desquitó besando la mano de la mamá de Antonio que vino a verle para implorarle misericordia por su hijo.) Como tenían muchas cosas que decirse el anfitrión les retuvo un par de semanas antes de enviarles a las Salesas, camino de Carabanchel.

Los cuatro Garcías comprobaron que el arrojo y la bravura de que hubieran hecho gala en la provincia de Granada no lograban enarbolarlos, sangrando, frente a sus alguaciles. Comenzaron por estar con el alma de Garibay, y terminaron charlando por los codos. Tanto es así, que incluso Christophe de Kerguelen fue descrito con pelos y señales. De rebote el informe llegó a la policía francesa, que desde entonces tuvo entre ceja y ceja a todo el Comité de Amary. ¿A quién puede extrañar que éste terminara formando parte de los sospechosos del secuestro de Isvoschikov?

Pero Amary nunca supo que estaba, hacía años, en las listas negras de la Direction Centrale de Renseignements Généraux, de la Direction de la Surveillance du Territoire y del S.D.E.C.E del Ministerio del Ejército. Para él, la aventura de los Garcías era propia de una cuadriga de tarados y de paranoicos. Hablaba como experto. Pero, como no hay mal que por bien no venga, lo que sí le apareció de forma luminosa es que no se puede improvisar la lucha armada. Conseguir el dinero para la causa sería su primer acto revolucionario.

Durante un par de años el Comité se forró. A Amar y los negocios se le dieron como hongos, mejor casi que la Física. Todas las mañanas se leía la prensa capitalista. La definía como «fiable». *The Walt Street Journal, The Herald Tribune* y *The Financial Times* eran sus fascículos de cabecera. Compró terrenos a bajo precio con los primeros ahorros, los vendió cuando fue necesario, especuló con oro y con platino, al principio modestamente, y por fin a golpe de lingote. Compraba en París y vendía en Zurich, o viceversa, gracias a los viajes «profesionales» de Hermés al CERN de Ginebra. A última hora de la tarde captaba radios americanas para saber cómo «respiraba» la Bolsa de Nueva York. Se podía pasar horas leyendo las cotizaciones de la bolsa como si fueran las mil mejores poesías.

Tanta pasión puso en la búsqueda del becerro de oro que los militantes pensaron en alguna ocasión que ya le había devorado por completo. Al cabo de dos años, con más dinero que un indiano, de sopetón, paró el carro, colocó su potosí para que le luciera el pelo... y ¡a vivir de las rentas! Aquel tesoro escupía doblones por todas partes; Amary sólo tenía que dejar correr la moneda como si fuera tesoro de duende.

En realidad era un tesoro de guerra... sin otra finalidad que la de servir a la causa de la revolución.

Tarsis cree que al jugar penetra en el orden, en el secreto y en la caligrafía inexplicable de la precisión. Para Amary, al contrario, en el ajedrez todo se puede explicar; cada problema tiene su solución racional, por ello traslada su Dama *(17. De4-f4)* al tiempo que se dice que el análisis de las

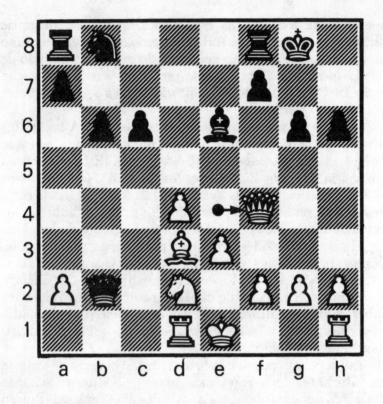

lecciones de la Historia es siempre instructivo; su trebejo en el centro vital de la posición está dominando el tablero y atacando uno de los baluartes de la defensa adversa: *h6*. Por su parte Tarsis entiende que en la Historia se dan cita los desenlaces más decisivos tras planteamientos futiles, las más altas empresas fraguadas por casualidad y hasta las causas más mediocres provocadoras de efectos fabulosos.

Tarsis juega *17 ...Rg8-g7*; durante un cuarto de hora ha puesto en balanza las dos maneras de proteger su parapeto *h6*. Al final descarta *Rh7*. Elige por intuición... cuando ha concluido su larga reflexión. Cree que se acuerda de instantes anteriores a su nacimiento... y que su intuición proviene del conocimiento que tuvo antes de venir al mundo.

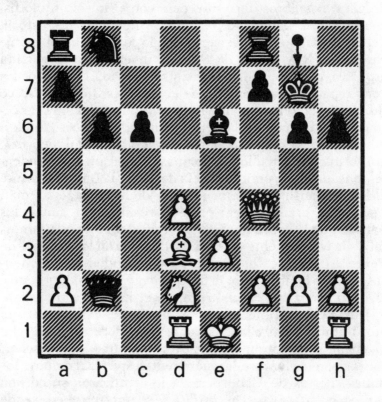

Amary está persuadido de que el encuentro entre él y Tarsis representa el combate apocalíptico e histórico entre el Bien y el Mal, entre el Proletario y el Burgués (la burguesía representada por el obrero Tarsis, y el proletariado por él mismo).

Este campeonato del mundo de ajedrez en realidad opone el rigor aliado a la inteligencia contra la gracia coronada por el talento (la razón frente al misterio). Cuando Fischer supo que su rival Spassky había declarado «el ajedrez es como la vida», corrigió: «el ajedrez es la vida».

Korchnoi y Karpov —los dos jugadores que durante años se disputaron la corona que la Federación usurpó al genial norteamericano— escribieron cada uno por su lado, años después, dos libros diferentes pero con el mismo título fischeriano: *El ajedrez es mi vida.* En efecto la historia del ajedrez es ejemplar: en el siglo XVI reinaba el monje castellano Ruy López de Segura, inventor de la partida española, del ataque más audaz y temerario... como el de los conquistadores, al tiempo que el calabrés Giochino Greco iluminaba el Renacimiento italiano. La Revolución Francesa de 1789 fue precedida por el triunfo del francés Philidor, que descubrió que «los peones son el alma del ajedrez», guillotinando con ello los dogmas monárquicos precedentes, basados en la omnipotencia del Rey y la Dama. Durante el Romanticismo el mejor jugador de la época, el alemán Anderssen, prefirió jugar esplendorosamente a ganar; las partidas de la época llevan nombres de sonetos («la inmortal», «la eternamente joven»...) y florecieron los Premios de Belleza. Lasker, como Freud, puso en evidencia a comienzos de siglo la importancia de la psicología. Alekhine, entre el destierro y sus raíces, recorrió el mundo con su gato «Ajedrez», mostrando la dolorosa vía del exilio... Pero el afrontamiento entre la disidencia y el poder culminaría con el encuentro Korchnoi-Karpov... mientras que Fischer, solitario, anticipaba el renacimiento espiritual de hoy: los mules tuertos de la burocracia le arrancaron su corona como para subrayar el hecho de que su reino no puede ser de este mundo. ¿A quién puede sorprender que hoy combata el hombre de ciencia frente al de intuición?

A Tarsis le costó semanas imaginar cómo Amary y sus «asistentes» pudieron introducirse en la residencia de Isvoschikov en París, burlando a la policía. Descartó el que llegaran por los aires en un helicóptero, o que hubieran sobornado a sus guardias soviéticos y franceses. Durante días y días caviló buscando la manera de alcanzar la habitación de un ministro soviético invitado y protegido por el gobierno francés sin que nadie se diera cuenta. Era un enigma... lo solucionaría.

Cuando Tarsis recibió en su barracón del campo de trabajo su primer paquete no estaba para resolver enigmas: tanto es así que se quedó alelado, sin reacción, con la lengua de un palmo, no sabía lo que se pescaba, ni distinguía lo blanco de lo negro... como para ponerse a indagar en esas condiciones quién era el expedidor del bulto.

El trabajo le embrutecía de tal manera que ni pensaba en lo que estaba viviendo. Se puede decir que ni pensaba... a secas. No tenía tiempo. A remo y sin sueldo participaba en una obra de romanos sudando el hopo... Ni se le pasaba por las mientes la idea de rebelarse, y menos aún de fugarse. Cuando se brega a pica seca, y sin semana inglesa, los razonamientos es harto difícil colocarlos uno detrás de otro. Si en vez de obligarle a trabajar doce horas por día, sus mandos se hubieran conformado con exigirle ocho, es posible que se hubiera dado cuenta de que consumía su vida pateando como un mulo, si en vez de peinar piedras vivas a puñetazos, hubiera analizado las «interacciones débiles» en un despacho de laboratorio, le hubieran sublevado las injusticias que se cometen con todos los canteros y picapedreros del mundo. Quizás ésta sea la razón por la cual desde los comuneros hasta el Comandante Cero, todos los insurgentes pertenecieron siempre a las clases acomodadas que sólo ven las injusticias desde la barrera. Más mérito aún.

El primer paquete, además, no podía ser más enigmático. (Si hubiera aguzado las orejas hubiera oído el eco que aún vibraba en sus entrañas: La *Tosca* de Puccini.) Cuando lo abrió, se encontró, aterrado, con medio centenar de frasquitos de botica, tres centenares de pastillas, dos termómetros y dos limones. Poniendo candado a sus labios tiró el conjunto despeñadero abajo. Los limones, sus cáscaras y sus pepitas, que estaban diciendo comedme, con ganas los hubiera metido entre dos rebanadas de pino y se hubiera hecho un bocadillo como un remiendo a la vida. Pero imaginó que se le quería envenenar con ponzoñas y hierbas de ballestero, camufladas en medicamentos.

Se corrió, sin embargo, la voz por los barracones, que «alguien» se interesaba por él. No podía ser más rara la cosa: la autoridad, que creía en la sentencia «los viajes forman la juventud», desparramaba a los cautivos por la piel de toro en razón inversa a la distancia de su hogar. A él, «valenciano», le tocó el norte de Navarra, pero hubiera estado más de acuerdo con aquella justicia distributiva que hubiera dado con sus huesos en Cabo Touriña, así como los onubenses cumplían su castigo en Gerona y los gerundenses en Huelva. El procedimiento calzaba puntos: con él se evitaba el feo espectáculo de las madres o las esposas hechas un harapo y gimoteando a las puertas de los penales. Las voces que habían comenzado a nivel de cabo furriel fueron empinándose en el escalafón. Una mañana el capitán le dijo:

— Parece ser que una persona le ha pedido al coronel cumplir la pena en tu lugar.

El oficial era un cabrito que trasgredía con su comentario un tabú carcelario: el de no aumentar el castigo de los prisioneros tocando el tema de la liberación: «Oídos que no oyen, corazón que no espera»... Y desespera. Tarsis sintió una burbuja de aire que iba de su corazón a su cerebro, y de su cerebro a su corazón. Quería olvidar lo que había oído, pero la burbuja se hacía cada vez más pesada como si fuera de mercurio. Las rocas se volvían más duras, los mazos más pesados y el trabajo insoportable.

Los paquetes comenzaron a llover como el maná; a veces incluso dos por semana, contra todo lo reglamentado. Estaban amadrinados por un experto que conocía el valor de cada caloría: lo dulce y lo salado, el tocino y el higo seco formaban parte del fardel con más sentido del beneficio que de la presentación. Tarsis supuso que el Padre Benito y los agapitos no le habían olvidado. Y supuso bien... pero una cosa es el recuerdo y otra la mantequilla de Soria. Supo, por fin, que *dos* mujeres habían pretendido canjearse contra él. Según el rumor el coronel las había echado con cajas destempladas. Habladurías... por el contrario, el oficial, solícito, les había explicado paternal:

— ...Comprendedme bien: es como si se pidiera a un cirujano sustituir al enfermo que va a operar.

El mal que sufría Tarsis no era ni el tabardillo pintado ni el vómito negro, sino el descorazonamiento. Los paquetes habían terminado por quebrarle las alas. Incluso llegaba a tener virutas de pesadilla: por ejemplo se despertaba y veía cómo la luna se metía en una de sus botas, mientras el tictac de un reloj sonaba dentro de su pecho, al tiempo que un pobre loco diminuto corría en torno a su cerebro con un talego de veinte kilos colgado de sus espaldas... Y si se ponía a escuchar le llegaba una vocecita que susurraba «la luna se mete en una de tus botas, mientras el tictac...». Aquel régimen no conocía el refinamiento de los hospitales psiquiátricos. Tarsis se iba transformando en carne de psicoanálisis por las buenas y de rositas.

Un día fue conducido a picar unas rocas, aborrecidas, cerca de la raya de Francia: no sólo estaban donde Cristo dio las tres voces, sino que aún había que acarrear hasta sus faldas toda la herramienta al hombro.

No vio al contrabandista hasta que ya lo tenía encima. Lo tomó por un mando de paisano y le siguió obediente. El campo de trabajo le había enseñado la disciplina y, de forma animal, el temor al azote; formándosele, con ello, una muy útil callosidad de sumisión.

Con el contrabandista atravesó la frontera y llegó a Saint-Jean-Pied-de-Port.

Allí le esperaban Nuria y Soledad, que se habían pasado semanas empaquetando talegos y sobornando carceleros.

Durante el viaje hasta Niza, Tarsis se fue despertando lentamente como el enfermo que comprueba, al intentar hacer los primeros pinitos tras la larga enfermedad, que las piernas no responden. A él no le respondían los reflejos: a cada paso temía terminar aquellas brevísimas vacaciones en el barracón.

Nuria y Soledad eran tan dichosas..., sobre todo porque imaginaban la felicidad de Tarsis. Pero éste aún no la había arrimado. No preguntó nada. Cosas más importantes venían a su mente: por ejemplo saber si a su vuelta al campo el capitán le castigaría o no a correr con el saco de piedras. En ocasiones le oía perfectamente... «La tercera brigada... ¡en formación!» y hasta llegaba a «verle». Se disculpaba: «Mi capitán, tengo una burbuja de aire que se pasea de mi corazón a mi cerebro y de mi cerebro a mi corazón... Pero es tan pesado que parece de acero. Cuando estoy triste golpea mi cabeza como si quisiera romperme la crisma».

—¿Qué te pasa? —le preguntó Nuria.

—¿No te encuentras bien? —sugirió Soledad.

Las miró un buen rato y tuvo la impresión de que la burbuja que iba de su corazón a su cerebro y de su cerebro a su corazón ya sólo era de aire... casi no existía.

Nuria quería contarle cómo había vivido durante su ausencia. Tan larga, para ella. Pero el momento no había llegado. Su padre, con legítimo orgullo, narraba su aventura de la que tan sólo ignoraba las camas, los tratos y las citas:

—Mi hija tuvo un desliz... un pecado de juventud... Afirmo que fue saludable para su formación. A su madre la hizo llorar con lágrimas de sangre, pero yo sabía que el percance la haría madurar. Ahí la ven: con la Reválida aprobada en un santiamén. Acaba de escribir una tesina sobre la *Tosca* de Puccini, que ha maravillado a sus profesores. Está vacunada para siempre: puedo dejarle mi caja fuerte abierta de par en par.

Nuria se despachó a gusto: con las uñas afiladas no metió dos y sacó cinco sino que dejó a su padre en pelota.

Cuando Soledad, tras el arresto de Tarsis, logró dar con ella, ambas conjugaron sus esfuerzos para liberarle. El rescate de Tarsis resultó harto más difícil que el saqueo, a pesar de que, para aquél las dos aliaron sus esfuerzos y sus encantos. Sus diálogos con el coronel del campo de trabajo, tras satisfacerle el impuesto de pontaje con prestaciones personales —a dúo—, giraba siempre en torno a la razón de sus vidas:

—Tiene que sacarle.

—Estáis locas. ¡Me vais a buscar un lío!

—Usted puede liberarle si quiere.

—Hago todo lo que puedo y más. Le pasé los medicamentos, le doy dos paquetes por semana... ¡Es un desertor!

—¡Qué va a ser un desertor!

—Se nos iba a Francia sin haber hecho la «mili». Sois dos chavalas estupendas pero no podéis pedir cotufas en el golfo.

Al cabo de tres meses, haciendo el golfo, precisamente, el coronel no sabía que estaba ensayando la *Tosca* en pleno Roncesvalles.

Soledad rompió las hostilidades a la bayoneta:

—Mañana nos lo pone en la frontera o «esto» se acaba hoy mismo.

—Para eso no tengo más poder que la espada de Bernardo o la carabina de Ambrosio.

El coronel, en calzoncillos, estaba tan afligido que su propia espada se le enguruñó, como víctima de un síncope. Si hubiera sabido que se estaba alzando el último acto de la ópera, no se hubiera negado tan en rotundo.

—Soledad, no insistas. Está claro. No puedo.

—Pues que te la chupe tu ordenanza.

Sin darle cuartel la batalla campal movilizaba la logística, la estrategia y el cuerpo a cuerpo: tuteo ofensivo, desacato invasor y amenaza de represalias. Aquello era peor que la batalla de Guadalajara... y sin italianos para cargar con el mochuelo. Alzó la bandera blanca:

—Nadie me ha tratado nunca así.

Pero sin darle tregua, Soledad izó la de combate:

—Óyeme bien: O liberas mañana a Tarsis o voy a la policía asegurándoles que te he visto metiendo mano a traición a Nuria.

El conflicto se ponía al rojo vivo tras este ataque inesperado por la retaguardia. En estado de sitio pensó en su mujer —una santa— y en sus hijos con los que tan tieso de cogote se había fotografiado el día en que el propio Jefe del Estado les había dado el título de familia numerosa. Buscó un repliegue estratégico:

—Voy a pedir que le lleven a la enfermería para que descanse. No puedo hacer más.

Soledad, comprendiendo que le estaba haciendo morder el polvo, le entró a la degollina.

—Peor aún. Diré a la policía que intentaste violar a Nuria detrás de la Peña del Espíritu Santo.

Como un pajarito hincó el pico, humilló la cabeza, dobló la rodilla y cantó el kirieleisón. Rindió las armas y arrió banderas... pero el puerco que llevaba en su corazoncito, y que con tanto pasto habían cebado las dos compinches (hasta hacerle entrar en vara), gruñó enternecedoramente.

—Pero me vendréis a hacer una visitita de vez en cuando... ¡Las dos juntas!

Con entusiasmo contagioso Soledad mintió:

—Desde luego, ¡hermoso!

El coronel no conocía la *Tosca* de Puccini, que por desgracia no se enseña en los cursos de estrategia de las Academias Militares. Pero la adivinó. Nuria y Soledad sabían muy bien que Scarpia quería tocar la ropa y los penoles de la Tosca sin liberar a Cavaradossi y que ésta pretendía rescatar a su amante sin acostarse con el policía. Por falta de negociaciones, Tosca apuñaló a Scarpia creyendo que su cortejador *ya* había liberado a Cavaradossi, mientras que Scarpia se disponía a conocer bíblicamente a la Tosca tras haber dado *ya* la orden de fusilar al prisionero. Todos se pasaron de listos y al final la Tosca hubo de precipitarse en el Tíber. ¡Qué remedio! Un mínimo de concesión por ambas partes hubiera salvado tres vidas. Cuántas guerras se evitarían meditando la lección. Soledad se dijo: «¡Menos sitios de Zaragoza y más Puccini!».

Pero Tarsis, camino de Niza, no estaba para músicas celestiales.

Amary, que ni sabe cantar por becuadrado, adopta la marcha fusilera y continúa el ataque. Juega *18. h2-h4.*

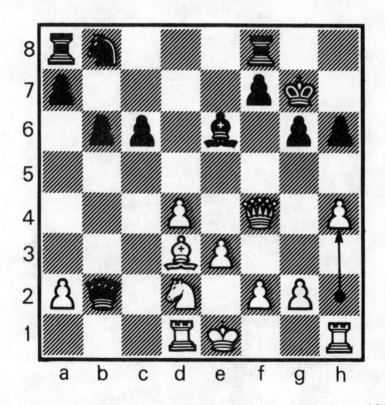

Para Tarsis, su rival desafina, y lo que es peor se deja llevar por el compás de sus precedentes movimientos. Se imponía, segun él, la pausa, el silencio, o el calderón, y no el andante sin contrapunto. Se acabaron, se dice, los impromtus y los caprichos, llegó el momento de la polifonía.

Amary, considera Tarsis, ya sólo puede hacer lo que hace, recurrir al pataleo o salir pitando con la esperanza de que su fuga se tome por un ataque a galope. Juega *18... Cb8-d7* controlando los dos escaques negros de su centro (*e5* y *f6*). Ha agarrotado la contraofensiva de las blancas. Pero Amary confía en su posición, en su ataque y en las posibilidades tácticas que crea la movilidad de su ala Rey. Puede ganar, e incluso rápidamente; a la menor imprecisión de su rival toda su construcción en equilibrio inestable se vendrá abajo. «Al juego de las negras le falta suelo.»

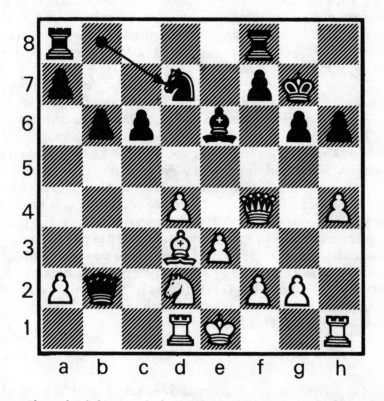

El título del artículo le interesó a Tarsis, «Melodía en las catacumbas». Jean Michel Sanders contaba en él su odisea subterránea:

«Levanto la tapa de la alcantarilla, sin llamar la atención de nadie, y sin embargo estoy a unos metros de la Asamblea Nacional. Bajo cinco escaleras hasta llegar a una plataforma que conduce a los colectores pero que también da acceso a una escalera de caracol y de piedra que me lleva a las galerías subterráneas... El subsuelo de París está tapizado por una red de 300 kilómetros de catacumbas o túneles en los que se puede deambular, si no se teme el silencio opresor, con el único socorro de una linterna... Muchas están tapiadas por la Inspección General de Canteras. Pero es muy sencillo desmoronar las barreras que fueron construidas, sin duda, precipitadamente... Un decreto municipal de 1955 prohíbe entrar en ellas... puesto que comunican con los sótanos o bodegas de la mayoría de las casas antiguas de París...»

Tarsis comprende, al fin, el secuestro de Isvoschikov e imagina a Amary y sus secuaces introduciéndose en el Palacio Marigny (residencia de los invitados extranjeros de la Presidencia de la República) a través de una galería subterránea que les conduce a los sótanos. Le sorprende no haber adivinado antes la treta. Pero un artículo de *France Soir* tres días después le muestra su error. Durante la noche del rapto ocho policías soviéticos se relevaron a la puerta misma del ministro y, además, las habitaciones del piso contiguas a las del jerarca estaban ocupadas por sus médicos, enfermeros, secretarios y su servicio de seguridad. El periódico concluía: «Es el nuevo misterio de la habitación amarilla. ¿Cómo se ha podido raptar al ministro sin que los policías de guardia a la puerta de su habitación hayan visto pasar a los secuestradores?».

La presencia de «los demás» es un obstáculo para el reposo nocturno de Amary, pero contrariamente a lo que imagina es muy estimulante para su trabajo de investigador. Especialmente la de «Mickey» y «el niño».

Amary, en su caserón de Ginebra o en su habitación de la residencia universitaria, durante años, antes de abrazar la política, se entregó a la Ciencia con la esperanza de encontrar el secreto del Universo o por lo menos el de la energía que posee una partícula libre de fuerzas exteriores cuando se desplaza en el espacio.

[Él mismo se consideraba también como una partícula libre... sin atadura ni familiar ni nacional... «Doña Rosita» siempre tan deslenguada y con su veneno de serpiente le dijo un día:

— No eres una partícula libre, estás unido a nosotros, a «Teresa», a «el niño», a «Mickey»... y sobretodo a «Él».

Era una trampa de vieja reaccionaria en la que no podía caer. Quería que se ensimismara meditando en lo que ella llamaba «Dios». Si se dejaba comer el terreno aparecería «Mickey» con sus rezos ridículos.

— Soy un hombre de Ciencia — dijo procurando no perder su calma — y sólo especulo sobre lo que se puede conocer o medir.

«Teresa» se rió tan fuertemente que a pesar de estar encerrada en la alacena se oyó su carcajada a través de la puerta. «El niño» sonrió bajo capa.]

Cuando Amary recibió la revelación marxista comprendió lo que hasta entonces únicamente intuía. A los cuatro militantes de su comité, les facturó el soplo:

— En la teoría relativista de la gravedad ideada por Einstein se tienen presentes el espacio, el tiempo y la materia, pero tan sólo como objetos matemáticos y físicos de *nuestro* sistema de energías. Como consecuencia la unificación de las fuerzas electromagnéticas y de las interacciones, tanto débiles como fuertes, en este sistema, es implista y superficial. Como la social-democracia o el radical socialismo de nuestros abuelos. La Física tiene sentido si se discurre con escalas de energía mucho mayores. Como la Política, sólo merece consideración que repasada a través de esa energía infinitamente superior que es el marxismo. En Política, como en Física, estamos ante «la gran unificación».

Para «el maestro», calcular en escalas de energías «insospechadas» (acrobacia mental que provocaba a los colegas de Marc Amary un sentimiento de desequilibrio como si se les obligara a hacer juegos malabares andando al mismo tiempo en la cuerda floja) era un ejercicio sencillo que calificaba de familiar. ¿A quién podía extrañar su dexteridad para pasar de una escala a otra e imaginar sus relaciones... lo que llamaba «la gran unificación»?

[¿No vivía con «el loco» sin que «Teresa», por ejemplo, estuviera al tanto de su existencia? ¿No estaba situado «Él» en otro mundo de valores? ¿No comprendía perfectamente la relación entre «Doña Rosita», una serpiente, y «Mickey», un muñeco de goma de seis centímetros?... ¡Sin contar a «los tres cóndores» que se pasaban la noche fuera, en la ventana, jugando al póker y organizando tal guirigay con sus graznidos de tahúres que muchas noches el propio «maestro» tenía que recordarles que eran únicamente un trío de «invitados»!]

— El marxismo ha conseguido lo que en Física yo llamaría «la gran unificación», es decir, la unificación asociada a la gravitación universal, al relacionar la Moral, la Política, la Economía, la Historia y la Ciencia.

De Kerguelen le escuchó embelesado:

— Y entre las dos escalas de energías, las socialdemócratas (las que hoy conocemos) y las marxistas, ¿qué existe?

— «El desierto».

Hablar de «el desierto» era una de las mayores fruiciones que conocía Amary. Se expresaba con lucidez... pero también con el máximo de entusiasmo de que era capaz.

186

— Se supone que durante la transición entre las energías actuales y las mayores, nada importante sucederá. Ésa es la versión pequeño-burguesa de los físicos de «vanguardia». Yo digo que «el desierto» es el terrorismo. No se puede llegar al equilibrio marxista... a la gran unificación... sin pasar por él.

Para alcanzar en su día la ansiada y mirífica *gran unificación*, el Comité de Amary pasó al asalto. Se proponían amedrentar al adversario burgués e impresionar a la clase obrera «haciendo explotar bombas en su conciencia proletaria». Para esta causa altruista, se sirvieron de diversas armas, desde obuses hasta cohetes de guerra, sin olvidar las bombas de relojería, los sacos de plástico explosivo, los bazookas antitanques e incluso los modestos cócteles molotov. Con este arsenal, lograron explosionar las oficinas de Rolls-Royce en París, el Consulado de los Estados Unidos en Lyon, un edificio de la central nuclear de Creys-Malville un garaje de la policía en Marsella, la consigna del aeropuerto Charles de Gaulle, un parque de automóviles de Renault en Flins... Bajo los cráteres, Amary adivinaba «el desierto».

La presentación que hacía la prensa de lo que llamaba sus «acciones de resistencia armada», le parecía propia de la incapacidad y de la sandez de esa correa de transmisión del Gran Capital:

— Hablan de «terrorismo ciego». Sabemos por qué matamos. Nada mejor preparado que nuestros atentados. No hacemos un terrorismo ciego, sino por el momento mudo e invisible. Nuestro silencio acompaña el de las víctimas. Pero comenzaremos a hablar, a enviar comunicados, cuando iniciemos la última etapa.

[«Los tres cóndores» llegaban a menudo con retraso. «Él maestro» les tenía miedo; sabía que durante el día anidaban con «Él» en la punta del Universo. «Mickey», a veces, se pasaba horas con su hocico pegado al cristal de la ventana, viéndoles jugar al póker. A «el maestro» le mortificaba este interés del muñeco.

– Estoy harto de verte pasar todas las noches mirándoles. ¿Qué tienen de particular?

– Que pasan el día con «Él».

– ¡Eres absurdo!

– Cuando sepa cómo juegan al póker, podré entender cómo piensa y razona «Él».

Que un ratón de goma le diera lecciones, era para «el maestro» insoportable.]

Amary convocó a De Kerguelen. Era una noche que había concluido de forma feliz. Una bomba de cinco kilos había hecho saltar los locales parisienses de CII-Honeywell-Bull. El planteamiento de Amary había sido perfecto, así como la ejecución de la misión por parte de De Kerguelen. Éste esperaba que su mentor le felicitara, pero Amary le declaró:

– Voy a abandonar el estudio de las partículas elementales. A partir de mañana me dedicaré al código genético.

¡El ser humano es tan particular! De Kerguelen, que era capaz de realizar, arriesgando su vida, las acciones más suicidas concebidas por Amary y que por «Dimitrov» había dimitido «definitivamente» del C.N.R.S., consideró el proyecto de Amary como un atraco. Y una humillación inaceptable. Después de su vuelta a la investigación, el código genético era *su* especialidad. Amary no podía pisotear su jardín por las buenas, como el caballo de Atila. Intentando dominar su desazón esgrimió una contra:

– La gran unificación de las partículas elementales es el problema número uno de la Física de hoy. Creía que estabas a punto de resolverlo.

– Di con la respuesta. Pero la confirmación experimental la realizará el proyecto de Emilio Picasso, el LEP, el túnel anular de 27 km que se construirá en su día... no se puede razonablemente prever que funcione antes de 1990.

De Kerguelen sentía que una estocada de puño le atravesaba. Temía el talento de Amary, ¿no era capaz de vapulear en unas semanas todo su trabajo de investigador de años? ¿De realizar el descubrimiento que le ridiculizaría? Amagó una finta:

— El código genético no puede interesarte... Dime, ¿qué opinas del modelo de unificación de Glashow y Salam?

— Primero que como la mayoría de los Premios Nobel de Física, estos dos sujetos trabajan para el ejército antisocialista. Y segundo que el modelo lleva sus nombres... porque lo inventó Weinberg.

Amary le revelaba su punto flaco: el odio irracional que sentía por los laureados del año 1979. De Kerguelen abrió la brecha:

— Estoy seguro de que podrías «demoler» la teoría. Sería un gran paso científico.

— El modelo fue expuesto de forma precipitada, basándose en «evidencias» indirectas y no confirmadas... nunca ha gozado de la más mínima sombra de confirmación experimental.

De Kerguelen cobró ánimo. Intentó el pase:

— Alguien como tú, que investiga sobre la gran unificación, no puede apasionarse por algo tan microscópico como el código genético.

Amary estaba en guardia:

— A pesar de lo que opinan nuestros colegas «progresistas», el código genético es el otro polo del marxismo, gracias al cual encontraremos el origen de la vida, del hombre. El marxismo creará al hombre nuevo. ¿Cómo puede escapar a un hombre de ciencia marxista la biofísica molecular?

Tras este tajo diagonal, De Kerguelen tenía la impresión de haber perdido el asalto.

[Cuando «el maestro» llegó a su casa se encontró a «Teresa» amarrada con una soga a la cama. «El niño» y «Mickey» le ataban los últimos nudos. Los tres reían a mandíbula batiente.

— Os prohíbo que hagáis cochinadas. Tú, «Teresa» a tu alacena y que no te vuelva a ver nunca más aquí. Sólo tienes derecho a entrar en mi cuarto una vez que me he dormido... para acostarte en la alfombra.

«Teresa» se fue llorando. O haciendo como si llorara. «El niño» dijo:

— Era un juego. Le estábamos haciendo «la esclavitud infraverde» en «technicolor», pero no te preocupes, luego la hubiéramos dado la «libertad asintetas».

— ¿Qué es ese galimatías?

«Mickey» le explicó:

— Lo confunde todo. Se refiere a la «esclavitud infrarroja» y a la «libertad asintótica».

Y volviéndose hacia «el niño», le explicó con voz de falsete:

— En Física se llama la «esclavitud infrarroja» (y no infraverde) al hecho de que los quarkes encerrados en el protón están confinados en bajas frecuencias, mientras que la «libertad asintótica» (y no, asintetas) señala la propiedad que tienen en altas frecuencias de actuar como partículas libres. El «technicolor» es el color, es decir, la carga eléctrica de los gluones de los tecnigluones y de los tecniquarkes.

«El maestro» estaba furioso.

— Has dicho todo esto como un papagayo, para reírte de mí y de mi trabajo de investigador. ¿Quién te ha enseñado todo lo que sabes?

«El niño» le explicó:

— «Los tres cóndores». Se lo han explicado con las cartas mientras juegan al póker a la dobladilla. Ellos lo saben todo: «Él» les habla con más frecuencia que a nosotros: se pasan el día juntos en lo más alto del firmamento.

«El maestro» se fue a dormir con «el loco», desesperado. Por culpa de «los tres cóndores» y de «Mickey» su autoridad, tan necesaria para conservar el equilibrio de «los demás», estaba por los suelos.]

Al día siguiente los dos miembros del Comité continuaron el asalto. De Kerguelen le odiaba por primera vez en su vida. Amary, más tranquilamente que nunca, le anunció:
— Estuve con el patrón de tu laboratorio... Esta mañana.
¡Qué desplante! De Kerguelen, uñas arriba, intentó arrancarle los botones:
— ¿Te presentaste de parte mía?
¡Era muy capaz!
— No.
— ¿De qué habéis hablado?
— Hemos intercambiado ideas.
— ¿No sabe que eres mi amigo?
— No hablamos de ti. Me puso al corriente de la investigación sobre la estructura, la dinámica y la organización de la ADN.
De Kerguelen estaba a punto de explotar. Se tiró a fondo:
— Podías habérmelo preguntado a mí.
— Tu patrón tiene el don de explicar con claridad.
Es decir, que se compenetraron. Asentó la espada para el quite:
— Es un reaccionario trotskista de primer orden. No para de firmar cartas en favor de los disidentes soviéticos.
— Es ideal. En su laboratorio pasaré desapercibido. Hemos llegado a un acuerdo: iré tan sólo por las mañanas de diez a una. Como ya hacía en el Laboratorio de Altas Energías. Para el Comité, todo sigue igual: por las tardes nos reuniremos y continuaremos, naturalmente, las acciones de resistencia armada.
— ¿Cuál va a ser tu tema de trabajo?

—Quiero encontrar lo que tu patrón llama «la palabra mágica».

Era el colmo del descaro. De Kerguelen se quitó la careta y el peto:

—Llevo años sobre ello.

—Lo sé. Podrás ayudarme.

¡Nada menos!... quería convertirle en su asistente de laboratorio o en su mozo de espuela. Tras años de fraternidad revolucionaria, De Kerguelen demostraba que quedaban incrustados en su subconsciente los vicios de la pequeña burguesía: la envidia, los celos, el amor propio y el peor de todos, el individualismo.

Amary no conocía el corazón del hombre, ni lo peligroso que puede resultar humillar a un vencido. Por culpa de su jefe, el Comité fabricaba una olla de cohetes.

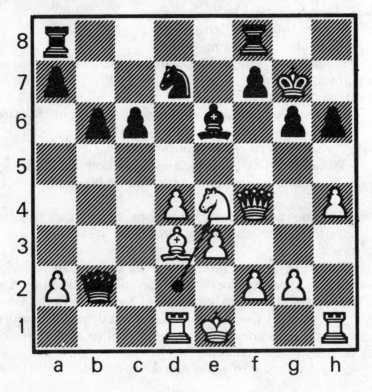

Tarsis está pescando al candil, piensa Amary, cuando ha llegado el momento de arponear con tridente y fisga. Cala la posición avanzando su caballo, *19. Cd2-e4*. Su rival no dispondrá del tiempo necesario para conducir la Dama a su puerto cuando los arpones lluevan sobre su Rey. Es el típico error de concepto de un jugador temperamental que confunde la pesca de altura con una de bajura. Ha mordido en el anzuelo y es capaz de devorar la carnaza envenenada que le he dejado en *a2*.

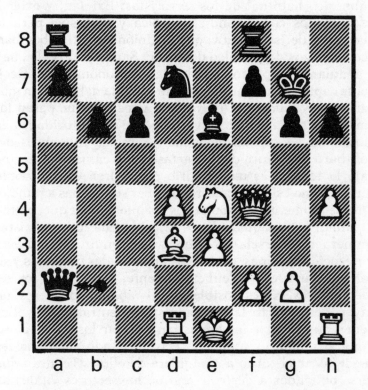

Tarsis considera la red que le tiende su adversario como un arte que descubre la hilaza, le da carrete y toma el peón *19 ...Db2xa2*. «Va a quedarse en cuadro» opina, por eso ni siquiera se ha molestado en un momento tan crítico, en pensar demasiado su jugada.

Amary había compuesto un problema, publicado en la revista *Diagrammes* que para Tarsis es más que una declaración de intenciones. Tras su última jugada lo considera una vez más. El secuestro de Isvoschikov, en sustancia, está compendiado en él. «La originalidad» de las exigencias de los terroristas (como dicen algunos periodistas) trasunta el cálculo de Amary.

Durante las primeras semanas del rapto, el chantaje de los secuestradores pareció una utopía propia del espíritu quimérico habitual de los terroristas. Exigían, y exigen, nada menos como condición única y exclusiva para la liberación de Isvoschikov, que la Unión Soviética bombardee los pozos de petróleo de Arabia Saudita. «Con lo cual, −añadían− se provocará el colapso económico del Occidente capitalista y paralelamente la caída del régimen más esclavista y feudal del universo.» A medida que pasan los días y las semanas, el nerviosismo de las autoridades de Moscú no ha cesado de crecer. Para los miembros del Politburó, la lectura de las cartas que su camarada escribe bajo la tortura es un martirio que sufren en su propio cuerpo. Y no están dispuestos a poner sus barbas a remojo. En este momento, no son pocos los que opinan que, palmo a palmo, la «maquiavélica» exigencia de los terroristas empieza a tenérsela en cuenta el Kremlin. Moscú está convencido, además, de que las autoridades francesas y su policía «burguesa», deliberadamente, protegen a los secuestradores. No es posible que al cabo de dos meses, no hayan descubierto la menor pista. Mientras tanto, ellos tienen que taparse las orejas para no oír los gritos de su camarada bajo el suplicio. ¿Hasta cuándo? Mañana les puede tocar el turno a cualquiera de ellos. ¿Tendrán que verse obligados a destruir uno de los sectores vitales de Occidente, arriesgando con ello la guerra mundial, para liberar a su compañero? A tragos el chantaje de los terroristas empieza a ser considerado con respeto, comienza a dejar de ser una utopía de chalados para aparecer como el terrorífico proyecto de unos fanáticos.

Tarsis está convencido de que Amary desea la guerra mundial, la tábula rasa que permitiría construir la nueva sociedad. Lo cierto es que a su adversario le complace el conocido diálogo entre Kruschev y Mao. El soviético, tras describir al chino el cataclismo de una guerra atómica, concluyó apocalíptico: «Los vivos envidiarán a los muertos». Mao volviéndose hacia sus ministros comentó: «Estos rusos, ¡qué gallinas son!».

En el problema de Amary el que juega pierde:

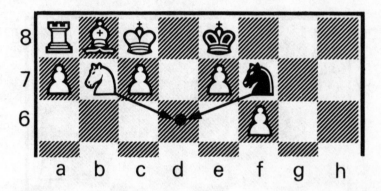

La única jugada posible es mover el caballo. La réplica sería entonces *2.Cd6* o *CxC* mate.

Los ajedrecistas llaman a este género de posición *zugzwang*, que significa la obligación que tiene el jugador a quien le corresponde mover de hacer una mala jugada, ya que si no tuviera que realizarla, salvaría la partida.

El secuestro de Isvoschikov, cree Tarsis, ha sido planeado para obligar a jugar y a desencadenar con ello el desastre «liberador», «el desierto».

Amary avanza su peón *20. h4-h5* para atrincherar una cabeza de puente en la plaza fuerte de su rival. Continúa con ello el asedio de la línea de defensa de Tarsis, liberando su torre que no va a ser un castillo en el aire, sino una fortificación de campaña; está rematando la partida. A Tarsis le sorprende que en una posición tan complicada su adversario no haya reflexionado más. Sus defensas son inexpugnables: la escaramuza sólo es la bocanada de un agonizante.

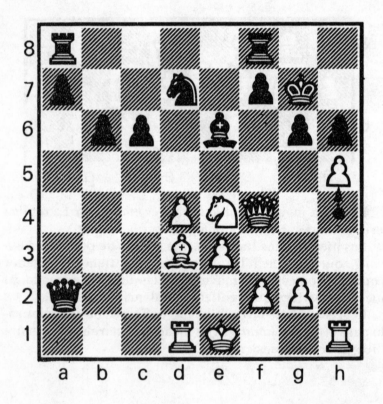

Al llegar a Niza, Nuria, Soledad y Tarsis asentaron sus reales en la planta alta de una modesta casa de vecinos sita en Chemin de Pessicart y compuesta de tres buhardillas destartaladas y de una azotea que amenazaba ruina. Pronto transformaron el chamizo en una estancia de tres cuartos y terraza cubierta de macetas. Nuria y Soledad se ganaron la vida como mujeres de la limpieza y Tarsis como fresador. Limpio de polvo y paja embolsaban, entre los tres, un sueldo que les permitía vivir con desahogo. Y como españoles. Se alimentaban de lentejas, migas, cocidos, paellas, albóndigas o empanadillas; golosineaban con bartolillos o arroz con leche, tomaban las once, merendaban con chocolate espeso y se curaban con tila y manzanilla. Y no sólo en el comer reproducían el modelo que habían vivido, sino en el vestir y en el beber, en el hablar y hasta en el comportarse. Habían conquistado un Gibraltar español en plena Costa Azul sin problemas diplomáticos. Y no fueron los únicos. El exilio se convirtió en un archipiélago insumiso bañado por la esperanza y la melancolía, que batalló en solitario para no perder sus señas de identidad. Los mandamases del solar patrio permanecieron al margen de aquellas microscópicas numancias. Y con razón, aquella gente no era del mismo paño que ellos.

Tarsis decidió conservar algunas de las disciplinas que habían adornado su período de agapito. Vivió con Nuria y Soledad como si los tres, y no sólo él, hubieran pronunciado el voto de castidad. Los primeros días fueron de verdadero agobio. No podía menos de hacer la rueda, encabestrado, cuando, al volver del trabajo, las contemplaba. A paso de buey, fue reduciendo los asaltos del deseo que le inflamaban y comprobó una vez más, como ya había hecho en el campo de trabajo, que «el hombre es un animal de costumbres». Se habituó a aquel fogueo diario, y sobre todo nocturno del que salía siempre con las manos limpias. Eso hubiera querido: en realidad, durante su sueño, las poluciones le aliviaban a traición, y hasta le pringaban los dedos.

Los tres, durante años, casados, pero sin haber pasado por la calle de la Pasa, formaron un matrimonio raro, blanco y bígamo. No se trataba de una bigamia similitudinaria o interpretativa, sino sencillamente consentida por las tres partes. Para ellos el matrimonio no fue una cruz, sino una eterna luna de miel en la que no cesaban de comer el pan de la boda... pero sin pasar al acto.

Practicaban una vida religiosa excéntrica en la que se fue imponiendo el parecer de Soledad. Los insectos fueron invadiéndola como una plaga. Según ella, el sacrificio de Jesús equivalía al del abejorro que muere en el momento de la fecundación; y así como durante siglos los hombres comulgan con su mensaje, muchos insectos guardan el esperma de sus machos muertos para procrear con ella millones de seres vivos. Nuria, exaltada, vivía un arrebato espiritual que se podría calificar de místico «insectil». Y no insectívoro: lejos de comer arañas o termitas, en cuanto veía una de ellas, la tomaba amorosamente y le pasaba la lengua por el caparazón.

Gracias a la escasez de fresadores en la región, Tarsis consiguió inmediatamente entrar en el taller A.P.A. (Atelier de Précision Achard) que hacía prototipos para Dassault, Thomson, Ferrodo y la S.N.I.A.S. Los horarios y el salario eran diferentes a los que se practicaban en Valencia, y también el escalafón. En España el orden se establecía así: aprendiz mecánico, aprendiz adelantado, operario de tercera, operario de segunda y operario de primera. En Francia había más categorías y la progresión iba, según él, a reculones: *manoeuvre*, O.S.1. *(ouvrier spécialisé 1)*, O.S.2, O.S.3, P.1 *(professionnel 1)*, P.2, P.3, y para terminar con el cuadro de honor, inexistente en Valencia, el «H.Q.» (el obrero *hautement qualifié*). Un viejo compañero nostálgico le dijo un día:

—Ahora va todo tan deprisa. En mi época sólo había cuatro categorías: *apprenti, petite main, petit compagnon* y *compagnon.* Yo comencé como ebanista. El olor de la madera lo añoro. Cuando entro en una carpintería o en una ebanistería me da no sé qué... Aún guardo las herramientas que hube de comprar...

—Me han hecho firmar un papel —le dijo Tarsis—. Lo he leído por encima; se habla incluso de pena de muerte si transmito al extranjero los planos que nos dan para las piezas.

— Todos los demás lo hemos firmado también. Como si supiéramos lo que hacemos. Antes, cuando era modelador, construía una hélice, y luego la veía en el Salón del Auto. Ahora nos piden piezas complicadísimas que van a parar a la barriga de un submarino atómico o al fuselaje de un avión o al radar de un misil. Tanto hablar de tribunales militares y ya ves, los planos ruedan por el taller sin que nadie les haga el menor caso.

Tarsis, al volver del trabajo, jugaba al ajedrez por correspondencia. Sus partidas contra el ex-campeón del mundo Estrine y contra el mejor jugador francés, Bergrasser, causaron sensación y fueron publicadas y analizadas en *Le Courrier des Echecs*. El ritmo del juego por correspondencia le convenía: en ocasiones, cuando el adversario era extranjero, las partidas podían durar años.

Nuria y Soledad dormían en una de las tres habitaciones de que constaba el piso, Tarsis ocupaba el cuarto más pequeño, la tercera pieza les servía de cocina, despensa y comedor. La espaciosa azotea, que sólo era un zaquizami cuando llegaron, la transformaron en un carmen. En el verano, a veces, pasaban dos horas regando el sinfín de macetas y tiestos que Nuria colocaba con un arte de acuarelista. Soledad las conocía a cada una por su nombre (que ella misma les había dado por motivos misteriosos, «africana», «Inés», «filigrana», «bragazas», «traviesa») como cuando, siendo niña, podía nombrar a todas y cada una de las dos mil y pico ovejas del rebaño de su tío con las que iban, trashumantes, desde el sur de Teruel al centro de Jaén.

La explosión de Nuria la anunciaron una serie de rarezas que Soledad y Tarsis no captaron. Probablemente subconscientemente se valía de las extravagancias para pedir auxilio. No sólo lamía el caparazón de las cucarachas sino todo lo que le rodeaba, como si se tratara de una obligación mágica que tuviera que efectuar a intervalos regulares. Nunca superiores a los quince minutos. Todos los objetos, plantas o bichos que estaban en torno de ella, eran temas para su ceremonia. Los lamía... pero también les rozaba tres veces con la yema de los dedos bendiciéndolos. Cuando el sujeto a lamiscar se hallaba en el suelo, se ponía a gatas para realizar su gesto. Al mismo tiempo, su «misticismo insectil» rezumaba gota a gota de todos y cada uno de sus actos. A Soledad y Tarsis esto les complacía; ¡estaban tan espiritualmente unidos! Sin embargo, se les atravesó un nudo en la garganta cuando la vieron en la azotea de rodillas inclinarse delante de un pichón muerto hasta tocar el pico con su lengua.

Una noche, Soledad despertó a Tarsis y le pidió que la siguiera.

— No duerme. Lleva varias horas sin pegar ojo.

Cuando Tarsis entró en el dormitorio de las amigas, se encontró a Nuria sentada sobre la cama y con los ojos abiertos.

— He soñado con San Juan Evangelista. Le decía «Juanito, cuentas gilipolleces».

— Muy bien, Nuria... duerme, ¿quieres que te hagamos una tila?

— Es mi alma, ¡se rebela contra el Evangelio!

— Estás muy nerviosa.

— Nunca estuve tan tranquila... Debería beber mis orines para purificarme.

— Cálmate, Nuria.

— Cuando Soledad me contó que estabas encerrado en el campo de trabajo, supe que pagabas por mis pecados.

— Me metieron en el campo por desertor.

— Yo fui la puta... pero tú recibiste el castigo.

— ¡Duerme!

A partir de entonces, Nuria pasaba las noches en vela, rezando, leyendo o murmurando. Soledad y Tarsis la mimaban:

— Me tratáis así porque pensáis que estoy enferma. Pero mi salud es perfecta. Elías, quiero que sepas que voy a tener

200

un hijo que será tan pequeño como un escarabajo y tan feo como un piojo. Será al mismo tiempo un Aníbal sublimado y San Juan. Se llamará Francisco, María y José. Se le conocerá como al Fernando Tercero de la Libertad.

— ¡Estás tan atormentada por la falta de sueño!

— Necesito tu intuición. Tú eres yo. Mi hijo nacerá el 4 de septiembre, será un emperador, será el hombre completo del siglo: erudito, músico, arquitecto, asceta, intuitivo, razonable. Le concebiré sin necesidad de varón como la madre de Buda, que quedó encinta al ver pasar un elefante, o como la Virgen María, que quedó preñada al recibir la visita de un arcángel.

Tarsis quería socorrerla, pero Nuria ni le escuchaba. Siguió hablando como si transmitiera un mensaje urgente:

— El Diablo y Dios existen, tú lo sabes, y tú también, Soledad. Pero lo que desconocéis, es que el Mal va a invadir la tierra con armas inimaginables. Satán está ganando terreno. Habrá una guerra que será una carnicería despiadada al final de la cual, como ha dicho Juan, los vivos envidiarán a los muertos. Lo veo muy bien porque viajo en el tiempo en ascensor.

— ¡Quiero que duermas!

— Todo lo que hacemos tiene un sentido. Incluso el haber sido puta en Barcelona, o el que mis labios besaran las pollas de los clientes.

— ¡Cállate!

— ¡Pégame! ¡Fui una puta!

— ¡No grites!

— Lo que no sabes es que tú serás el que darás a luz a mi hijo... por la cabeza. En ese instante, me volveré ciega.

— ¿Yo?... ¿un hombre?

— Sí... tú... por eso tienes la cabeza tan gorda. Desde la noche de los tiempos, estás preparado para encerrar en ella a mi hijo.

Nuria seguía lamiendo y bendiciendo lo que le rodeaba... pero también comenzó a tirar por la ventana los objetos maléficos, como la hucha que tenían en la cocina. Al día siguiente, cuando Tarsis volvió del trabajo, Nuria, temblando, le anunció:

—Van a llegar los marcianos, vienen de muy lejos, han colonizado Venus. Les he visto como te veo a ti. Tienen dientes de vampiro y se alimentan de nuestros sueños. Me han dicho que tras el cataclismo nos nutriremos con mierda. El orín sera el nuevo esperma, y viajaremos en el tiempo gracias a la energía del orgasmo.

Sin parar ni un instante afirmaba proposiciones que Tarsis y Soledad juzgaban originales o incongruentes, y de las que deducía conclusiones paradójicas: «El diablo nos manipula... por ello hay moscas», «Vamos a levitar... por ello dominaremos el dolor», «Fui una esclava india en otra vida... por eso los monstruos nacen en el Japón», «Lo bello se volverá feo y viceversa... por eso las termitas fabricarán cañones», «Voy a llegar a tener tu intuición... por eso hablaré desde un armario como desde un televisor».

Cada vez más exaltada, Nuria se pasaba las noches presa de un torbellino. Aseguraba que su alma estaba en el cuerpo de un gato, que iba a haber una explosión atómica, que los marcianos se querían acostar con los hombres, que miraría al Sol, que es Dios, antes de volverse ciega, que el Diablo forma parte de Dios, que San Francisco de Asís se reencarnará en Frankenstein, que ella y Soledad se volverán homosexuales como Tarsis, que el culo es el centro de la vida, que la homosexualidad será la regla del porvenir, que los gusanos se transformarán en leones, que vamos a vivir un nuevo Sodoma y Gomorra, que su corazón iba a ser apuñalado siete veces como el corazón de la Virgen, que el alma se escapa al cagar, que el pecado mayor era el de orgullo.

Tarsis tenía la impresión de asistir al naufragio de Nuria, agobiado por el dolor, pero sin poder socorrerla:

—En Barcelona, me pegabas porque lo merecía.

—No, no, estaba loco.

—Y mi cuerpo se llenaba de cardenales: ¡decías que tenía la piel tan fina! Muérdeme: hazme sangrar con tus dientes.

Nuria insistió con tal frenesí, como si fuera en ello su vida, que Tarsis se vio obligado a hacerlo. La mordió en el brazo con tanta fuerza que temió arrancarle un bocado.

—¿Has visto mi brazo? Tus dientes no han dejado la menor traza. Lo había soñado tal como ha ocurrido.

Mientras Nuria continuó su discurso sin fin, Tarsis observó el brazo de cerca, en el que en efecto no había ninguna señal de su violento y largo mordisco. Estaba emocionado y espantado:

—Piensas que estoy enferma, ¿verdad?

—No.

—No tengo derecho a decir nada contra ti porque me estás curando. Si quisieras me podrías matar. Sólo te tengo a ti... y a Soledad.

Tarsis no podía consolarla. Nuria era como una coquita de Dios indefensa y amenazada que recorriera sin reposo sus cinco dedos, pero cuyo aparato acústico no pudiera captar la voz humana.

—No toques el baúl de la cocina: está lleno de esqueletos. Son de los hombres con que me acosté cuando era puta en Barcelona.

—Olvida todo aquello.

No cesaba de hablar de su hijo, que iba a salvar a la humanidad, que iba a ser cojo, que liberaría a la mujer, que sufriría todos los dolores de los hombres, que dispondría del orgullo hijo del órgano visual, que pasaría por los campos de trabajo como Elías, que permanecería encerrado en un manicomio, que proclamaría que todos somos fragmentos de Dios, que sería la confusión total y la racionalidad absoluta, que cuando subiera al cielo tendría el tamaño de nueve veces el dedo gordo del pie, que anunciaría la verdad que está escondida entre mil errores o que lucharía contra el Diablo.

—¿Vas a dormir por fin?

—Caigo en mi alma como el cosmos cayó en el génesis, me queda tan sólo un hilo de razón para escapar a la enfermedad. Tened cuidado, voy a matarme y a mataros. No lo podré evitar.

Soledad lloró desconsoladamente. Nuria le dijo:

— Soy insensible a la piedad.

Cuando Tarsis salió de la habitación, descompuesto, Soledad le esperaba sollozando.

— ¡Tenemos que salvarla!

— Es tan frágil — dijo Tarsis —, me duelen sus dolores, me angustian sus angustias.

Tarsis sufría un dolor sordo que le traspasaba. Con Soledad seguía paso a paso la evolución del mal de Nuria. Un topo implacable le iba carcomiendo el cerebro. Cada noche llegaba con su cortejo de amenazas en blanco y con la excitación de Nuria que parecía padecer de un insomnio crónico. Pasaban las noches oyéndola, con los huesos molidos, cayéndose a pedazos, mientras ella describía todo lo que iba viendo o sintiendo. Buscaron mil maneras para hacerla dormir sin resultados positivos. Tan sólo, a veces, cuando al comienzo de la noche tomaba tres ampollas de Neurostabyl, al alba, se adormecía al fin.

— Nuria, estás muy cansada, tienes que dormir. No puedes pasar días y semanas sin pegar ojo.

— ¡Tengo que rezar tanto! Además, cuando duermo, veo en sueños con toda lucidez que la vida es cíclica y que, acordándome del pasado, puedo prever el futuro. Prefiero no dormir, así no veo lo que me va a suceder. Dime, ¿quieres que haga un trabajo para ti, que analice tus partidas de ajedrez?

— Sólo quiero que duermas.

— Puedo ser puta otra vez: soy insensible. Son los demás los que sufren. Sabes, mi hijo, tras que tú lo paras por tu cabeza, meterá su miembro en los ojos de los hombres y en los oídos de las mujeres. Tú lo llevarás nueve meses en tu cabezota... aunque, claro, nueve meses pueden pasar en horas.

— ¿Y cómo sabes todo esto Nuria?

— Tú me lo has dicho, Elías, ¿no te acuerdas?

— ¿Cuándo?

— En tus sueños.

— ¿En mis sueños?, querrás decir en tus sueños.

— No, Elías: me lo dijiste en uno de tus sueños... en forma de metáfora, pero lo comprendí muy bien.

Lo que comprendía Tarsis es que el mal de Nuria degeneraba ante su inutilidad para ayudarla. La congoja le consumía y sentía no haberle dicho antes de que desbaratara, sencillamente, lo mucho que la quería.

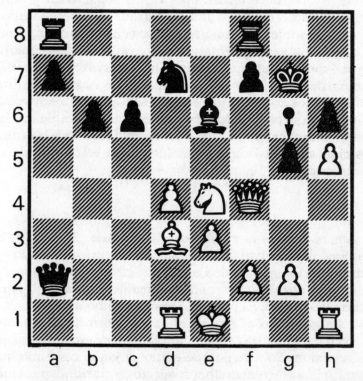

Durante los ocho minutos largos de reflexión, Tarsis se ha preguntado si Amary está en sus cabales: ¿qué significa su ataque de delírium tremens? Él le pone la camisa de fuerza: *20 ...g6.g5.* Y si continúa con sus desvaríos de hombre de lunas le va a mostrar a vuelta de ojo por dónde sale el sol.

Que el Politburó envíe un comunicado a través de la agencia Tass, sin referencia expresa al gobierno soviético y al Partido, es un procedimiento inhabitual. Se diría que los miembros del máximo organismo ruso, contagiados por la situación, han elegido dirigirse al gobierno francés, pero sobre todo a la opinión pública a la manera de los secuestradores. Es un texto enérgico, firmado por los nombres y apellidos de todos y cada uno de los miembros del directorio. Señalan así hasta qué punto personalizan el problema. Se ha terminado para ellos la paciencia y barajar. El dolor del martirio de su camarada, que sienten en sus carnes, les subleva. Anuncian que se ven obligados a tomar en consideración el ultimátum de los raptores y esgrimen el suyo: o bien la policía francesa libera a Isvoschikov, o bien bombardearán los pozos petrolíferos de Arabia Saudita. Los expertos toman muy en serio la amenaza soviética, opinan que se ha creado una situación inextricable con las peores amenazas para la paz mundial. Para Tarsis es una posición de *zugrwang* que maloculta la estrategia de su adversario.

Amary corrige el rumbo de su abordaje: *21. Df4-g3.* El ala Rey de su rival hace agua y a punto ha estado de hundirla: el sacrificio de Caballo en *g5* que, en su momento, le hará zozobrar, aún no era posible a causa del jaque intermedio en *a5.* El plan de Tarsis es como una embarcación sin gobierno que se va al garete irremediablemente.

Pero para éste, la obstinación de Amary escolla su juego sin remisión. Sólo tiene que evitar el jaque continuo que permitiría a su rival arribar a puerto de claridad, para ello tranquilamente navegará tomando la estrella. Las estrellas las verá Amary.

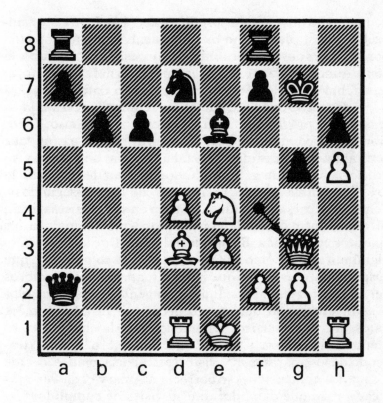

La visión de una gabardina puede conducir al ser
humano al vértigo o al furor. La de Amary provocó además
a De Kerguelen el deseo de dimitir o de aceptar un contrato
de investigador en el Ejército. La prenda estaba colgada de
un perchero del Laboratorio de Genética Molecular. De *su*
laboratorio, Amary se había instalado *ya* conquistando de
entrada *su* cuelgacapas. Por primera vez, percibió que la
ropa de su «secretario de Comité» olía a asesino que
apestaba. Y a sanguijuela. Y a aprovechón. Respirando por
la herida, descubrió lo que no había observado durante
años; el laboratorio estaba formado por habitaciones pequeñas y tristes apelotonadas en el tercer piso de una torre
chata y siniestra, como las sesenta y tantas más que
contaba la Facultad de Ciencias, creando, cada cuatro,

pequeños patios carcelarios. Se asomó a la ventana y comprobó que la planta alta que le rodeaba estaba protegida por alambradas. No era cierto, su desánimo le trabó la vista. Aunque quizás ésta era la intención del arquitecto, al que debió soplarle la musa en Alcatraz o Carabanchel.

Al despacho donde se hacían las reuniones de trabajo, se le conocía por «la casa de citas». Y con razón, pensó. Todos eran unas solemnes putas. A comenzar por su patrón, que con tanta obsequiosidad le estaba mostrando a Amary su artillería. Como un gallo, alzando la cresta, le enseñaba la joya de su láser «que logra impulsos de 10 pico-segundos». Tenía la impresión de que hurgaban en su bragueta o leían su diario íntimo de adolescente. Amary contemplaba los aparatos con desdén. El Spektralphontes Dmrio Zeiss, ni se dignó mirarlo. ¿Cómo es que su patrón no comprendía que despreciaba el esfuerzo que habían realizado los miembros del equipo para adaptar aquellos ingenios tan sofisticados a la investigación del código genético? Él recogería los datos que los biofísicos fenomenólogos, la chusma, rompiéndose la cabeza y arrimando el hombro, irían extrayendo de los aparatos. El aristócrata piensa, planea, decide y saca las conclusiones. Aborrecía a Amary cada vez más a cada paso que daba durante su visita de cumplido.

– Con esta centrifugadora, que se ha construido siguiendo *nuestros* planes, se llega a una velocidad de 60.000 vueltas por minuto. En ella tratamos las bacterias del virus E. Coli.

¡Qué moños se ponía su patrón! No cabía en su pellejo ni sus aparatos en este mundo: «sus» pantallas, «sus» cámaras frías, «sus» 260 manómetros que seleccionan el rayo de luz determinado... Hablaba a chorros poniendo paño al púlpito. ¡Qué iluso! Como si Amary pudiera interesarse al sermón ajeno. Amary, sin quitarse sus guantes blancos, sin arriesgar a que un virus E. Coli aventurero le saltara a la retina, o un circuito aún no enfriado le quemara la yema de los dedos, haría una síntesis de las estadísticas y de las informaciones que las abejas obreras libarán siguiendo su dictado. Y a paso de carga, encontraría la «palabra mágica» que durante años toda la colmena había buscado.

[A «el niño» el código genético le entusiasmaba, ante la sorpresa de «el maestro». Se pasaba la noche hablando a través de la chimenea con «Mosquito». «Mosquito» era un rinoceronte al que no había manera de sacarle del sótano donde, según él, vivía como un marqués. Era un pozo de ciencia en materia de código genético. Se había creado una «biblioteca» impresionante detrás de la caldera de la calefacción.

– ¿Qué es la «biblioteca»?

«Mickey» ni siquiera sabía que la «biblioteca» era el conjunto de secuencias de ADN. «Mosquito» tenía una memoria de elefante a pesar de ser tan sólo rinoceronte, y era capaz de recitar de carretilla las bases de todas las secuencias repertoriadas hasta hoy.

Los «tres cóndores» también disponían de una «biblioteca» de primer orden: las secuencias, las anotaban de cualquier manera en los márgenes de sus cartas de fulleros de póker. Eso creía «el maestro».

– La ADN – le explicaba «el niño» a «Doña Rosita» – está formada como dos escaleras de caracol enlazadas por dos hilos que se enroscan y que llevan escalones. Cada uno es una base. Sólo pueden ser A o T, G o C.

La serpiente ni siquiera sabía que estas bases salteadas y repetidas interminablemente creaban la secuencia. Y que el repertorio de las secuencias conocidas se llama la «biblioteca». A «Doña Rosita» lo único que le preocupaba era no perderse los programas de ópera radiadas por France-Musique y fumar sus horribles toscanos verdes.

– El código genético de la ADN es toda la información que tiene la célula. Gracias a ella, sabe reproducirse, alimentarse y... matar.

—¿Matar a su madre? —preguntó «Teresa» sólo para molestar a «el maestro».

—¿Y tiene información pornográfica? —preguntó «Mickey» haciéndose el gracioso.

Estaban desatados. El código genético les divertía más que jugar a justicias y ladrones, o al escondecucas.

—Cada uno de los dos hilos del ADN de la célula más diminuta mide más de un metro; ¡tan enroscado está! —dijo «el niño.» Y «Teresa», con voz de Marylin, susurró:

—Pídele al rinoceronte que nos envíe virutas de su cuerno para hacer bebidas afrodisíacas.

¡Pena perdida! ¡Con lo orgulloso que era «Mosquito»! No permitía que nadie le raspara su cuerno; por la noche, lo envolvía en una funda de gamuza.

—Basta ya de ordinarieces —gritó «el maestro» descompuesto—. Tú, «Mosquito», si no te callas, te envío un arpón por la chimenea.

Se oyó la risa sardónica del rinoceronte. Imitaba a Louis Armstrong a las mil maravillas. Además era maoísta y conocía su resistencia, no en balde su ídolo había declarado durante la *larga marcha*: «La historia es como la piel de un rinoceronte; las matanzas o los desastres sólo son como picaduras de mosquito en su caparazón...» «Arponcitos a mí»... Era como para morirse de risa.]

De Kerguelen sabía que su patrón soñaba ya con el artículo que iba a escribir Amary..., que, como está mandado, firmarían todos los miembros del laboratorio. Un texto que llamaría la atención por su rigor y por su invención... y adiós las vacas flacas del laboratorio, o los encargos del C.N.R.S. a cuentagotas y las subvenciones mezquinas. Accedería a los opulentos contratos del D.G.R.S.T. que sólo se conceden por esnobismo y compadreo... y ¿por qué no? ¡El Premio Nobel! De Kerguelen escupió con rabia.

Amary, a la una, cuando los demás se fueron a comer,

vino a su despacho. De Kerguelen estaba decidido a notificarle que ya no formaba parte del Comité, que el terror rojo, negro o de color chocolate le traía sin cuidado, que lo único que no estaba dispuesto a tolerar, es que le ridiculizara apropiándose de su trabajo de investigador. Amary comenzó así:

– Para ti y para mí, el laboratorio del C.N.R.S. y nuestros trabajos como investigadores son vitales para nuestra seguridad; gracias a ellos, disponemos de la mejor coartada frente a la policía. Paralelamente, como marxistas, sin dejarnos impresionar por las reprobaciones de nuestros colegas de «izquierda», debemos preparar gracias a las transformaciones genéticas al hombre de la nueva sociedad.

– ¿Te refieres a las manipulaciones genéticas?

– ¿Qué persona razonable se negaría a realizarlas si, como se puede suponer, conducirán a la creación del hombre marxista?

– Todos los investigadores con dos dedos de ética...

– De ética burguesa al servicio de la clase dominante.

Hablaba como los «científicos» fascistas. ¿Se había vuelto loco? Iba a decirle que se largara, que no quería verle más, cuando tuvo la impresión de que le leía el pensamiento:

– Enver Hoxha dijo: «Tito merece un salivazo en la frente, un puñetazo en las narices y una bala en el pecho». Hace años que formamos un grupo clandestino. Estamos ligados. Nos jugamos la vida.

– No estamos en Albania.

– De Kerguelen, es posible que estés atravesando una crisis. La tendremos en cuenta. No olvides que toda la información sobre el grupo está entre tus manos.

– ¿Crees que voy a traicionaros?

Pronto supo, por la prensa, que estaba al margen del Comité... aunque no le habían devuelto su libertad. Ni siquiera le informaron de la bomba que pusieron en la Agencia France-Press, ni del cohete que lanzaron contra el

Palacio de Justicia de París, ni del asesinato del director del First National City Bank. Se dio cuenta de pronto que ni se atrevía a decirle a Amary lo que pensaba de él, ni osaba abandonar definitivamente al Comité.

[«El niño» tenía alborotado al cortijo con el código genético. Se divertían con él más que haciendo títeres. Sobre la alfombra, hacían un juego de construcción que llamaban la ADN. Los dos brazos eran dos cintas que estaban enroscadas formando dos escaleras de caracol en torno a «Doña Rosita». Las cuatro bases A,T,G, y C, eran Alubias, Tachuelas, Garbanzos y Cacahuetes. Les iban pegando sobre la cinta respetando el orden interminable de una secuencia. Todos sabían que, frente a una Alubia, necesariamente había que pegar una Tachuela —y viceversa— así como el Cacahuete siempre estaba cara a cara con un Garbanzo. A «el maestro», le toreaban. «Teresa» jugaba con ellos para chotearse de su orden de permanencia en la alacena. «Doña Rosita», por su parte, también había abandonado su radiador donde «el maestro» la tenía encerrada, como la cosa más natural; los «tres cóndores» habían atravesado la ventana como si tuvieran derecho a ello.

A «el maestro» le entraron ganas de pisotear el ridículo mecano. «Mickey» se acercó a él y desde sus cinco centímetros y pico le miró de hito en hito como si fuera el jalifa de la casa:

—No se te ocurra tocar nuestra ADN... «Él»...

No dijo más. Sabía que ante esta amenaza, a «el maestro» se le encogía el ombligo.

Todos hablaban al mismo tiempo en medio de un guirigay desconcertante. Sólo el vozarrón de «Mosquito», a través de la chimenea, imponía de vez en cuando unos instantes de silencio. «El maestro», ostensiblemente, se metió dos tapones de algodón en los oídos y se puso a leer

Pekín informa... pero en realidad se moría de curiosidad por saber adónde iban a parar.

«Mickey» no comprendía gran cosa del código genético (a él no había que sacarle de las partículas elementales, en las que era un águila); dio su punto de vista. No podía ser más razonable, se dijo «el maestro»:

– ¿Cómo queréis sin una computadora conseguir «la palabra mágica»?

«El niño» le replicó:

– No comprendes nada. La «palabra mágica» es un error de los investigadores. Intentan encontrar un orden lógico entre las bases de la cinta; nosotros hemos descubierto la razón de este orden. La regla.

«El maestro» se quitó los tapones de los oídos y se encaró con «el niño»:

– ¿Te refieres a mí? ¿Me tomas el pelo? ¿Soy yo el investigador que hace errores?

Le ponía en solfa en presencia de todos. «El niño» le explicó la regla tal y como la habían descubierto. Quedó patidifuso. Aquello era el colmo, aquel tipejo asesino había sido capaz de... Incluso la puta de «Teresa» y la serpiente de «Doña Rosita» estaban al corriente ya de lo que hacía varias semanas, él estaba buscando sin éxito y con ayuda de todos los informes del laboratorio. Estaba fuera de sí.

– Me voy para siempre.

Una promesa más de borracho, se dijeron «los demás».

«El maestro» se fue a dormir con «el loco». Le contó la humillación que había sufrido... Pero «el loco» tuvo que confesarle la verdad, no sabía mentir, estaba demasiado majareta para hacerlo: él también había descubierto la regla de la secuencia.

– ¿Tú?

– Sí... ¡Yo!

– ¿Cómo?

– Con el rollo de papel higiénico.

– ¿Te ríes de mí tú también?

– Me fabriqué con él una secuencia, fui anotando en los

bordes la serie de bases A,T,G, y C... hasta que me di cuenta de cómo y por qué iban en este orden...]

En servicio de la revolución, De Kerguelen había colocado varias bombas en su vida, pero la que más le sacudió y conmovió, no tenía carga ni detonador; era un artículo de veinte páginas lleno de croquis, titulado: *Análisis de los signos de organización genéticos: Estructura y Dinámica del guenon y de los problemas de estabilidad de la ADN.*

Lo leyó en cinco minutos y lo volvió a leer. La investigación científica ¡qué farsa! Su nombre, el de su patrón y el de Ernest Byrrh figuraban con el de Amary como autores del texto..., según las hipócritas normas de la cortesía científica que exigen que figuren los miembros del laboratorio al pie de toda comunicación. Pero si los profanos podían confundirse, los feligreses sabían muy bien que Amary era el autor único y exclusivo... y que los demás, como suele ocurrir, se enteraron del contenido del artículo al corregir las segundas galeradas.

Y lo peor de todo: ¡la tesis de Amary era irrefutable!

Comenzaba su demostración con una evidencia: las parejas de bases «A.T. y «T.A.» están unidas por dos electrodos y las G-C y C-G por tres. Deducía de ello que las primeras eran menos estables que las segundas.

¿Cómo es — se decía De Kerguelen — que ninguno de los investigadores haya dado importancia a esta propiedad? ¿Cómo es que él mismo dejó pasar una certidumbre tan significativa? Quizás porque le pareció una verdad de perogrullo.

Un bárbaro, un asesino, un robot había abordado el problema de manera diferente. No estaba obnubilado por el desorden aparente en que se presentaban las secuencias A,T,G,C y no quiso nunca buscar la «palabra mágica» que diera la pista, como él y todos sus colegas habían hecho... Le aborrecía. No había dado en el blanco por talento sino por falta de respeto al trabajo de los demás y por egoísmo rayano en la paranoia. Por total ausencia de generosidad.

«Una secuencia rica en A y T (es decir, no estable) tiene una significación biológica...»

¡Cabrito, maricón, hijo puta! Y además tenía razón: la serie de bases A,T,G,C, del ADN, no había que leerla como si se tratara de onomatopeyas sin puntuación... sino como el libro abierto de la organización biológica.

¡Toda su vida de investigador destruida! La «palabra mágica» enterrada para siempre... Toda su labor de años ridiculizada por un novato sin prejuicios, sin escrúpulos... de hielo.

El texto terminaba con una revelación que iba a cambiar el universo de la biología molecular: demostraba Amary que la *transcripción,* es decir, la transformación del informe sin brazos (el código genético de la ADN) en brazos que van a trabajar y a producir, por ejemplo proteínas, se realiza siempre en períodos de baja estabilidad, es decir, ricos en bases «A» y «T».

De Kerguelen abrió la ventana y furiosamente arrojó el artículo. Las veinte páginas levantaron el vuelo, batieron las alas, se separaron revoloteando en la altura, se inmovilizaron un instante y comenzaron a caer lentamente planeando, atraídas por la chata cúpula de la gigantesca computadora que ocupaba todo el patio, entre las cuatro bajas torres; las fue devorando, aspiradas por una de sus largas rejillas.

—Carne de robot —se dijo—. Y aunque era bretón y no había pisado España en su vida, le venía a las mentes una frase de romántico español: «Más vale morir con honra que vivir con vilipendio».

Amary no comprendió que De Kerguelen, tras su artículo, estaba decidido a sacrificar su vida, si fuera necesario, para destruirle a él y a su Comité.

Tarsis avanza su tercer defensor: *21 ...f7-f5:* su ala de Rey descongestionada le va a hacer tragar quina a su rival. Y Amary sólo dispone de mejunjes y potingues, cuando lo que necesitaría para recobrar la salud es un kilo de L.S.D.

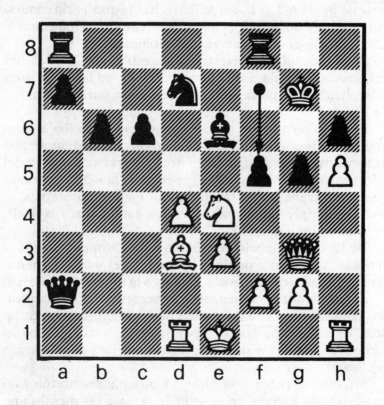

El árbitro se dirige a Amary y le informa:

—He recibido este mensaje. Me lo ha remitido uno de sus «asistentes» que me advierte la importancia «vital» que reviste la nota para usted. Naturalmente, sólo puedo comunicársela si recibo la autorización del Maestro Tarsis. Como árbitro principal del campeonato, no puedo transmitir a ninguno de ustedes dos un recado del exterior que pudiera contener una indicación en clave sobre la partida.

Tarsis lee el papelito y se lo devuelve al árbitro haciendo un leve signo afirmativo con la cabeza. No quiere traicionar su conmoción. El árbitro se lo pasa Amary. El mensaje dice:

«*De K. logró entrar. Descubrió el* frigidaire. *Se nos ha escabullido. Le buscamos. No puede escapar.*»

Amary, abrumado, deja caer el papelito. Mira el tablero anonadado como si hubiera recibido un mazazo en la nuca o como si realmente hubiera tomado un kilo de L.S.D. Hipnotizado juega: *22. Ce4xg5.*

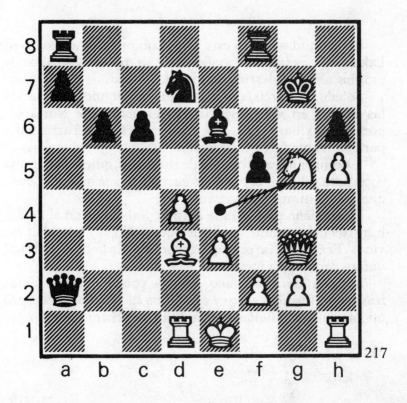

El público, incrédulo, murmura escandalizado; sabe que en las revistas especializadas una jugada tan disparatada la escoltarán dos puntos de interrogación infamantes: *22. Ce4xg5??*

Tarsis adivina las causas de la zozobra de su adversario y cree comprender el significado del mensaje: De Kerguelen se ha introducido en la residencia de Meung-sur-Loire. Ha descubierto el escondrijo donde han encerrado a Isvoschikov (el *frigidaire* es la galería secreta). Ha intentado liberar al ministro... pero los esbirros le han sorprendido. Ha logrado escaparse corriendo por las galerías y se ha refugiado en uno de los brazos, quizás en una covachuela camuflada. Le tienen cercado; han ocupado la salida de la galería... Pero no han dado con él.

Todos los planes de Amary, se dice feliz Tarsis, huelen a perdices: el de la partida y el del secuestro. Ahora sólo le queda rematarle.

El Talmud a punto estuvo de conducir a Tarsis a Salt Lake City, capital del estado de Utah, pero unos tallos de espinos albos le destinaron otra fatalidad.

Soledad y Tarsis, durante semanas, siguieron pasando las noches en vela, escuchando el delirio de Nuria sin poderla auxiliar. Pero, una mañana, cuando Tarsis salía para su trabajo, Nuria le pidió:

— Cómprame una botella de champán, quiero beber una copa para celebrar el próximo nacimiento de mi hijo. Con lo que quede, limpiaré el retrete.

El capricho de Nuria le agradó. Sabía que en el Pesakhim 109 del Talmud se asegura que: «No hay felicidad sin vino». Era, al fin, un presagio favorable. En hebreo, Talmud quiere decir «enseñanza».

A pesar de ello, poco o nada conocía de los vinos franceses. Tanto es así que al salir de su trabajo, se compró un lote de doce botellas de champán baratísimas. Como que no lo eran: a pesar de su forma, los cascos sólo podían engañar a un profano como él. También contenían vino blanco espumoso, pero no de la región de Champagne. Había adquirido doce botellas de Clairette de Die. Aquella generación de emigrantes cayó en Francia, apeándose por las orejas, sin saber de la misa la media, por ello sus compañeros de penas y de exilio que trashumaron en los años veinte («los sudetos») y los de los años treinta y nueve («los refugiados») les apodaron a ellos, los recién llegados, «los parachutistas», que ni siquiera «los paracaidistas».

Soledad esperó a Tarsis, desencajada:

– ¡Ha pasado un día horroroso!

– ¿Durmió?

– En tres ocasiones se amodorró, pero no más de un cuarto de hora cada vez. Está más exaltada que nunca. Hace diez minutos se tiró un pedo, me explicó que el «Dios del Mundo» se sirve de su vientre para anunciarnos que las bombas nos aniquilarán a todos.

Cuando, acongojado, entró en la habitación de Nuria, ésta le recibió muy agitada:

– No me dejéis sola. Pero permitidme que viva normalmente.

– ¿Te molestamos?

– Eso de dormir... y dormir... He dormido tanto que ya no tendré sueño nunca más. Pero no te vayas. ¡Nunca!

– Te he traído el champán.

Los tres se instalaron sobre la cama; se soplaron la primera botella de un tiento. Brindando a su salud, pimplaron la segunda. Eran las seis de la tarde, pero tan sólo empezaban a matar el gusanillo, incluso el de la enajenación. El tapón de la tercera botella, al saltar, se cargó una bombilla, y concluyeron que había que atizar la lámpara. Se sentían alegres y alumbrados pero estaban sólo entre dos luces. Se juraron apagar la sed que les dejó la tercera botella, echando la espuela con la cuarta. Pero eran votos de mosquito: empinaron la quinta ya encharcados. Moros van, moros vienen... ya ni sabían ni adónde iban ni en dónde estaban.

A la mañana siguiente, se despertaron desnudos y enlazados.

Tarsis nunca pudo traer a su memoria lo que había sucedido aquella noche. Ni las siguientes. Ni los días. Tenía un recuerdo difuminado de brisa de felicidad pero hubiera sido incapaz de precisar los momentos de ventura de que se componía. Se acordaba de que se habían reconocido y conocido como si se descubrieran. Nuria desalojó como por ensalmo las pesadillas que la atormentaban y que la impedían dormir. Radiante pasaba del sueño a la caricia y de la caricia al sueño. Su cerebro renacía a la esperanza, sus manos revoloteaban solas, su vientre se estremecía y sus ojos encandilados titilaban con abandono... El delirio y el dolor naufragaron y fueron engullidos definitivamente; la ventura y hasta la exaltación les fueron desbordando.

Juntos los tres, aprendieron a mirarse, a tocarse, a quererse, girando como los caballitos de un tiovivo en torno a su intimidad desnuda, pero al mismo tiempo conservando el movimiento propio de cada uno. Pasaron de la castidad intransigente e incondicional en la que habían vivido durante años a un frenesí sensual. Los dedos y la esperanza, los ojos y la imaginación, la lengua y la fantasía colaboraban para representar los sueños despiertos que les embriagaban. No sabían en esos instantes de fiebre quién era hombre y quién mujer. El espectáculo de sus cuerpos desnudos y trabados hubiera podido parecer depravado. Aprendían a entrelazarse y quererse con delicadeza y generosidad. Se ofrecían entre sí a manos llenas; dándose hasta las entrañas.

Vivieron el idilio triangular sin desafío alguno. Como la cosa más natural del mundo. El misticismo de los tres se afirmó. Más que nunca se sentían siervos de Dios. Pero practicando con libertad de conciencia una personalísima religión reformada. Por las noches recorrían un ciclo sabroso que comenzaban arrodillándose ante la estatua de San

220

Francisco de Asís y que concluían acostados desnudos sobre la misma cama. Pasaban de la devoción contemplativa al arrebato activo como si ninguno de los tres fueran de este mundo en ninguna de las dos ceremonias.

Intentaron casarse en la catedral de Niza y de blanco, pero los hombres de la Iglesia, asombrados, les enseñaron la puerta. Un día leyeron una entrevista del actor estadounidense Robert Redford: «Mi esposa, que es mormona quiere que me case con otra mujer pero yo me niego». A punto estuvieron de hacerse mormones. Pero en la Costa Azul no dieron con la veta de la parroquia. Pero sí se enteraron de que en realidad la secta se llamaba «La Iglesia de Jesucristo de los Santos del Último Día» y que fue fundada en 1830 por Joseph Smith. Nuria en la Biblioteca Municipal consiguió muchos datos que les conmovieron:

– Les persiguieron, les encarcelaron y les condenaron por practicar la poligamia. Joseph Smith fue linchado. Pero lograron refugiarse en el Estado de Utah. La Meca de los mormones es la capital, Salt Lake City.

Decidieron ir en peregrinación a la ciudad de sus querencias. Les entusiasmaba el saber que para los mormones el matrimonio no terminaba con la muerte de uno de los miembros, sino que continuaba eternamente. Sólo les separaba de los discípulos de Joseph Smith el pecado original y la virginidad de María. Para Nuria, Soledad y Tarsis, no se podía negar estos dos artículos de fe. Para ellos, además, la Virgen María que se había aparecido a Tarsis era sin lugar a dudas la mediadora del género humano... y de ellos en particular.

Los terroristas, aprovechando la parada en Niza del tren París-Ventimiglia, colocaron una bomba en una de las sacas del correo. El atentado no provocó el cataclismo que esperaban, sino tan sólo un accidente menor. Los heridos sufrieron en general más del susto que de las magulladuras.

Nuria y Soledad esperaron la hora en que Tarsis salía de su taller, buscando retoños de espinos. Querían crear en la terraza un murete empedrado arrebozado de majoletos y rosas silvestres. Al espino albar, con sus diminutas flores blancas en corimbos y sus hojas picantes y aserradas y su leve aroma tan fragante, literalmente, le idolatraban. Se miraban en él como en un espejo.

Si el tren hubiera descarrilado unos hectómetros más lejos, en plena aglomeración, no se hubiera podido evitar la tragedia. La bomba estalló a la salida del túnel de Carabacel, cuando el convoy no había alcanzado aún su velocidad de crucero.

Nuria y Soledad habían elegido un lugar pedregoso junto a los rieles en el que abundaban las rocas; brotaban los espinos entre ellas, lozanos, formando canastillas en torno a un pedrusco o guirnaldas que pendían de lo alto de la boca del túnel. Arrancaron una docena de tallos con infinito mimo, no para no herirse con las espinas, sino para no romper la armonía con que cada planta trama sus arabescos.

Las autoridades se felicitaron, se había evitado el desastre. Aseguraron con razón que ni siquiera se podía hablar de descarrilamiento; a la salida del túnel, tan sólo dos vagones se habían «acostado» sobre la vía. Aunque los terroristas no enviaron comunicado alguno, no podían estar satisfechos: habían gastado su pólvora en salvas; siete kilos de explosivo seco de tipo plástico.

Nuria y Soledad, con tomillo, romero y amapolas compusieron un ramillete que sabían le gustaría a Tarsis. Lo colocaría sobre su mesa al lado del tablero mientras analizara sus partidas de ajedrez por correspondencia. De vez en cuando, acercaría su nariz al tomillo para olerlo, y quizás tomaría una borlilla para perfumar con ella sus dedos.

Para la televisión y los fotógrafos de prensa, el suceso constituyó un éxito. Minutos después del accidente, pudieron filmar y fotografiar la escena, con legítimo orgullo. Las fotos, a pesar de todo, no eran espectaculares, pero sí chuscas: la locomotora y los dos vagones tumbados parecían pedazos de pacotilla de un tren eléctrico de juguete. La presencia de los bomberos y de los dos helicópteros de la gendarmería puso su sal y pimienta a un plato demasiado soso.

Nuria sabía muy bien dónde y cómo iba a plantar los brotes de espino albar y los retoños de majoleto. Formaría con ellos una corona levantisca. Soledad ya había dado un nombre a cada uno de los doce rebrotes. Las dos estaban convencidas de que todos iban a retoñar en el murete de la azotea. Durante los primeros días, les cantarían canciones de cuna y luego, cuando se fueran haciendo a la casa, Tarsis vendría a piropearlos con su vozarrón tan cariñoso.

El ministro de Transportes no ocultaba su satisfacción. Y no era para menos. Los servicios de seguridad habían funcionado a la perfección: la vía había sido liberada y la circulación restablecida seis horas después del percance.

Nuria y Soledad estaban impacientes; sólo les quedaban unos minutos para, como todas las tardes, ir a recoger a Tarsis a la puerta del taller. Luego con él, se irían dando una vuelta hasta Cap Ferrat para ver la puesta de sol.

En realidad el descarrilamiento ocasionó dos víctimas. Por fortuna, cuando fueron descubiertas, la prensa y la televisión ya se habían ido. El furgón de los equipajes al «acostarse» las había aplastado despachurrándolas. Como estaban juntas en el momento del accidente, sus sesos reventados se entremezclaron, así como sus cuerpos deshechos, de manera que fueron enterradas juntas ante la imposibilidad de saber a quién pertenecía cada uno de los despojos.

Las autoridades silenciaron el incidente; lo consideraron como la única espina – aunque benigna – de un drama que tan limpiamente habían resuelto. Gracias a este silencio, consiguieron impedir el triunfo de los terroristas. Las víctimas fueron sepultadas discretamente: únicamente Tarsis asistió al entierro... de sus dos amigas.

Sufrió un tormento tan hondo que no podía llorar. Nuria y Soledad, destrozadas como dos pajaritos... le habían dejado solo para siempre. Solo con su burbuja de aire que se paseaba de su corazón a su cerebro y de su cerebro a su

223

corazón: una burbuja de acero derretido que le abrasaba lentamente mientras iba y venía sin fin de su corazón a su cerebro y de su cerebro a su corazón.

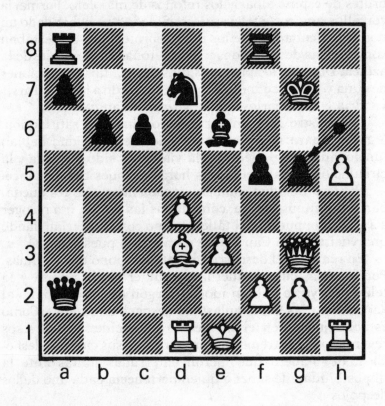

Tarsis pasa al desenlace: *22 ...h6xg5.* «Telón — se dice —. Que entren los metesillas y los sacamuertos y que arrastren a Amary.»

La chapa de hierro cedió fácilmente. Estaba mal camuflada por unas ramas cortadas. De Kerguelen la levantó sin pena. Había decidido no llevar arma alguna. No podría enfrentarse a los secuaces de Amary, sus «camaradas del Comité». Hermés, Delpy o Delacour le matarían como a un perro si le descubrían en la galería subterránea. Más que una galería iba a ser para él, durante kilómetro y pico, una conejera. Las huellas de zapatos y de neumáticos de automóvil en torno a la chapa le confirmaron que estaba en la entrada «secreta» de la residencia de Meung-sur-Loire. La que empleaba el Comité a espaldas de la gendarmería.

Avanzó por el subterráneo sigilosamente, temblándole las carnes. Tenía una linterna en la mano, y en la cabeza una idea que creía luminosa: llegar a través del túnel al sótano de la casa, y liberar a Isvoschikov. En realidad, soñaba con apuñalar por la espalda a Amary y denunciarle a la faz del mundo. Se había terminado por convencer de que con su artículo sobre el código genético le había desnucado como investigador, cortándole la hebra de su vida. Tenía que inmolarle. Ojo por ojo, diente por diente.

Amary probablemente había adivinado su crisis, por eso no le volvió a encomendar misiones de «guerrilla urbana», pero había cometido el error —se dijo De Kerguelen— de mantenerle en el Comité, quizás para vigilarle mejor y encargarle gestiones «secundarias». Por ejemplo, hacer un estudio sobre los Tupamaros y un análisis de la tesis Lotta Continua y Potere Operario. Naturalmente le ocultó el secuestro del ministro soviético.

Mientras con el alma en un hilo progresaba por la catacumba lentamente, se decía que había tenido razón de no dar el portazo. Había provocado el error fatal de Amary. Era tan interesado, tan aprovechón, que le había terminado por pedir que redactara una memoria sobre las galerías subterráneas de París y las entradas secretas del Palacio Marignan, residencia de los invitados de la Presidencia de la República. Cuando le entregó los documentos, le dijo:

– ¿Para qué quieres estos informes?, ¿vas a hacer saltar
París con bombas?

– Son preguntas que no se debe hacer el militante de un
grupo revolucionario.

– ¿Es un tema demasiado importante para que yo
pueda conocerlo?

A Amary no le inmutó la pulla. Le dio un quiebro:

– Una organización como la nuestra debe tener una
estrategia de huida y la red de galerías subterráneas de
París puede sernos útil a todos un día u otro.

Como no podía imaginar que se chupaba el dedo,
concluyó pensando que Amary creía tenerle definitivamente apresado... y amordazado.

Gracias a su segundo estudio, la captura de Isvoschikov
en el Palacio Marignan no encerraba para él ningún enigma. Sabía, porque había visto los planos y los había copiado,
que el dormitorio del ministro soviético en el palacio
disponía de una puerta disimulada en el hueco de la
majestuosa chimenea de la habitación, que comunicaba
por una escalera de caracol con los sótanos, los cuales, a su
vez, conducían a una galería subterránea parisiense. El
misterio de la «habitación amarilla» a que se refería *France-Soir* tenía una solución: los secuestradores entraron en el
dormitorio directamente por la chimenea, a tres metros
de la cama de Isvoschikov, le drogaron con cloroformo y
luego, probablemente con ayuda de una manta, lo trans-
portaron inconsciente hasta su cárcel de Meung. Los guardias soviéticos no vieron nada porque estaban pegados a la
puerta de su patrón... pero al exterior de ella. (La Policía
descubrió el pasaje rápidamente, pero prefirió no informar
a la prensa. Fue una decisión de la célula de crisis, titulada
«consejo de guerra», del Ministerio del Interior.)

Tras más de un cuarto de hora de reflexión, Amary,
inconsciente, continúa el ataque como si no estuviera

desarmado y juega: *23. Dg3xg5+* (Amary no podía concentrarse en la partida. Tras el mortal error de la jugada anterior.

[«El niño» emergió de las entrañas de la tierra levantando la casilla *a1*. Encarándose con él le dijo, asomando la cabeza a la altura de la Dama de Tarsis:

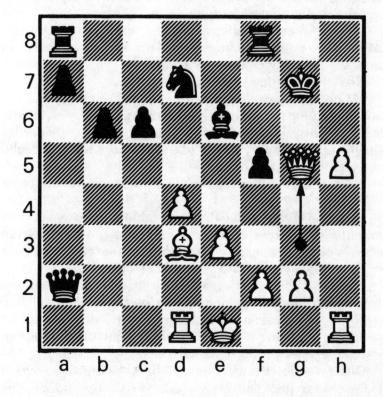

— «Teresa» se quiere acostar con el Rey negro. ¿La dejas que suba antes de que te juzguen?

La vio tres peldaños más abajo en la oscuridad, dispuesta a todo, maquillada como una puta barata y con un escote descarado.

¡Era el colmo! Desde la triste aventura neoyorkina, les tenía prohibido moverse de casa... y tenían la cara dura y la desfachatez de presentarse en pleno campeonato del mundo. Sabían que no podía hacer nada, y se aprovechaban de la situación. Procuraba permanecer impávido para que ni el árbitro, ni Tarsis, ni los espectadores descubrieran lo que pasaba en el tablero. «Doña Rosita» apareció; había entrado por el sótano de la torre negra en *a8* y tranquilamente estaba fumando un toscano verde enroscada en la pieza. Llevaba una sotana. Le dijo:

– No te queremos distraer. Ya sabemos que no puedes hablar. Pero podías responder a «el niño» con un gesto de la cabeza... Y al Rey cuando te juzgue.

Hizo un enérgico «no» con la cabeza.

«Mickey», tan carota como de costumbre, estaba bailando con la Reina negra un vals de Strauss... era capaz, en una de las vueltas, de sacarla de su escaque *a2* y hacerle perder con ello el equilibrio y la partida. Llevaba en torno al pecho una soga de horca. Le dijo:

– A mí no me molestas con tal de que no comas la Reina de Tarsis.

No quiso levantar la cabeza del tablero, pero oyó perfectamente a los «tres cóndores» que, planeando, debatían sobre la pena de muerte, y comparaban las excelencias de la horca con las del garrote y la silla eléctrica.

«Teresa», con todo desparpajo, y sin que nadie la autorizara, subió los tres peldaños y se puso enfrente del Rey negro haciendo carantoñas; luego se abrió de piernas y se meó, la muy cochina. Formó un charco horroroso. Toda su posición estaba hecha un desastre.

Observó que el tablero temblaba al tiempo que oyó la risa ronca tan peculiar de «Mosquito»... Comprendía lo que sucedía, el rinoceronte había instalado la mesa del tablero sobre su caparazón y le era suficiente contonearse un poco para que todas sus piezas cayeran y se desparramaran por el tablero.]

De Kerguelen tropezó y a punto estuvo de caer en un pozo disimulado de la galería subterránea. Estaba con el alma en un hilo: temía que los incondicionales de Amary le hubieran oído. Iluminó el plano que había copiado: en él no figuraba el socavón. El subsuelo de la residencia, seguramente lo conocía mejor que el propio Amary. Sabía que constaba de dos galerías: la principal, que era la que había tomado, y una secundaria tapiada, desde tiempos de la Revolución, que entonces conducía desde la mansión al puente sobre el Loire. Este brazo partía como afluente del subterráneo principal a cinco metros del sótano de la residencia. Este segundo túnel disponía de una pequeña cueva de dos plantas que fue utilizada como tinajera durante el verano por los Marqueses d'Arthuy, propietarios de la mansión en el siglo XVIII.

Hermés, Delpy o Delacour, si le sorprendían, le pegarían un tiro, y sin remordimientos le enterrarían para siempre en una gruta de la galería. ¿Quién podía reclamar su cuerpo?... ¡Como no fuera Tarsis! Imaginaba a los tres en el salón oyendo cada hora las informaciones y esperando impacientes el resultado de la partida que conocerían por la radio, o quizás por una llamada telefónica de Mathieu Olive, que permanecía con Rode y Demy en la primera fila del teatro protegiendo al jefe.

Cuando se anunció el campeonato del mundo, De Kerguelen envió una carta a Tarsis proponiéndole su ayuda; estaba dispuesto a fotocopiar los análisis ajedrecísticos de Amary, y a proporcionárselos. Pero Tarsis no aceptó. Siguieron escribiéndose. Tomó tanto afecto por aquel hombre que desafiaba a su enemigo, que en otra carta le reveló la existencia del Comité Communiste International y sus diversos atentados, sin pasar por alto el descarrilamiento de Niza. Le pidió que denunciara a Amary y al Comité a la policía, si éstos le mataban por «arrepentido».

Amary temía que ningún jugador soviético fuera capaz de hacer frente a los jóvenes prodigios norteamericanos e ingleses. Para él, como para Lenin, «el ajedrez debe ayudar al triunfo del comunismo». El telegrama que el campeón del mundo Botvinnik envió a Stalin tras su victoria en Nottingham le entusiasmaba: «...He defendido el honor del ajedrez soviético con un sentimiento de gran responsabilidad... Mi victoria sólo fue posible gracias al Partido y al gobierno... El ajedrez soviético colabora en la construcción del socialismo... Soy feliz por haber podido, en el dominio que se me ha asignado, realizar mi combate revolucionario». No podía tolerar que un nuevo prodigio norteamericano, un Fischer cualquiera, pusiera en duda la supremacía intelectual del comunismo: el ajedrez es el juego científico por excelencia. Su proyecto era ganar el campeonato del mundo y revelar en la ceremonia de entronización que era comunista y que su victoria era el triunfo del marxismo.

Tarsis por su parte había comenzado la primera etapa del campeonato del mundo, el torneo zonal, con desidia y... por casualidad (el «azar» para él siempre estuvo ligado con Andorra), pero a medida de que se perfilaba el triunfo de Amary como finalista, su ardor por vengar a Nuria y a Soledad se enardeció. El presidente de la Federación de Andorra, que había leído sus penetrantes partidas por correspondencia, le pidió que representara a su país en el torneo zonal, primer escalón hacia la cúspide. Opinaba que gracias a él, su país, al fin, escaparía al «cero-puntos» que en zonales precedentes había cosechado el representante del Principado. Tras la muerte de Nuria y de Soledad, hundido el mundo a sus pies, Tarsis sobrevivía malamente, como si se le hubieran caído las alas del corazón, y fue un milagro que aceptara las obligaciones inherentes al primer torneo. Vegetaba en un cuartucho destartalado en el que se habían ido posando en el suelo sus piltrafas. A veces se pasaba días enteros sintiendo la burbuja de aire, o de mercurio, o de acero, o de piedra, que iba de su corazón a su cerebro y de su

cerebro a su corazón. Cuando supo, gracias a una carta de
De Kerguelen, que Amary había organizado el descarrilamiento de Niza, reverdeció, habitado por el deseo vehemen-
te de tomar venganza.

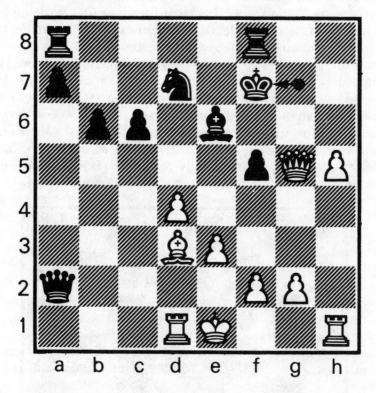

Tarsis mueve el rey a su derecha: *23 ...Rg7-f7*. Ha necesitado cinco minutos para hacer esta jugada evidente, porque, en vez de reflexionar sobre ella, ha contemplado
a Amary. Le ve sacudir la cabeza como si se dirigiera a sus
peones o respondiera a preguntas de su Dama. «Está
traumatizado —se dice—, si tuviera la posibilidad de razo-
nar a derechas, haría la mejor jugada, la única seria, ya:
abandonar. No le queda lanza enhiesta. Le ha hecho
morder el polvo en todos los terrenos.» Puede denunciarle si

quiere: revelar a la policía cómo sus adictos, siguiendo meticulosamente sus planes (para probarlo dispone de una carta de De Kerguelen), pusieron la bomba en el tren París-Ventimiglia y cómo hoy mantienen secuestrado a Isvoschikov. Soñaba con vengarse, pero no canta victoria. Ya nada ni nadie podrá restituirle ni siquiera una tarde en la terraza du Chemin de Pessicart... sentado entre las macetas a la vera de Nuria y Soledad. Los tiestos mustios y las flores marchitas ya no podrán florecer nunca más. Mira a Amary por primera vez sin odio, le parece incluso que su tufo de asesino se ha evaporado. «Es un monstruo −se dice−. Un pobre monstruo... de rasgos infantiles.» Examina con detalle sus manos, y una vez más ve que esos ojos y esos labios le son familiares, que hace muchos años ya estuvieron frente a él y de la misma manera, pero ¿cuándo? ¿Dónde? Desde el comienzo del campeonato, se hace la misma pregunta.

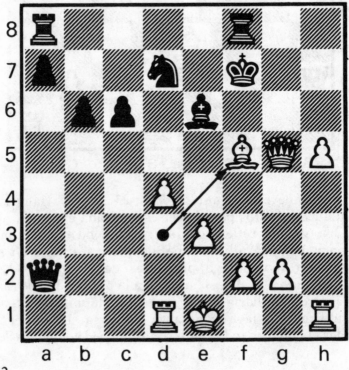

En el acto, a espetaperro, Amary, como un autómata, toma el Alfil de Tarsis: *24. Ad3xf5.* Es una herejía de bisoño. La sala se enardece ante semejante desatino. Se escuchan incluso comentarios en alta voz: «¿Cómo es posible que un ajedrecista de su talento se ponga a hacer pifias de novato?».

[«El niño» coloca al Rey negro una peluca de juez inglés y sonriendo de lado a los «tres cóndores», le dice:

— El Tribunal se va a reunir presidido por el Rey de Tarsis para juzgarte.

Sabían que no podía hablar, que el árbitro le sancionaría si dijera una sola palabra... y ¡organizaban su proceso! Precisamente en un momento en que su posición de la partida era desesperada.

«Doña Rosita», solícita, le previno:

— Sabemos que no puedes defenderte en *la situación* en que estás... por eso te hemos pagado el mejor abogado. No es un picapleitos sino un letrado de bufete.

«Mosquito» intervino con su gracejo natural de rinoceronte:

— No la hagas caso. Las serpientes tienen el monopolio de la abogacía. Es un buscarruido y un soplacausas, y lo sabe de sobra.

«Teresa», a patadas, hizo entrar en el tablero por *a6* a «el loco». Estaba amordazado y vestía una toga palmada cubierta de remiendos. «Teresa» le sentó a la fuerza en el peón *d4*. Estaban dispuestos a humillarle: no sólo habían descubierto su secreto con «el loco», sino que sin empacho, lo exhibían en sus propias narices. Por si fuera poco, ¿cómo podía defenderle... amordazado?

Éste le miraba, asustado, con los ojos abiertos, como diciéndole: «¿Qué puedo hacer? No tengo la culpa».

— «El loco» — le informó «el niño» — responderá en tu lugar y por escrito a las preguntas del juez para que todo conste en las actas.

233

Quería protestar pero no podía. Era evidente que todos se habían confabulado contra él. Eran capaces de acusarle en su proceso y de asistir como si tal cosa a su ejecución.

«Mickey» en *f8* estaba preparando ya la horca sobre la azotea de la Torre negra. Los «tres cóndores» le ayudaban. Los cuatro, silbaban alegres «Raskayú cuando mueras ¿qué harás tú?».

«Mosquito», para ver mejor el juicio, se había hecho un ventanuco con su cuerno en *h3*, desde donde veía admirablemente al tribunal y al culpable. A éste le advirtió:

— En el acta de acusación figuran un montón de crímenes que comienzan por el asesinato de tu pobre madre. Te lo digo para que te vayas preparando.

Era el colmo; juzgarle por un matricidio que había cometido «el niño» y que él intentó evitar. Precisamente, para mayor escarnio, éste, muy en su papel de jurista, le anunció:

— Se me ha nombrado fiscal. A pesar de todo, no creas que voy a ensañarme. Quiero ayudarte. Pero, claro está, aplicando la ley — «los cóndores» aplaudieron con las alas — , con todo su rigor — «Mickey», feliz, balanceó la soga de la horca.

«Doña Rosita», entre dos bocanadas de su puro toscano, gritó:

— Que le den mulé y que se cave su fosa.

«El niño» hizo como si la amonestara:

— Sólo el Rey negro de Tarsis, usando de su derecho, tiene el poder de condenarle a la sanción suprema...

Todos gritaron:

— ¡Que le ahorquen antes de que termine todo!]

Cuando De Kerguelen llegó a la extremidad de la galería subterránea, topó con una bodega abovedada y espaciosa de forma casi rectangular, situada, no podía dudarlo, en el sótano de la residencia de Amary. Con el alma en un hilo, entró en ella sigilosamente. Los incondicionales del Comité, a unos metros de él, sobre su cabeza, les imaginaba armados y al acecho. Esperaba tropezar con Isvoschikov, atado con una cadena y aturdido por la tortura. La última foto que había visto de él era la publicada por la prensa aquella mañana; fotografía tomada por los secuestradores un día antes, y que le mostraba una vez más con los ojos espantados y abiertos, como sobresaltados por el horror del martirio que está padeciendo.

Durante una hora, sin sentirle la tierra, registró la bodega. Examinó los anaqueles medio podridos donde se apilaban las botellas, las alacenas empotradas de estanterías mohosas con tarros de mermelada, un voluminoso congelador, doce botellas vacías de gas butano, varias fresqueras y dos queseras colgadas del techo. Pero no halló ninguna huella o señal de Isvoschikov. Se le pusieron los cabellos de punta cuando le llegó el murmullo de la conversación de los tres secuaces de Amary en el salón. Le temblaba la barba, pero estaba decidido a continuar su registro: sacó el plano que había establecido del subsuelo, lo colocó sobre la mesa enmohecida, lo iluminó con su linterna y lo repasó una vez más: no figuraba en él ninguna habitación secreta. Se preguntaba si no habían matado ya al ministro tras la última foto enviada a la prensa. Palpó de nuevo las paredes buscando un túnel secreto. Volvió sobre sus pasos y entró en la segunda galería; dando diente con diente, avanzó por ella hasta llegar a la tinajera que figuraba en su mapa. La inspeccionó con meticulosidad, preguntándose si no iba a descubrir el cadáver de Isvoschikov en ella; observó que, como indicaba su plano, disponía de una segunda planta a la que se accedía por un boquete camuflado: subió a ella con dificultad dada la estrechez del paso, y se encontró en una gruta vacía en la que apenas cabía un hombre encogido.

Volvió al sótano, impaciente. Oyó las risas de Jacques Delpy encrespado. Si daba con él, le mataría sin piedad. Revisó de nuevo el local, desesperado; iba a irse cuando, de pronto, la puerta del congelador resplandeció a la luz de su linterna. Se dijo que quizás el utensilio comunicaba con un foso. Abrió la puerta del congelador. Un largo alarido de espanto surgió, incontenible, de su garganta. Isvoschikov allí estaba, con los ojos abiertos, fija la vista en el infinito, inmóvil, congelado, muerto.

Permaneció un instante aterrado, paralizado por el pánico sin que las piernas quisieran responderle, como si estuviera hipnotizado por el cadáver «tan vivo» de Isvoschikov.

Oyó las carreras de los matones de Amary en el salón, sobre su cabeza. Sabía que bajarían en dos zancadas al primer piso, que atravesarían el despacho y la cocina, que descenderían de corrida por la escalera al garaje, y luego que entrarían en el sótano para prenderle y matarle sin otra forma de proceso.

Sin pensárselo dos veces, corrió por la segunda galería precipitadamente, hacia la tinajera. Se le fue la sangre a los talones, pero aun así tuvo la fuerza de empinarse por el boquete de un salto. Se acurrucó como un feto, escondiendo su cabeza en su regazo, como si no quisiera ver el terror que le acoquinaba. El badajo atropellado de su corazón zumbaba tan alto que temía que le oyeran sus perseguidores.

Sabía que Delpy, Hermés y Delacour descubrirían el congelador abierto y el plano que había dejado sobre la mesa con notas escritas de su puño y letra; tendrían con ello la prueba de que el visitante furtivo era él. Al cabo de un cuarto de hora de carreras entrecruzadas, oyó a lo lejos la voz de Delpy que le gritaba:

— De Kerguelen, sabemos que te has escondido en la galería. No podrás escapar: Mario Cirillo está de centinela a la entrada. Te aconsejamos que te rindas. Rápidamente. Si no te liquidaremos como a una rata.

Los pasos se acercaban a la tinajera.

De Kerguelen adivinó desde el primer momento las razones del secuestro de Isvoschikov. Amary quería hacer la demostración de que el terrorismo revolucionario no estaba subvencionado por la U.R.S.S., ni organizado bajo mano por Boris Ponomarev. Él probaría que comunistas convencidos, decididos a la destrucción de la sociedad capitalista, actúan con total autonomía, sin recibir la ayuda de Moscú y sin entrenarse en los terrenos militares del bloque soviético. Tras el Papa y tantos gobernantes occidentales, al fin un representante del Kremlin caía bajo las armas de los revolucionarios marxistas. Contaba con la repulsa de su acto por parte del gobierno ruso... al que contaba servir no obstante con su retorcida maniobra. Quizás incluso lograra que bombardearan los pozos de petróleo de Arabia Saudita. Pero no era hombre a asir la utopía por los cabellos, por eso aseguró a sus incondicionales: «Una guerra mundial sería la bienvenida para la causa de los trabajadores, como dijo Mao..., pero no podemos soñar. No hemos perdido el juicio».

El secuestro propiamente dicho había durado mucho menos de un día. Cuando Isvoschikov se despertó de su desvanecimiento, en el sótano de Meung, tres horas después de su rapto, ya estaba amordazado. Sintió un dolor intenso que le provocaba un garrote que le aprisionaba ferozmente los dedos pulgares de su pierna derecha y de su mano izquierda. Las dos extremidades estaban a su vez ligadas por una cuerda a su espalda. La fiebre y el martirio infernal de sus dedos le provocaban una sed ardiente; se percató de que tenía en la boca un regusto de sal, sus verdugos, adivinó, se la habían hecho tragar durante su desmayo.

Al cabo de una eternidad, apurando la copa del dolor, se presentó a él Amary con un alto vaso de estaño lleno de agua, una navaja, unas cuartillas y un bolígrafo. Sin decirle una palabra, le examinó sus dedos: eran ya como dos melocotones amoratados que fueran a reventar. Le dijo con urbanidad:

— Lleva horas gimiendo. Le oímos todos desde el salón. El garrote le está rajando los dedos. Comprendo que sea un dolor insoportable.

— Libéreme por favor.

— Debe de tener 40 de fiebre. Supongo que la calentura le provoca sed.

— Espantosa.

— Tendrá prisa por ver mejorar su situación.

— Haga algo, se lo suplico.

— Tengo todo el tiempo por delante. Con uno de mis camaradas probablemente iré a ver una película que echan en un cine cercano. ¿No le molestará que le deje solo durante tres horas?

— No puedo resistir ni un minuto más, ¡suélteme! Me voy a desmayar.

— La verdad, no lo creo. Esta clase de nudo en los dedos exacerba el dolor a cada instante que pasa como habrá podido comprobar. Irá a más, naturalmente, como un cáncer... pero podrá soportarlo.

— No lo resistiré. Haré lo que quiera.

— Mi buena voluntad, se la pruebo; ya ve, he venido a verle con un vaso de agua y una navaja para cortar su garrote. Pero antes de suprimir sus tormentos, quiero que escriba nueve cartas.

Isvoschikov, con su mano derecha (la izquierda seguía inmovilizada a su espalda), escribió las nueve cartas, respetando escrupulosamente los modelos que le propuso Amary. Cada una de las misivas llevaba la fecha de uno de los nueve miércoles siguientes. Mientras escribía la octava, Isvoschikov murmuró:

— ¿Me va a matar? ¿Por eso me obliga a escribir cartas con fechas del futuro?

— No se distraiga. Escriba. Ya sólo le queda una y le libero.

Cuando firmó la novena, Amary, cumpliendo su pala-

bra, le dio a beber el vaso de agua. Contenía unos gramos de
arsénico. Luego, con la navaja, le cortó el yugo. La súbita
liberación del lazo que atenazaba sus dedos, de rebote,
provocó un dolor tan violento que se desmayó. No sufrió
más. Nunca más.

Tarsis remata la partida con un jaque: *24 ...Da2-a5+*.
«Tras su Caballo, ahora caerá su Alfil. ¿Por qué no abandona? – se dice –. ¿Por qué gesticula de esta manera? ¿Se está
volviendo loco?... ¿Está viviendo el calvario que yo sufrí
tras el descarrilamiento?» Quisiera saborear la venganza,
pero no lo consigue. Incluso, por momentos, contempla
a Amary con ternura. ¿Dónde le ha visto ya? ¿En qué
momento de su infancia se ha cruzado con él?

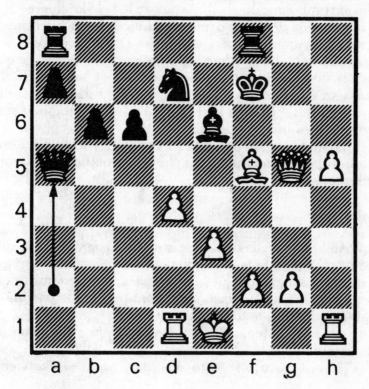

De Kerguelen, temblando en su covachuela, escuchó los pasos de sus tres acosadores, dirigiéndose hacia su escondite. Le amenazaban a gritos.

—Ríndete de una vez, hijo de puta. Te vamos a hacer papilla.

Desordenadamente, imaginó el refinamiento con que le podían obligar a mascar barro unos fanáticos que habían sido capaces de matar a Isvoschikov y de mantenerle congelado durante semanas para poderle fotografiar, como si aún estuviera en vida, con un periódico del día bajo la barbilla. Habían transformado al ministro soviético en un maniquí helado que, ya cadáver, una vez por semana, sacaban de la nevera, empolvaban y acicalaban para la representación... y ¿a él?... ¿cómo le vidriarían los ojos?

A De Kerguelen, cuando, a través del boquete, distinguió el resplandor de sus linternas, se le heló la sangre. Oía su respiración de fieras, como si estuvieran a unos centímetros de él. Estaban inspeccionando la tinajera con celo. Su corazón trepidaba con detonaciones ensordecedoras. Pensó que levantarían la cabeza, descubrirían el boquete, subirían a su escondrijo y como una jauría, a dentelladas, le triturarían. El pánico a De Kerguelen le hacía temblar sus carnes... y su imaginación...

En realidad, a sus perseguidores no se les ocurrió pensar que la tinajera tenía una covachuela escondida y pasaron de largo.

A Amary le queda menos de un minuto para realizar sus últimas jugadas. Si la manecilla grande de su reloj atraviesa las doce, señalando que ha sobrepasado el tiempo de dos horas y media de que dispone, habrá perdido la partida.

[«Los demás» han ocupado el tablero y gritan:

—¡Que le maten! ¡No hay tiempo para más! ¡Que le quiten el pellejo!

«Teresa» hace un gesto obsceno, como si estuviera

240

dándole el garrote con sus muslos desnudos a su Rey blanco y se ríe, excitada. «Mickey» trepa por la soga de la horca instalada en la azotea de la Torre negra, y cuando llega a lo alto se pone un caperuzón de verdugo y vocifera:

– ¿Hasta cuándo vamos a esperar el castigo que merece? ¡Que haga el petate de una vez!

«El niño», ostensiblemente, lía un cigarrillo, sirve una copa de ron y dice:

– Son sus últimas voluntades antes de pasar a mejor vida.

«Los tres cóndores» revolotean felices sobre el Rey blanco y graznan:

– ¡Que le maten, que le maten de una vez, que hinque el pico...!

«Doña Rosita» lleva una sotana de sacerdote que cubre su larga cola de serpiente; le declara:

– ¿Quieres confesar antes de que te sirvan la viuda? No les diré a «los demás» tus pecados.

«El loco», su cómplice de siempre, su amigo más fiel, le traiciona. Escribe en un papel: «Es culpable, me torturaba en el váter». Con un hacha, se pone a talar la cabeza de sus peones frenético.

El rinoceronte «Mosquito» está muy impaciente y exclama:

– Que le ahorquen en la mitad del tablero, para que la humanidad se entere. Tiene que pagar con el pellejo.

Por fin todos rodean al Rey negro exigiéndole:

– De prisa... no queda ni un minuto... ¡Lea la sentencia... de muerte!

Todos señalan el reloj que avanza inexorable hacia las doce. Siente el deseo de romper en pedazos el reloj, de pegar un puñetazo sobre la mesa y de machacarlos a todos, desde el Rey negro hasta «el loco»... aunque luego «Él» en represalia...]

Muchos jugadores, entre los mejores, reaccionaron violentamente al perder: Nimzovitch, tras un mate de que fue víctima, orinó sobre el tablero; Fischer tomó el Rey de su adversario, tras una de las raras derrotas en Nueva York, y lo arrojó contra la pared; Capelo arrancó la planilla de su rival y la quemó. A nadie hubiera podido extrañar que Amary soportara mal la victoria de su contrincante. Pero sí sorprendió la violencia con que, tras su derrota, cogió el reloj de la mesa, lo levantó en el aire, y lo descargó contra el tablero repetidas veces... como si quisiera reventarlo..., golpeando el Rey negro furiosamente como si pretendiera romperle la crisma.

De Kerguelen logró escaparse de su covachuela y avisar a la policía. Concluía con ello un ciclo que le había llevado de la guerrilla urbana al arrepentimiento, de la tuberculosis a la venganza y del surrealismo a la delación. Cuando Amary y sus cómplices del Comité Communiste International fueron detenidos y encarcelados, pensó que ya era demasiado tarde para intentar suicidarse por tercera vez... procurándose solitariamente el deleite carnal.

Por favor especialísimo, el Ministerio de Justicia permitió a Tarsis visitar a Amary dos meses después de su triunfo. El guardián de la Cárcel de la Santé que le acompañó le advirtió:

—No le va a reconocer: ha engordado una barbaridad. Se pasa el día en la celda sin salir al paseo y hablándose constantemente, como si se representara todos los personajes de una función de cine.

Cuando Tarsis entró en la celda de su adversario, comprendió al fin dónde y cuándo le había conocido. Amary, obeso, se refugió detrás del váter, y le dijo con voz de falsete:

—«El niño» hará todo lo que pidas. Como en el Colegio de San Antón de Madrid.

APÉNDICE

RESUMEN DE LAS REGLAS DEL AJEDREZ

El juego de ajedrez se efectúa sobre una tabla cuadrada («tablero de ajedrez»), entre dos adversarios, mediante el movimiento de piezas.

Al iniciarse el juego, un jugador dispone de 16 piezas claras (las piezas «blancas»); el otro de 16 piezas oscuras (las piezas «negras»). Estas fichas son las siguientes: un rey, una dama, dos torres, dos alfiles, dos caballos y ocho peones.

La posición inicial de las piezas en el tablero es la siguiente:

Los dos antagonistas deben jugar alternativamente y realizando un movimiento cada vez; el que tiene las piezas blancas es el que ha de comenzar la partida.

Cuando una pieza va a una casilla ocupada por otra de su adversario, captura esta ficha: el jugador que ha efectuado la toma deberá inmediatamente retirar del tablero la pieza capturada.

El rey (R)

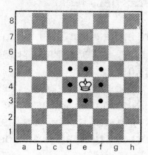

Excepto cuando enroca, el rey se mueve desde su casilla a una de las contiguas que no esté amenazada por una pieza adversa.

El enroque es un traslado del rey completado por el de una torre, que se considera como una sola jugada (del rey) y se ejecuta así: el rey abandona su casilla inicial para ocupar en la misma fila una u otra de las casillas del mismo color más próxima; después, la torre, hacia la que se ha dirigido, pasa por encima de él para colocarse en la casilla que él acaba de franquear:

Antes del enroque   Después del enroque
(Con blancas: enroque corto; con negras: enroque largo).

La dama (D) 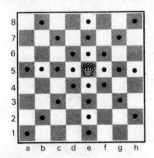. La dama se mueve a lo largo de las columnas, filas o diagonales sobre las que se encuentra:

La torre (T) 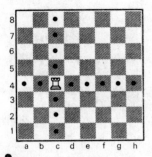. La torre se mueve a lo largo de las columnas o filas sobre las que se encuentra:

El alfil (A) 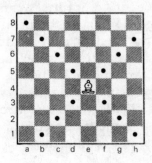. El alfil se mueve a lo largo de las diagonales sobre las que se encuentra:

247

El caballo (C) ![caballo blanco y negro]. El movimiento del caballo se compone de dos pasos diferentes. Primero uno, de una sola casilla, en la columna o fila, y después, siempre alejándose de la casilla de partida, un paso de una sola casilla en la diagonal:

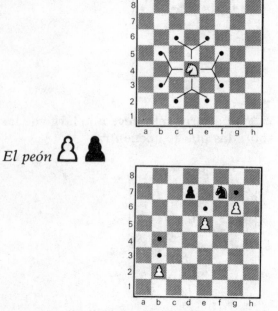

El peón ![peón blanco y negro]

El peón se mueve solamente avanzando. *a)* Salvo en el caso de una captura, adelanta desde su escaque inicial una o dos casillas libres en la columna y, en lo sucesivo, tan sólo una. En el caso de una captura, avanza a una casilla contigua a la suya en diagonal. *b)* Un peón que amenaza una casilla atravesada por un peón adverso que ha sido avanzado dos casillas a la vez desde su escaque inicial puede capturarlo, pero solamente en la jugada siguiente como si sólo hubiese avanzado una casilla. Esta captura se denomina «toma al paso». *c)* Todo peón que alcance la última fila debe ser cambiado inmediatamente, como parte de la misma jugada, por una dama, una torre, un alfil o un caballo del mismo color que el peón, a elección del jugador y sin tener en cuenta las piezas que permanezcan aún en el tablero. Este cambio de un peón se denomina «coronación». La acción de la pieza coronada es inmediata.

EL JAQUE

El rey está en jaque cuando la casilla que ocupa está amenazada por una pieza adversa; se dice entonces «jaque al rey». El jaque debe ser parado en la jugada siguiente. Si el lance es imparable, se llama «jaque mate».

PARTIDA GANADA

La partida la gana el jugador que ha dado mate al rey contrario.

La partida se considera como ganada por aquel de los jugadores cuyo adversario abandona.

PARTIDA TABLAS

La partida es tablas: 1) Cuando el rey del jugador que está en juego no se halla en jaque pero éste no puede efectuar ninguna jugada ni con el rey ni con ninguna otra pieza. Se dice entonces que el rey está «ahogado». 2) Por acuerdo entre ambos jugadores. 3) A petición de uno de los jugadores, cuando la misma posición se produce tres veces.

ANOTACIÓN DE LAS PARTIDAS

En el curso del juego, cada jugador está obligado a anotar sus lances y los de su adversario jugada tras jugada.

En un tiempo de dos horas y media, cada jugador debe efectuar sus primeras cuarenta jugadas.

El control del tiempo de cada jugador se efectúa por medio de un reloj provisto de un dispositivo especial.

A la hora fijada para el comienzo de la partida, se pondrá en marcha el reloj del jugador que conduce las piezas blancas.

En lo sucesivo, cada jugador, al terminar de realizar su jugada, detiene su reloj y pone en marcha el reloj del adversario.

APLAZAMIENTO DE LA PARTIDA

En el caso de que transcurrido el tiempo prescrito para el juego la partida no esté terminada, el jugador que ha de mover debe inscribir su jugada siguiente en notación completa en su planilla, introducir esta planilla, así como la de su adversario, en un sobre, cerrar el sobre y detener seguidamente el reloj.

REANUDACIÓN DE LA PARTIDA

En el momento de la reanudación, se reconstituirá la posición sobre el tablero, y el tiempo empleado por cada adversario hasta el momento del aplazamiento.

El sobre sólo será abierto en presencia del jugador que tenga que mover (aquel que ha de contestar a la jugada bajo sobre) y su reloj será puesto en marcha en cuanto la jugada inscrita se haya efectuado en el tablero.

Una partida la pierde un jugador:
Que no ha realizado el número prescrito de jugadas en el tiempo dado.
Que se presente delante del tablero con más de una hora de retraso.

CONDUCTA DE LOS JUGADORES

— Durante el juego está prohibido a los jugadores servirse de notas manuscritas o impresas o analizar la partida en otro tablero; está igualmente prohibido recurrir a consejos o avisos de tercero, solicitados o no.

Está prohibido distraer o molestar al adversario, de cualquier forma que sea.

EL ÁRBITRO DEL TORNEO

Para dirigir el torneo debe ser designado un árbitro. Éste tiene la obligación de velar por la estricta observancia del reglamento de juego.

ABREVIATURAS

0-0   Enroque con la torre *h1* o *h8* (enroque corto).
0-0-0 Enroque con la torre *a1* o la torre *a8* (enroque largo).
×   Captura de una pieza.
+   Jaque al rey.
+ +   Jaque mate.

Las piezas, salvo los peones, se designan por su letra inicial. Las ocho columnas del tablero se designan con las letras «a» a «h». Las ocho filas se numeran de 1 a 8. Cada casilla queda así representada invariablemente por la combinación de una letra y una cifra. Se agrega a la inicial de la pieza (salvo el caso del peón) la casilla de partida y la de llegada. Así: *Ac1-f4*, el alfil de la casilla *c1* se ha jugado a la casilla *f4*. O bien: *e7-e5*, el peón de la casilla *e7* se mueve a la casilla *e5*.

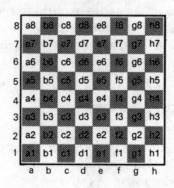

Blancas: Marc AMARY   Negras: Elías TARSIS

Jugada de Amary	Tiempo de la jugada	Tiempo total de Amary	Jugada de Tarsis	Tiempo de la jugada	Tiempo total de Tarsis
1. c2-c4	2' 0''	2' 0''	e7-e6	3'26''	3'26''
2. d2-d4	2' 5''	4' 5''	d7-d5	2'51''	6'17''
3. Cb1-c3	2' 2''	6' 7''	Af8-e7	0' 2''	6'19''
4. Cg1-f3	0' 8''	6'15''	Cg8-f6	0' 1''	6'20''
5. Ac1-g5	0' 8''	6'23''	0-0	0' 1''	6'21''
6. e2-e3	0' 8''	6'31''	h7-h6	0' 1''	6'22''
7. Ag5-h4	0' 8''	6'39''	b7-b6	0' 1''	6'23''
8. c4×d5	0' 8''	6'47''	e6×d5	0' 1''	6'24''
9. Dd1-b3	0'58''	7'45''	Ac8-e6	3'51''	10'15''
10. Ta1-d1	21'25''	29'10''	c7-c6	5'20''	15'35''
11. Db3-c2	3'12''	32'22''	Cf6-e4	12'40''	28'15''
12. Ah4×e7	13'48''	46'10''	Dd8×e7	11' 0''	39'15''
13. Cc3×e4	12'58''	59' 8''	d5×e4	0'50''	40' 5''
14. Dc2×e4	11' 7''	1h 10'15''	De7-b4+	16'14''	56'19''
15. Cf3-d2	15' 7''	1h 25'22''	Db4×b2	8'55''	1h 5'14''
16. Af1-d3	18' 1''	1h 43'23''	g7-g6	10' 6''	1h 15'20''
17. De4-f4	3' 5''	1h 46'28''	Rg8-g7	16'59''	1h 32'19''
18. h2-h4	2'59''	1h 49'27''	Cb8-d7	8' 6''	1h 40'25''
19. Cd2-e4	2'57''	1h 52'24''	Db2×a2	9'53''	1h 50'18''
20. h4-h5	2'58''	1h 55'22''	g6-g5	8'57''	1h 59'15''
21. Df4-g3	14'48''	2h 10'10''	f7-f5	0'40''	1h 59'55''
22. Ce4×g5	2' 1''	2h 12'11''	h6×g5	0' 1''	1h 59'56''
23. Dg3×g5+	16'29''	2h 28'40''	Rg7-f7	5' 7''	2h 5' 3''
24. Ad3×f5	0' 7''	2h 28'47''	Da2-a5+	10'15''	2h 15'18''
25.